D1707575

Susan Ee

EL FIN
DE LOS TIEMPOS

Libro tercero

OCEANO exprés

EL FIN DE LOS TIEMPOS

Título original: *The End of Days*

© 2015, Feral Dream LLC

Traducción: Sandra Sepúlveda
Diseño original de portada: Sammy Yuen
Imagen de portada: Michael Agustin Lorenzo
Adaptación de portada: Estudio Sagahón / Leonel Sagahón

D.R. © 2018, Editorial Océano, S.L.
Milanesat 21-23, Edificio Océano
08017 Barcelona, España
www.oceano.com

D. R. © 2018, Editorial Océano de México, S.A. de C.V.
Homero 1500 - 402, Col. Polanco
Miguel Hidalgo, 11560, Ciudad de México
info@oceano.com.mx

Primera edición en Océano exprés: junio, 2018

ISBN: 978-607-527-600-7   **33614081496308**

Impreso en México / Printed in Mexico

Dedicado a los lectores que, como Penryn, viven situaciones difíciles, que han tenido que crecer rápido, y que no conocen aún el enorme potencial que realmente tienen. Están siendo forjados a fuego lento, como Penryn. Y como ella, pueden transformar sus grandes pruebas en sus más grandes fortalezas.

1

Por donde volamos, la gente huye, se dispersa bajo nosotros. En cuanto avistan la sombra gigante de nuestro enjambre sobre ellos, corren a buscar refugio.

Volamos sobre un paisaje urbano carbonizado, roto y mayormente abandonado. San Francisco solía ser una de las ciudades más bellas del mundo, con sus famosos tranvías y restaurantes de clase mundial. Los turistas acostumbraban pasear por el Muelle de los Pescadores y entre los callejones atascados de gente en el Barrio Chino.

Ahora, los pocos sobrevivientes roñosos pelean entre sí por basura y sobras, y acosan a mujeres aterrorizadas. Se escabullen entre las sombras y desaparecen cuando nos ven pasar. Los únicos que no huyen son los más desesperados, que optan por permanecer a la intemperie con la esperanza de escapar de las pandillas durante los pocos segundos que nos lleva sobrepasarlos.

Debajo de nosotros, una chica se arrodilla junto un hombre muerto tendido en el suelo. No parece darse cuenta de nuestra presencia, o quizá no le importe. Aquí y allá, percibo los destellos de algunos objetos brillantes a través de una ventana, señal de que alguien nos está observando a través de unos binoculares, o tal vez nos apunta con un rifle mientras pasamos.

Sin duda, somos un verdadero espectáculo. Una nube gigante de langostas enormes con cola de escorpión que oculta el cielo.

Y en medio de la nube, un demonio con grandes alas que lleva a una adolescente entre sus brazos. Al menos, eso es lo que parece. Cualquier persona que no sepa que Raffe es un Arcángel que vuela con alas prestadas pensaría que se trata de un demonio.

Seguramente asumen que el demonio secuestró a la chica que lleva cargando. No podrían imaginar que me siento segura en sus brazos. Que descanso mi cabeza en la curva de su cuello porque me gusta sentir su piel cálida.

—¿Los humanos siempre nos vemos así desde arriba?, le pregunto.

Él me responde. Puedo sentir cómo vibra su garganta y veo que mueve la boca, pero no puedo oír lo que dice por encima del zumbido atronador del enjambre de langostas.

En todo caso, quizá sea mejor que no pueda escuchar su respuesta. Los ángeles seguramente piensan que los humanos parecemos cucarachas, escabulléndonos entre las sombras en busca de un poco de basura.

Pero no somos cucarachas, ni monos, ni monstruos, a pesar de lo que los ángeles piensen de nosotros. Seguimos siendo las mismas personas que fuimos una vez. Al menos por dentro.

Por lo menos espero que así sea.

Espío lo que queda de mi hermana a nuestro lado. Incluso ahora, tengo que recordarme a mí misma que Paige sigue siendo la misma niña que siempre amé. Bueno, quizá no sea la misma.

Ella vuela montada sobre el cuerpo marchito de Beliel, que varias langostas llevan cargado como si se tratara de un palanquín. Beliel está completamente cubierto de sangre, y parece como si llevara muerto mucho tiempo, aunque yo sé que está vivo. No es peor castigo del que se merece, pero todavía hay una parte de mí que se sorprende ante la crueldad primitiva de todo esto.

Una isla gris de pura roca aparece frente a nosotros en medio de la bahía de San Francisco. Alcatraz, la famosa excárcel. Un torbellino de langostas vuela por encima de ella. Es una pequeña parte del enjambre que no acudió cuando Paige pidió ayuda en la playa, hace unas horas.

Señalo a una isla detrás de Alcatraz. Es más grande y más verde, no alcanzo a distinguir construcción alguna. Estoy bastante segura de que es la isla Ángel. A pesar de su nombre, cualquier lugar tiene que ser mejor que Alcatraz. No quiero que Paige se acerque a esa roca infernal nunca más.

Esquivamos el torbellino de langostas y volamos hacia la otra isla.

Le hago una seña a Paige para que venga con nosotros. Su langosta y otras que vuelan cerca de ella nos siguen, pero la mayoría se une al enjambre que vuela sobre Alcatraz, con lo que se incrementa el tamaño del torbellino oscuro que sobrevuela la prisión. Algunas parecen confundidas, al principio nos siguen pero luego cambian de dirección y vuelven a Alcatraz, como si estuvieran obligadas a formar parte del enjambre.

Sólo un puñado de langostas permanece con nosotros mientras rodeamos la isla Ángel, en busca de un buen lugar para aterrizar.

El sol naciente destaca los verdes esmeralda de los árboles que rodean la bahía. Desde este ángulo, Alcatraz queda justo delante del amplio panorama de la ciudad de San Francisco. Seguro que fue una vista impresionante alguna vez. Ahora parece una hilera de dientes rotos.

Aterrizamos junto a la orilla en la costa oeste de la isla. Los tsunamis dejaron un montón de escombros en la playa y una pila de árboles hechos astillas a un lado de la colina, pero el otro lado está casi intacto.

Cuando tocamos tierra, Raffe me deja ir. Siento como si hubiera estado acurrucada contra su cuerpo durante días. Mis brazos están prácticamente congelados alrededor de sus hombros y siento las piernas rígidas. Las langostas también trastabillan un poco cuando aterrizan, como si sufrieran de los mismos problemas.

Raffe estira su cuello y sacude los brazos. Sus alas de murciélago se pliegan y desaparecen detrás de él. Todavía trae puesto el antifaz de la fiesta en el nido que se transformó en masacre hace unas horas. Es color rojo oscuro con listones de plata, y le cubre toda la cara, salvo la boca.

—¿No te vas a quitar eso? —sacudo mis manos adormecidas—. Pareces la Muerte Roja con alas de demonio.

—Bien. Así deberían verse todos los ángeles —mueve sus hombros hacia adelante y hacia atrás. No debe ser fácil cargar a alguien durante horas. A pesar de que trata de relajar sus músculos, veo que Raffe está en alerta máxima. Sus ojos vigilan nuestro entorno, inmerso en una tranquilidad inquietante.

Ajusto la correa que cuelga de mi hombro de modo que mi espada, disfrazada de osito de peluche, se recargue contra mi cadera para tener acceso más fácil a ella. Entonces me dirijo a ayudar a mi hermana a bajar de Beliel. Cuando me acerco a Paige, sus langostas me gruñen y me amenazan con los aguijones de sus gruesas colas de escorpión.

Me detengo con el corazón palpitando.

Raffe llega a mi lado en un instante.

—Deja que ella venga hacia ti —dice en voz baja.

Paige se baja de su palanquín y acaricia a una de las langostas con su pequeña mano.

—Shh. Está bien. Es Penryn.

No deja de sorprenderme que estos monstruos le hagan caso a mi hermanita. Me gruñen un momento más, luego se relajan y bajan sus aguijones, calmados por los susurros de Paige. Respiro profundo y retrocedo poco a poco, para que Paige acabe de tranquilizarlos.

Paige se inclina para recoger las alas cortadas de Raffe. Venía acostada sobre ellas, y las plumas están sucias y parecen aplastadas, pero comienzan a esponjarse casi al instante. No puedo culpar a Raffe por cortarle las alas a Beliel antes de que las langostas le succionaran toda la vida junto con el resto del demonio, pero hubiera preferido que no tuviera que hacerlo. Ahora tenemos que encontrar un médico que se las trasplante de nuevo a Raffe antes de que se marchiten.

Caminamos por la playa y encontramos un par de botes de remos atados a un árbol. Quizá la isla sí está ocupada después de todo.

Con un gesto, Raffe nos indica que nos ocultemos mientras él continúa avanzando por la ladera.

Parece que solía haber una hilera de casas en un lado de la colina. En la parte inferior, sólo permanecen los cimientos de concreto, llenos de tablas rotas manchadas con agua y sal. Pero en la parte superior, varias construcciones tapiadas continúan intactas.

Nos escabullimos detrás de la construcción más cercana. Es suficientemente grande como para haber sido un cuartel militar de algún tipo. Como los demás edificios, está sellado con tablones pintados de blanco. Parece que el complejo estaba clausurado desde mucho antes del Gran Ataque.

Todo parece una especie de asentamiento fantasma, a excepción de una casa en la colina con vistas a la bahía. Es una casa victoriana perfectamente intacta, rodeada por una cerca blanca. Es la única construcción que parece una casa familiar, y la única pintada de color y con señales de vida.

No percibo ninguna amenaza a la redonda, por lo menos nada que las langostas no puedan resolver, pero de todos modos me quedo oculta. Contemplo a Raffe cuando se lanza al aire para acercarse a la colina. Vuela de árbol en árbol, mientras se acerca cuidadosamente a la casa principal.

Cuando la alcanza, el ruido de disparos destruye la paz.

2

Raffe se esconde detrás del muro de uno de los edificios.
—No queremos hacerles daño —grita en dirección de la casa.

Otra ráfaga de balas le responde desde una ventana del piso superior. Yo me tapo los oídos. Mis nervios están más tensos de lo que puedo soportar.

—Puedo escucharlos hablando ahí dentro —grita Raffe. Debe pensar que los humanos somos sordos. Supongo que, comparados con los ángeles, casi lo estamos—. Y la respuesta es no. Dudo que mis alas valgan tanto como las alas de un ángel. No tienen posibilidad alguna de atraparme, así que dejen de engañarse. Sólo queremos la casa. Sean inteligentes. Huyan mientras puedan.

La puerta principal se abre de golpe. Tres hombres fornidos salen y apuntan sus rifles en diferentes direcciones, como si no supieran bien dónde están sus enemigos.

Raffe se lanza al aire, y las langostas siguen su ejemplo. Vuela sobre ellos con sus impresionantes alas de demonio para intimidarlos, antes de aterrizar de nuevo a un lado de la casa.

Las langostas vuelan hacia él, suben y bajan entre la hilera de árboles con sus colas de escorpión enroscadas detrás de ellos.

En cuanto los hombres echan un buen vistazo a lo que se están enfrentado, deciden huir. Corren hacia el bosque en dirección contraria. Luego huyen entre los escombros hacia la playa.

Cuando los hombres desaparecen de la vista, una mujer sale de la casa. Corre con la cabeza gacha como un perro apaleado y huye de los hombres. Mira hacia atrás para ver dónde están, y me da la impresión de que tiene más miedo de ellos que de las criaturas aladas.

La mujer desaparece en las colinas detrás de la casa, mientras los hombres se suben a los botes de remos y se dirigen hacia la bahía.

Raffe camina hacia el frente de la casa desocupada y se detiene un momento, escuchando atentamente. Nos hace una seña para que nos acerquemos mientras se dirige al interior de la casa.

Cuando llegamos a la casa, Raffe grita:

—Todo en orden.

Coloco una mano en el hombro de Paige cuando entramos al patio a través de la cerca blanca. Ella abraza las alas emplumadas de Raffe como si fueran su muñeco de peluche favorito mientras mira alrededor de la casa. Ésta es de un tono mantequilla con detalles color granate. Tiene un porche con muebles de mimbre y se parece mucho a una casa de muñecas.

Una de las langostas deja caer a Beliel a un lado de la cerca. Se queda tirado, como un animal muerto. La piel marchita de su cuerpo es del color y la textura de la carne seca, y algunos hilitos de sangre aún brotan de los lugares donde Paige le arrancó pedazos de piel y músculo. Su estado es lamentable, pero es la única víctima de las langostas por la que no siento compasión alguna.

—¿Qué hacemos con Beliel? —le pregunto a Raffe.

—Yo me encargaré de él —Raffe baja las escaleras del porche hacia nosotros.

Tomando en cuenta todas las cosas horribles que Beliel le ha hecho, no entiendo por qué Raffe no lo mató en vez de sólo cortarle las alas. Quizá pensó que las langostas lo harían, o que las heridas que le causó Paige en el nido serían fatales. Pero ahora que ha llegado hasta aquí, Raffe no parece decidido a acabar con él.

—Vamos, Paige —mi hermana camina a mi lado hacia el porche de madera y al interior de la casa.

Esperaba encontrar polvo y moho dentro, pero es sorprendentemente agradable. La sala es tan perfecta que parece parte de una exhibición. Hay un vestido de dama del siglo XIX en una vitrina en la esquina. Junto a él, arrumbados en un rincón, veo varios postes de latón con cordones rojos de terciopelo, como los que se usan para proteger cosas valiosas en los museos. Supongo que ya no son necesarios para mantener al público alejado de los muebles antiguos de la sala.

Paige mira a su alrededor y se acerca a la ventana. Más allá del cristal, Raffe arrastra a Beliel hasta la puerta de la cerca. Lo deja allí y camina detrás de la casa. Beliel parece muerto, pero sé que no es así. Las víctimas de los aguijones de las langostas quedan paralizadas, tanto que parecen muertas, aunque están conscientes todo el tiempo. Es parte del horror de ser picado por ellas.

—Vamos. Revisemos el resto de la casa —le digo. Pero Paige sigue mirando por la ventana la figura marchita de Beliel.

Afuera, Raffe camina de vuelta frente a la casa con los brazos cargados de cadenas oxidadas. Me resulta muy intimidante mientras coloca las cadenas alrededor de Beliel y lo ata por el cuello, los brazos y los muslos. Luego envuelve las cadenas alrededor de un poste de la cerca y le coloca un candado en el pecho.

Si no lo conociera, Raffe me daría mucho miedo. Me parece despiadado e inhumano mientras encadena al demonio indefenso.

Curiosamente, es Beliel quien me llama la atención en este momento. Hay algo de él envuelto en cadenas que me parece familiar. Una especie de *déjà vu*.

Pero desecho el pensamiento. Me siento tan cansada que seguramente estoy alucinando.

3

Nunca me gustaron las mañanas, y ahora que llevo un par de noches sin dormir, me siento como una zombi. Quiero tumbarme en un sofá en alguna parte y dormir durante una semana sin que nadie me moleste.

Pero primero tengo que ayudar a mi hermana a instalarse.

Me lleva casi una hora bañarla en la tina. Está cubierta de sangre y pedazos de piel de Beliel. Si los hombres del campamento de la Resistencia pensaban que Paige era un monstruo cuando llevaba puesto un vestido limpio con estampado de flores, sin duda se transformarían en una turba asesina si la vieran ahora.

Me da miedo restregarle la piel con la esponja porque está cubierta de moretones y costras alrededor de las puntadas. Normalmente, mamá se encargaría de esto. Siempre fue sorprendentemente dulce y delicada cuando se trataba de tocar a Paige.

Tal vez está pensando lo mismo, porque me pregunta:

—¿Dónde está mamá?

—Está con la Resistencia. Ya deben haber vuelto al campamento —dejo caer un poco de agua sobre su cuerpo y la toco suavemente con la esponja entre las puntadas—. Fuimos a buscarte, pero nos atraparon y nos llevaron a Alcatraz.

Mamá está bien, no te preocupes. La Resistencia rescató a todos en la isla. La vi en uno de los bárcos en los que evacuaron a los prisioneros.

Al parecer los moretones todavía le duelen, y no quiero jalarle una puntada accidentalmente. Me pregunto si éstas son del tipo de puntadas que se disuelven solas en la piel, o si un médico tiene que quitárselas.

Eso me hace pensar en Doc, el tipo que la dejó así. No me importa cuál fuera su situación. Ningún ser humano decente mutilaría niños y los convertiría en monstruos devoradores de carne humana sólo porque un Arcángel megalómano le pidió que lo hiciera. Me dan ganas de cortar a Doc en pedazos cuando veo lo magullada y lastimada que está Paige.

Entonces, ¿estaré loca por albergar la pequeña esperanza de que Doc puede ayudarla?

Suspiro y dejo caer la esponja en el agua. No puedo soportar ver cómo sus costillas sobresalen de su piel moreteada. De todos modos, en el estado en que se encuentra ya no puedo limpiarla más. Dejo sus prendas manchadas de sangre en el lavabo y entro en una de las habitaciones para ver si puedo encontrarle algo nuevo que ponerse.

Busco entre las cómodas antiguas, sin esperar encontrar gran cosa. Parece que este lugar era una especie de sitio histórico-turístico más que un hogar de verdad. Pero alguien estuvo aquí. Tal vez incluso decidió que podría convertirlo en su nueva casa.

No hay mucho, pero al menos una mujer vivió aquí. Tal vez no por mucho tiempo. Encuentro una blusa y una falda de lino blanco. Una tanga. Un sujetador de encaje. Una camisola transparente. Una camiseta corta. Un par de calzoncillos de hombre tipo bóxer.

La gente se comportó de manera extraña durante los primeros días después del Gran Ataque. Cuando evacuaron sus casas, se llevaron sus teléfonos celulares, sus computadoras portátiles, sus llaves, carteras, maletas y zapatos finos, ideales para unas vacaciones elegantes, pero no para correr por las calles. Parecía que no podían aceptar que todo estaba a punto de cambiar para siempre.

Eventualmente, sin embargo, todas esas cosas terminaron abandonadas dentro de los autos o en las calles o, en este caso, en los cajones de una casa-museo. Encuentro otra camiseta, que es casi tan grande como Paige. Es obvio que no voy a encontrar un par de pantalones que le queden, así que la camiseta tendrá que servirle de vestido por ahora.

La acuesto en una habitación en el piso de arriba y dejo sus zapatos junto a la cama por si tenemos que huir a toda prisa.

La beso en la frente y le digo buenas noches. Sus ojos se cierran como los de una muñeca, y su respiración se hace profunda casi de inmediato. Debe estar absolutamente agotada. ¿Quién sabe cuándo fue la última vez que durmió? ¿Quién sabe cuándo fue la última vez que comió?

Regreso abajo para encontrarme a Raffe inclinado sobre la mesa del comedor con sus alas dispuestas frente a él. Se ha quitado la máscara, y es un alivio poder ver su rostro otra vez.

Está acicalando sus alas. Parece que les ha lavado las manchas de sangre. Están puestas sobre la mesa, húmedas y flojas. Raffe arranca las plumas rotas y acomoda las sanas.

—Por lo menos las recuperaste otra vez —le digo.

Un haz de luz cae sobre su cabello oscuro y muestra unos destellos más claros.

Raffe suspira.

—Volvimos al principio —se sienta pesadamente sobre una silla de madera, desanimado—. Necesito encontrar a un médico —no parece muy optimista.

—Tenían algunas cosas en Alcatraz. Herramientas quirúrgicas angelicales, supongo. Hicieron todo tipo de experimentos allí. ¿Podría serte útil alguna de esas cosas?

Me mira con ojos tan azules que casi parecen negros.

—Tal vez. De cualquier manera debería revisar esa isla. Está demasiado cerca como para que la ignoremos —se frota las sienes.

Puedo ver la frustración que le pesa sobre los hombros. Mientras el Arcángel Uriel está creando un falso apocalipsis y mintiéndoles a los ángeles para conseguir que lo elijan como su Mensajero, Raffe está atorado tratando de conseguir que le vuelvan a poner sus alas de ángel. Hasta entonces, no puede volver con su gente para tratar de arreglar las cosas.

—Tienes que dormir un poco —le digo—. Todos tenemos que dormir un poco. Estoy tan cansada que casi no puedo sostenerme sobre mis piernas, me siento desfallecer. Fue una noche larga, y sigo sorprendida de que todos hayamos sobrevivido para ver un nuevo día.

Pensé que Raffe no estaría de acuerdo, pero asiente suavemente. Eso sólo confirma que necesitamos descansar, y tal vez necesita tiempo para pensar cómo encontrar un médico que pueda ayudarlo.

Subimos penosamente las escaleras hacia el par de dormitorios.

Me detengo frente a las puertas y me giro hacia él.

—Paige y yo podemos…

—Estoy seguro de que Paige dormirá mejor sola.

Durante un segundo, creo que tal vez quiere estar a solas conmigo. Paso por un momento de incomodidad mezclada con excitación antes de leer su expresión.

Raffe me lanza una mirada severa. Mi teoría se desvanece al instante.

Él simplemente no quiere que duerma en la misma habitación que mi hermana. Por lo visto no sabe que ya compartí una habitación con ella cuando estábamos con la Resistencia. Paige ha tenido muchas oportunidades para atacarme desde que la convirtieron en monstruo.

—Pero…

—Usa esta habitación —Raffe apunta a la habitación al otro lado del pasillo—. Yo dormiré en el sofá —su tono es casual, pero imperioso. Obviamente está acostumbrado a que todos le obedezcan.

—No es un sofá de verdad. Es un pequeño sillón antiguo diseñado para señoritas de la mitad de tu tamaño.

—He dormido sobre rocas en la nieve. En comparación, un pequeño sillón antiguo es todo un lujo. Estaré bien.

—Paige no va a hacerme daño.

—No, no lo hará. Estarás demasiado lejos como para tentarla mientras estés dormida y vulnerable.

Estoy demasiado cansada para discutir con él. Me asomo a su habitación para asegurarme de que todavía está dormida antes de entrar en mi propia habitación.

El sol de la mañana irradia su calor a través de la ventana de mi habitación y sobre la cama. Hay un jarrón con flores silvestres secas en la mesita de noche, que añade un toque de morados y amarillos. Percibo un aroma de romero a través de la ventana abierta.

Me quito los zapatos y recargo a Osito Pooky contra la cama, cerca de mí. El oso de peluche está sentado sobre el vestido de gasa que cubre la funda de la espada. He percibido un tinte de emoción emanando de ella desde que encontramos de nuevo a Raffe. Creo que está feliz de estar cerca de él, pero triste porque no pueden estar juntos. Acaricio la suave piel del oso y le doy una palmadita.

Por lo general, duermo con la ropa puesta por si tengo que salir huyendo de repente. Pero estoy harta de dormir así. Es incómodo, y la cálida habitación me recuerda cómo era el mundo antes de que tuviéramos miedo todo el tiempo.

Decido que éste será uno de esos momentos preciosos en los que podré dormir plácidamente. Camino hacia la cómoda y hurgo entre la ropa que encontré antes.

No hay mucho para elegir, pero trato de sacarle el mayor provecho posible. Elijo la camiseta corta y los bóxers. La camiseta me queda un poco floja, pero no me importa. Apenas me cubre la parte superior de las costillas y deja desnuda la parte inferior de mi torso.

Los bóxers, en cambio, me quedan perfectos, a pesar de que sospecho que son para un chico. Una pierna se está deshilachando, pero están limpios, y el elástico no me aprieta la cadera.

Me meto en la cama, maravillada ante la suavidad de las sábanas de seda. Al momento en que mi cabeza toca la almohada, comienzo a desvanecerme.

Una suave brisa se cuela a través de las ventanas. Una parte de mí sabe que afuera, San Francisco está soleado y cálido, como a veces pasa en octubre en la ciudad. Pero otra parte de mí ve tormentas eléctricas. El sol se funde entre la lluvia, y mi habitación con vista al jardín se transforma en nubes de tormenta mientras me adentro más profundamente en mi sueño.

Me encuentro de vuelta donde los Caídos, encadenados, están siendo arrastrados a la Fosa. Las cadenas con picos que llevan en el cuello y la frente, las muñecas y los tobillos, gotean sangre mientras las sombras vuelan montadas sobre ellos.

Es el mismo sueño que me mostró la espada cuando estábamos en el campamento de la Resistencia. Pero una parte de mí se acuerda de que esta vez no me acosté abrazando la espada. Está apoyada en la cama, pero no la estoy tocando. Este sueño no se siente como un recuerdo de la espada.

Estoy soñando con mi propia experiencia de estar en la memoria de la espada. El sueño de un sueño.

En la tormenta, Raffe vuela hacia abajo y roza las manos de algunos de los recién Caídos mientras se dirige hacia la tierra. Veo sus rostros cuando Raffe les toca las manos. Este grupo de Caídos debe ser el de sus Vigilantes —el grupo de guerreros angelicales de élite que cayeron por amar a las Hijas del Hombre.

Estaban bajo el mando de Raffe, eran sus leales soldados. Incluso ahora, parecen albergar la esperanza de que Raffe pueda salvarlos, a pesar de que decidieron romper la ley angelical al casarse con las Hijas del Hombre.

Un rostro me llama la atención. Su figura encadenada me resulta familiar.

Me esfuerzo por verlo mejor, y eventualmente logro reconocerlo.

Es Beliel.

Se ve más fresco que de costumbre, y ese gesto de desprecio habitual en su rostro no existe. Hay rabia en él, pero detrás de ella descubro dolor genuino en sus ojos. Se aferra a la mano de Raffe durante un momento más que el resto de los Caídos, casi como despidiéndose de él.

Raffe asiente y continúa bajando hacia la tierra.

Un relámpago rueda por el cielo con su estruendo y la lluvia cae en gruesas gotas que resbalan por el rostro de Beliel.

Al despertar, el sol ha viajado a través de la mitad del cielo.

No escucho nada raro, así que supongo que Paige sigue durmiendo. Me levanto y camino hacia la ventana abierta. Afuera sigue soleado, y la brisa sopla entre las hojas de los árboles. Los pájaros cantan y escucho el zumbido de muchas abejas, como si el mundo no hubiera cambiado por completo.

A pesar del calor, siento un escalofrío cuando miro hacia afuera.

Beliel todavía yace encadenado a la cerca del jardín, arrugado y torturado. Pero sus ojos están abiertos, y me mira fijamente. Supongo que ahora podría estar por completo descongelado de su parálisis. No me extraña que tuviera una pesadilla sobre él.

Pero en realidad no fue una pesadilla, ¿o sí? Fue más como un recuerdo de lo que la espada me mostró antes. Niego con la cabeza lentamente mientras trato de encontrarle un sentido.

¿Acaso es posible que Beliel haya sido uno de los Vigilantes de Raffe?

4

La habitación está caliente por el sol. Adivino que debe ser alrededor del mediodía. Es glorioso disfrutar de un descanso de toda la locura.

Todavía no estoy dispuesta a renunciar a mi precioso sueño pero un vaso de agua suena bien. Cuando abro la puerta para ir por él, encuentro a Raffe sentado en el pasillo con los ojos cerrados.

Frunzo el ceño.

—¿Qué estás haciendo?

—Estaba demasiado cansado para caminar hasta el sillón —responde sin abrir los ojos.

—¿Estás vigilando? Te habría relevado si me hubieras dicho que teníamos que montar guardia. ¿De quién nos estamos escondiendo ahora?

Raffe resopla.

—Quiero decir, ¿hay algún enemigo específico en este momento?

Está sentado frente a la puerta de Paige. Quizá debería haberlo sospechado.

—Ella no me hará daño.

—Eso es lo que pensaba Beliel —sus ojos siguen cerrados, y sus labios apenas se mueven. Si no estuviera hablando, pensaría que está dormido.

—Beliel no es su hermana mayor, y él no la crió tampoco.

—Llámame sentimental, pero me gusta la idea de que sigas de una sola pieza. Además, ella no es la única persona que podría estar interesada en tu deliciosa carne.

—¿Quién te dijo que yo era deliciosa? —inclino la cabeza hacia un lado.

—¿No has oído el viejo dicho? ¿Deliciosa como una chica testaruda?

—No. Lo acabas de inventar.

—Vaya. Debe ser un refrán angelical. Es para advertir a la gente necia acerca de los peligros de la noche.

—Es de día.

—Ah, ¿entonces no niegas que eres testaruda? —por fin abre los ojos con una sonrisa. Pero su expresión cambia cuando me mira.

—¿Qué es eso que llevas puesto? —estudia mi atuendo con detenimiento.

Estaba tan cómoda que me había olvidado de que sólo traigo puestos la camiseta corta y los bóxers. Me echo un vistazo rápido, preguntándome si debería avergonzarme. Estoy razonablemente cubierta, a excepción de mi abdomen, pero supongo que estoy mostrando más de mis piernas que de costumbre.

—¿Esto viene de un tipo que anda sin camisa todo el tiempo? —claro, a mí me encanta que Raffe ande sin camisa y que muestre su abdomen, pero prefiero no mencionarlo.

—Es difícil andar con camisa cuando tienes alas. Además, jamás he escuchado quejas al respecto.

—No te creas tanto, Raffe. Tampoco has escuchado elogios —quisiera decirle que hay un montón de chicos que se ven tan bien sin camisa como él, pero sería una mentira total y absoluta.

Sigue escudriñando mi atuendo.

—¿Estás usando bóxers de hombre?

—Supongo que sí. Pero me quedan bien.

—¿De quién son?

—De nadie. Los encontré en un cajón.

Se acerca un poco y jala el hilo de la pierna del bóxer que se está deshilachando. El hilo se descose, da vueltas lentamente alrededor de mi muslo y acorta más los bóxers, que ya eran cortos de por sí.

—¿Qué harías si tuvieras que huir de repente? —su voz sale un poco ronca mientras mira fijamente, hipnotizado, el hilo que se descose poco a poco.

—Me pondría mis zapatos y correría.

—¿Vestida así? ¿Frente a un montón de hombres sin ley? —sus ojos se desvían hacia mi cintura.

—Si estás preocupado porque una bola de pervertidos entren en la casa, no hará ninguna diferencia si estoy vestida así o con el hábito de una monja. O son seres humanos decentes, o no lo son. No creo que esto influya en su modo de actuar.

—Sería difícil para ellos actuar mientras estoy rompiéndoles la cara. No toleraré ninguna falta de respeto hacia ti.

—Sé que te importa mucho el respeto —sonrío a medias.

Raffe suspira, como si estuviera un poco molesto consigo mismo.

—Últimamente, parece que lo único que me importa eres tú.

—¿Por qué dices eso? —apenas me sale un hilillo de voz.

—Porque estoy sentado en el suelo duro cuidando tu puerta mientras tú tomas una rica siesta.

Me deslizo por la pared para sentarme a su lado en el suelo del pasillo. Nuestros brazos casi se tocan mientras nos sentamos ahí, dejando que nos rodee el silencio de nuevo.

Después de un rato, le digo:

—Creo que te haría bien dormir un poco. Puedes usar la cama. Yo puedo montar guardia un rato.

—Por ningún motivo. Eres tú quien está en riesgo, no yo.

—¿Quién querría venir a atacarme? —mi brazo toca el suyo cuando me volteo a mirarlo.

—La lista es interminable.

—¿Desde cuándo te volviste tan protector?

—Desde que mis enemigos decidieron que eres mi Hija del Hombre.

Trato de tragar saliva. Mi garganta está seca.

—¿Lo decidieron?

—Beliel nos vio juntos en el baile de máscaras. Incluso con mi máscara cubriéndome el rostro, Uriel sabía que yo estaba en la playa con ustedes.

—¿Y lo soy? —susurro—. ¿Soy tu Hija del Hombre? —casi puedo oír mi corazón martillando mi pecho. Late aún más fuerte cuando me doy cuenta de que él seguramente lo puede escuchar.

Raffe aleja la mirada.

—Hay cosas que no pueden ser. Pero ni Uri ni Beliel entienden eso.

Dejo escapar mi respiración lentamente. Supongo que también está diciéndome que yo tampoco lo entiendo.

—Entonces, ¿quién exactamente va a venir por mí? —pregunto.

—Aparte de los sospechosos de siempre, toda la hueste de ángeles te vio conmigo cuando le corté las alas a Beliel. Piensan que viajas en compañía de un "demonio" enmascarado que les corta las alas a los "ángeles". Ésa es suficiente razón para buscarte, aunque sea sólo para dar conmigo. Además, ahora eres una asesina de ángeles, delito por el cual la pena es una sentencia de muerte automática. Eres una chica muy popular.

Pienso en lo que acaba de decirme. Me doy cuenta de que realmente no puedo hacer nada al respecto.

—Pero todos los humanos somos iguales para ellos, ¿no es cierto? ¿Cómo pueden siquiera distinguirnos? A mí todos los ángeles me parecen iguales. Todos son tan estúpidamente perfectos en todos los sentidos: cuerpos perfectos, rostros perfectos, incluso tienen el cabello perfecto. Si no fuera por ti, creería que los ángeles son completamente intercambiables.

—¿Lo dices porque yo soy más que perfecto?

—No. Lo digo porque eres tan humilde.

—La humildad está sobrevalorada.

—También el sentido de la autocrítica, por lo visto.

—Los guerreros de verdad no hacen caso de psicologías baratas.

—Ni del pensamiento racional.

Me mira las piernas desnudas.

—No, no tan racional, lo admito —Raffe se levanta y me ofrece su mano—. Vamos, duerme un poco.

—Sólo si tú duermes también —lo tomo de la mano, y él me levanta.

—Bien, si eso te hace feliz.

Entramos en mi cuarto, y me dejo caer sobre la cama. Me acuesto sobre las sábanas, pensando que sólo quiere asegurarse de que voy a dormirme de verdad. Pero en vez de marcharse, se acuesta a mi lado en la cama.

—¿Qué estás haciendo? —pregunto.

Raffe descansa su mejilla en la almohada junto a la mía y cierra los ojos con cierto alivio.

—Durmiendo una siesta.

—¿No vas abajo?

—No.

—¿Qué pasa con el sillón antiguo?

—Demasiado incómodo.

—Pensé que habías dicho que has dormido sobre las rocas en la nieve.

—Así es. Por eso duermo en camas suaves y calientitas siempre que puedo.

5

Por un momento, creo que Raffe va a estar tenso, incómodo y excitado como yo, pero su respiración se vuelve lenta y profunda de inmediato.

Debe estar agotado. Además de su falta de sueño y de estar constantemente en alerta roja, sigue recuperándose de las heridas de sus alas, de la amputación inicial y de la cirugía posterior. No me puedo imaginar lo que está sufriendo.

Me acuesto en silencio y trato de dormir a su lado.

Un aroma a romero se cuela a través de la ventana con la cálida brisa. El zumbido de las abejas que sobrevuelan las plantas en el jardín me relaja. La luz del sol brilla a través de mis párpados cerrados.

Le doy la espalda a la ventana luminosa y termino mirando de frente a Raffe. No puedo evitar abrir los ojos para mirarlo. Sus pestañas oscuras forman una media luna contra su mejilla. Largas y rizadas, serían la envidia de cualquier chica. Su nariz es fuerte y recta. Sus labios son suaves y sensuales.

¿*Sensuales?* Casi suelto una risita. ¿Qué clase de palabra es ésa, y por qué me vino a la cabeza? Nunca antes había pensado que algo fuera *sensual*.

Su musculoso pecho sube y baja con un ritmo constante que me resulta fascinante. Mi mano se mueve involuntariamente, con ganas de acariciar sus músculos lisos.

Trago saliva y me doy la vuelta para dejar de verlo.

Le doy la espalda, respiro profundo y dejo escapar el aire lentamente, como si estuviera tratando de calmarme antes de una pelea.

Raffe gime suavemente y siento cómo se acomoda. Debo haber perturbado su sueño con mi movimiento.

Ahora, su aliento cálido acaricia la parte posterior de mi cuello. Debe haberse acostado de lado, de frente a mí. Está tan cerca que puedo sentir un cosquilleo eléctrico a lo largo de mi espalda.

Tan cerca.

Su respiración mantiene un ritmo profundo, constante. Está totalmente dormido mientras yo estoy hiperconsciente de su cuerpo tumbado a mi lado en la cama. ¿Por qué me siento así? ¿No se supone que debe ser al revés?

Trato de guardar todo el lío confuso de mis emociones en la bóveda de mi cabeza. Pero la bóveda está llena o quizás este manojo de emociones es demasiado grande o demasiado obstinado o demasiado espinoso para caber en ella.

Mientras tanto, mi cuerpo se arquea lentamente hacia atrás hasta que toca el suyo.

En el instante que mi muslo toca el suyo, Raffe gime y se mueve, y lanza su brazo alrededor de mi torso. Me jala hacia su cuerpo duro.

¿Qué debo hacer?

Toda mi espalda ahora descansa contra su pecho.

¿Qué debo hacer?

Duro. Cálido. Musculoso.

Perlas de sudor se forman en mi frente. ¿Cuándo empezó a hacer tanto calor aquí?

El peso de su brazo aplasta mi cuerpo contra el suyo y me clava contra la cama. Tengo un momento de pánico y pienso en saltar fuera de la cama.

Pero eso lo despertaría. Una ola de vergüenza me ataca cuando pienso en Raffe, cuando me descubro tan excitada mientras él sólo ha estado durmiendo pacíficamente.

Trato de calmarme. Me está abrazando como a un oso de peluche mientras duerme tranquilo. Seguramente está tan agotado que ni siquiera se da cuenta de que estoy aquí.

Siento su mano caliente contra mis costillas. Estoy exquisitamente consciente de que su pulgar descansa sobre la parte inferior de uno de mis pechos.

Un pensamiento se desliza dentro de mi cabeza. Y de repente no puedo deshacerme de él, no importa cuánto intente empujarlo a un lado.

¿Cómo se sentiría tener la mano de Raffe en esa parte de mi cuerpo?

Tengo diecisiete años, casi dieciocho, y ningún hombre me ha acariciado los pechos jamás. Como van las cosas, tal vez ninguno lo hará, al menos, no de una manera dulce ni cariñosa. En un mundo apocalíptico, la violencia está garantizada y las buenas experiencias son sólo un sueño. Esa idea hace que me den más ganas de sentirlo. Algo suave y dulce que hubiera sucedido a su debido tiempo, con la persona correcta, si el mundo no se hubiera ido al infierno de repente.

Mientras mi cabeza discute consigo misma, confundida, mi mano cubre la suya. Suavemente, muy suavemente. ¿Cómo se sentiría que la mano de Raffe acariciara mi pezón?

¿En serio?

¿En serio estoy pensando esto?

Pero pensar no es la palabra correcta para lo que está pasando dentro de mí. Se trata de un... impulso. Un impulso irresistible, innegable, imposible de evitar.

Poco a poco, muevo la mano de Raffe hasta que su pulgar choca contra la suave piel de mi pecho.

Luego, la muevo un poco más arriba, apenas una fracción.

La respiración de Raffe sigue estable. Todavía está dormido.

Un poco más. Sólo un poco más...

Hasta que puedo sentir el calor de su mano que se extiende sobre mi pecho.

Y entonces todo cambia.

Su respiración se vuelve entrecortada. Su mano aprieta mi pecho y comienza a acariciarlo con fuerza. A punto de hacerme daño, pero no del todo. No exactamente. Una sensación increíble me recorre todo el cuerpo, empezando por el pecho.

Estoy jadeando en un segundo.

Él gime y me besa la nuca. Luego me besa poco a poco hasta llegar a mi boca. Su labios aterrizan en los míos, calientes y húmedos, y me succionan. Empuja su lengua entre mis labios, jugando con la mía.

Mi mundo se transforma en una masa de sensaciones, la succión suave de sus labios, la calidez húmeda de su lengua, la presión fuerte de su cuerpo contra el mío.

Me gira de modo que quedo bocarriba y se coloca sobre mí. El peso de su cuerpo me aplasta contra el colchón. Mis brazos se deslizan alrededor de su cuello, y mis piernas y caderas se mueven contra él.

Estoy gimiendo o gimoteando o maullando, no sé bien qué. Estoy tan profundamente perdida en el torbellino de sensaciones que lo único que me importa es el aquí y ahora.

Raffe.

Mis manos acarician los músculos de su pecho, sus hombros, sus brazos abultados.

Y entonces se detiene de golpe y me deja sin aliento.

Abro los ojos, me siento drogada, trato de alcanzarlo.

Me mira con ojos intensos. Angustiados, pero llenos de deseo.

Se aleja de mí.

Se sienta sobre la cama y me da la espalda.

—Mierda —se pasa las dos manos entre el cabello—. ¿Qué acaba de pasar?

Abro la boca para contestarle, pero lo único que sale es *Raffe*. Ni siquiera yo sé si es una pregunta o una súplica.

Se sienta con la espalda muy erguida, con los músculos rígidos y las alas plegadas a lo largo de su espalda. Toco su hombro, y él brinca como si le hubiera dado un choque eléctrico.

Sin decir una palabra, se levanta y camina rápidamente fuera de la habitación.

6

Oigo los pasos de Raffe bajando por las escaleras de madera. La puerta principal se abre y se cierra de golpe. Luego veo la punta de una sus alas batiendo el aire fuera de mi ventana cuando se aleja volando.

Cierro los ojos, me siento completamente humillada.

¿Cómo puede haber espacio para la vergüenza en un mundo a punto de desaparecer en un apocalipsis de proporciones bíblicas?

Me quedo tumbada durante lo que parece una eternidad, deseando poder borrar lo que pasó. Pero no puedo. Me recorren torrentes de tisteza y confusión. Lo entiendo. Está prohibido... soy una Hija del Hombre... bla, bla, bla.

¿Por qué nada puede ser sencillo? Suspiro y me quedo mirando el techo.

Podría haberme quedado allí todo el día si no hubiera echado un vistazo por la puerta que Raffe dejó abierta cuando salió.

Al otro lado del pasillo, la puerta de la habitación de Paige está abierta y su cama está vacía.

Me incorporo de un salto.

—¿Paige? —no hay respuesta. Alcanzo mis zapatos y los deslizo en los pies mientras camino por el pasillo—. ¿Paige?

No oigo nada. No está en la cocina, el comedor o la sala. Miro por la ventana de la sala.

Ahí está. Su pequeño cuerpo está acurrucado en el suelo junto a Beliel, quien sigue encadenado a la cerca.

Corro al jardín.

—¿Paige? ¿Estás bien? —mi hermana levanta la cabeza y parpadea adormilada. Mi corazón se tranquiliza y exhalo, dejando escapar la tensión de mi cuerpo—. ¿Qué estás haciendo aquí? —tengo cuidado de quedarme fuera del alcance de Beliel. Paige también se encuentra justo fuera de su alcance. Puede estar extrañamente unida a él, pero no es estúpida.

Beliel el demonio yace muy quieto. Sus heridas siguen crudas y rojas donde le arrancaron pedazos, aunque ya no está sangrando. Estoy bastante segura de que ya no sufre de su parálisis, pero no se ha movido desde que estábamos en el nido.

Su piel está marchita. Respira con dificultad, como si sus pulmones estuvieran perforados. No está sanando tan rápido como hubiera esperado. Pero sus ojos nos siguen, y su mirada es alerta y hostil.

Paso mi brazo bajo los hombros de mi hermana y la levanto en mis brazos. Hasta hace poco, había crecido tanto que me costaba trabajo hacerlo, pero el Gran Ataque cambió todo. Ahora Paige pesa tan poco como un muñeco de peluche.

Ella se retuerce entre mis brazos, mirando a su alrededor. Gime como un bebé somnoliento, deja claro que no quiere que la mueva de ahí. Estira sus brazos hacia Beliel, quien la mira con sorna. No parece molesto ni confundido por su actitud incoherente hacia él.

—Tu voz me resulta conocida —me dice Beliel. No se ha movido, no ha parpadeado. Es como un cadáver que puede mover los ojos y los labios—. ¿Dónde nos hemos visto antes?

Me desconcierta que está pensando lo mismo que yo pensé cuando lo vi encadenado hace unas horas.

Me alejo de él con Paige entre mis brazos.

—Tu ángel no tiene mucho tiempo para recuperar sus alas —dice Beliel.

—¿Cómo lo sabes? No eres médico.

—Raphael me arrancó un ala casi por completo hace unos días. Tuve que obligar a un insignificante doctor humano a que me la cosiera de nuevo. Me advirtió que no tendría mucho tiempo si me las arrancaran de nuevo.

—¿De qué médico insignificante hablas? ¿De Doc?

—No le hice caso. Pero ahora que lo pienso, esa cucaracha seguramente tenía razón. Raphael no ha conseguido otra cosa que dejarnos mutilados a los dos.

—Él no está mutilado.

—Lo estará —me dedica una sonrisa terrorífica que deja ver sus dientes ensangrentados.

Sigo caminando hacia el porche. Estoy a punto de entrar por la puerta cuando Beliel habla de nuevo.

—Estás enamorada de él, ¿verdad? —tose—. Crees que eres tan especial. Tan especial como para conseguir el amor de un Arcángel —hace un ruido seco que adivino debe ser una risa—. ¿Sabes cuántas personas a lo largo de los siglos han pensado que podrían conseguir su amor? ¿Que les sería leal como ellos le fueron leales a él?

Sé que debería ignorarlo. No puedo confiar en nada de lo que sale de su boca —eso lo sé—, pero no lo puedo evitar, siento que me quema la curiosidad. Bajo a mi hermana junto a la puerta abierta.

—Vuelve a tu cama, Paige —después de un poco de persuasión, Paige entra de nuevo en la casa.

Me doy la vuelta y me apoyo en el barandal del porche, mirando al demonio.

—¿Qué sabes de él?

—¿Quieres saber con cuántas Hijas del Hombre ha estado? ¿Cuántos corazones se han roto por Raphael, el gran Arcángel?

—¿Me estás diciendo que es un rompecorazones?

—Te estoy diciendo que no tiene corazón.

—¿Quieres decir que te ha tratado injustamente? ¿Que no te mereces estar encadenado como un animal rabioso?

—No es un buen tipo, tu ángel. Ninguno de ellos lo es.

—Gracias por la advertencia —de nuevo me dispongo a entrar en la casa.

—No me crees. Pero puedo mostrártelo —dice esto último en un susurro, como si no le importara si le creo o no.

Me detengo en el umbral de la puerta.

—No suelo hacer caso a tipos raros, ni a demonios asesinos que ofrecen mostrarme algo.

—Esa espada que llevas escondida bajo el oso de peluche —dice— no es sólo un pedazo de metal brillante. Puede mostrarte cosas.

Se me pone la piel de gallina. ¿Cómo lo sabe?

—Yo puedo mostrarte lo que viví a manos de ese Arcángel del que estás tan enamorada. Sólo tenemos que estar tocando la espada al mismo tiempo.

Me vuelvo hacia él.

—No soy tan estúpida como para darte mi espada.

—No tienes que dármela. Tú puedes sostenerla mientras yo la toco.

Lo miro fijamente, tratando de adivinar si quiere engañarme.

—¿Por qué debería arriesgarme a perder mi espada sólo para ver si estás diciendo la verdad?

—No te arriesgas a nada. La espada no me permitiría levantarla o llevarla conmigo —me habla como si fuera una idiota—. No representa ningún peligro para ti.

Me imagino a mí misma en un trance de recuerdos de la espada a poca distancia de Beliel.

—Gracias, pero no.

—¿Tienes miedo?

—Tengo cerebro.

—Puedes atarme las manos, encadenarme, envolverme con mantas, meterme en una jaula. Puedes hacer lo que quieras para garantizar que estarás segura de los malos designios de un viejo demonio que ya ni siquiera puede levantarse solo. Una vez que lo hagas, sabes que la espada no me permitirá usarla, así que estarás perfectamente segura.

Lo miro, tratando de adivinar el truco.

—¿De verdad tienes miedo de que te haga daño? —pregunta—. ¿O te da miedo saber la verdad sobre tu precioso Arcángel? Él no es lo que parece. Es un mentiroso y un traidor, y puedo probarlo. La espada no me dejará mentir. Sólo me dejará mostrarte mis recuerdos.

Sigo dudando. Debería darme la vuelta y entrar en la casa, lejos de Beliel, y él lo sabe. Debería hacer caso omiso de todo lo que dice.

En cambio, me quedo clavada en el porche.

—Obviamente tienes tu propia agenda, que no tiene nada que ver con mostrarme la verdad.

—Obviamente. Tal vez me dejarás ir cuando te des cuenta de que el malo de la historia es él, no yo.

—¿Estás tratando de decirme que tú eres el bueno de la historia?

La voz de Beliel se vuelve fría.

—¿Quieres verlo o no?

El sol brilla, y me detengo a mirar la hermosa vista de la bahía y las colinas verdes más allá. El cielo es de un azul intenso, que sólo interrumpen un par de nubes hinchadas.

Debería explorar más de la isla para ver si hay algo aquí que pudiera servirnos. Debería estar elaborando un plan para ayudar a mi hermana. Debería estar haciendo algo útil en vez de coquetear con el desastre.

Pero mi sueño me sigue atormentando. ¿Era Beliel uno de los Vigilantes de Raffe?

—¿Tú eras... solías trabajar con Raffe, antes?

—Podrías decir eso. Raphael solía ser mi Comandante. Hubo un tiempo en que yo habría hecho cualquier cosa por él. Cualquier cosa. Pero eso era antes de que me traicionara. Como va a traicionarte a ti. Es su naturaleza.

—Sé que le mentiste a mi hermana sólo por divertirte un rato. Pero yo no soy una niñita asustada de siete años, así que deja de tratar de manipularme.

—Haz lo que quieras, pequeña Hija del Hombre. Seguro que de todos modos no hubieras creído lo que te mostraran tus ojos. Eres demasiado leal al Arcángel para creer que él pudiera ser la fuente de tanta miseria.

Le doy la espalda y camino hacia el interior de la casa. Compruebo que Paige está durmiendo en su habitación. Reviso los armarios de la cocina y encuentro algunas latas de sopa que dejaron los hombres que estaban atrincherados aquí antes que nosotros.

Mientras deambulo por la casa, el deseo de ver lo que Beliel quiere mostrarme me carcome. Quizá me muestre algo que me ayude a olvidarme de Raffe. Quizá pueda volver a mis sentidos y seguir adelante con mi vida, mi vida con otros seres humanos, a donde pertenezco.

No puedo ni pensar en lo que pasó antes con Raffe sin que la vergüenza me coloree el rostro. ¿Cómo voy a atreverme a mirarlo cuando regrese?

Si acaso regresa.

La idea me retuerce las entrañas.

Pateo un cojín decorativo tirado en el suelo, pero verlo rebotar en la pared no me hace sentir mejor.

Bueno. Suficiente.

No es gran cosa. Sólo tengo que asomarme un momento a los recuerdos de Beliel. Los hombres de Obi arriesgan sus vidas todos los días espiando a los ángeles en un esfuerzo por conseguir un poco de información. Y aquí estoy yo, con el mejor dispositivo de espionaje en el mundo, además de una oferta para adentrarme en los recuerdos de uno de nuestros enemigos. Estaré armada con mi espada, y Beliel no podrá usarla en mi contra.

Lo sacaré de mi sistema y me olvidaré del asunto para siempre. Seré muy cuidadosa.

Independientemente de lo que Beliel tiene que mostrarme, Paige y yo nos iremos de la isla, y volveremos al campamento de la Resistencia. Encontraremos a mamá y veremos si podemos encontrar a Doc. Quizás él pueda ayudar a Paige a comer comida normal de nuevo.

Y después de eso… sobreviviremos.

Solas.

Subo las escaleras para recuperar a Osito Pooky, luego camino de vuelta al jardín donde yace Beliel. Está acostado a un lado de la cerca, acurrucado en la misma posición que cuando me fui. Puedo ver en sus ojos que sabía que yo iba a volver.

—Entonces, ¿qué tengo que hacer?

—Tengo que estar tocando tu espada.

Levanto mi espada y la dirijo hacia él. Brilla a la luz del sol. Quiero preguntarle a Osito Pooky si está de acuerdo con esto, pero me da miedo sonar estúpida frente a Beliel.

—Acércate más —Beliel extiende su mano para tocarla.

Eso me hace dudar.

—¿Tienes que tocarla con las manos, o puede ser cualquier parte de tu cuerpo?

—Cualquier parte de mi cuerpo.

—Bueno. Date la vuelta.

Se acuesta dándome la espalda sin protestar. Su espalda está surcada por cuerdas de músculos secos. No se me antoja tocarlo ni con una espada de dos metros de largo. Pero de todos modos recargo la punta de mi espada contra su columna vertebral.

—Si te mueves, te atravieso con ella —no sé si es suficiente que sólo esté tocando a Beliel con la punta de la espada, pero él no parece preocupado.

El demonio respira profundo y deja escapar el aire lentamente.

Siento que algo se abre en mi cabeza.

No se siente como las otras veces, cuando de repente aparecí en algún otro lugar. Este viaje es más débil, más ligero, como si pudiera elegir no estar ahí si quisiera, como si la espada no se sintiera segura en este viaje en particular.

Yo también respiro profundo. Me aseguro de que mis pies estén bien colocados en una postura defensiva y me preparo para defenderme de cualquier ataque.

Luego cierro los ojos.

7

Siento un momento de vértigo antes de aterrizar en tierra firme.

La primera cosa que me golpea es un calor aplastante. Luego, un fuerte hedor a huevos podridos.

Bajo un cielo negro-púrpura, veo un carro jalado por seis ángeles enjaezados como caballos. Gotas de sangre y sudor corren por sus hombros y pecho cuando el arnés se clava en su carne. Se esfuerzan por arrastrar el carro y al demonio gigante que lo conduce.

El demonio tiene alas, claro. Podría volar a su destino si así lo quisiera. Pero parece que prefiere rodar lentamente a lo largo de sus dominios.

El demonio es tan grande que Beliel parecería un niño a su lado. Sus alas brillan con lo que parece fuego de verdad, lo que hace ver destellos en su piel sudorosa.

Lleva en la mano un bastón con lo que parece un ramo de cabezas encogidas en la parte superior. Las cabezas tienen ojos que parpadean y bocas que se tuercen tratando de gritar. O tal vez se están ahogando y jadean para aspirar aire. No estoy segura, porque ningún sonido sale de ellas. Cada cabeza tiene un mechón de cabello largo y rojo que flota hacia arriba y a su alrededor, como algas ondeando en una corriente marina.

Cuando consigo sobreponerme del horror de las cabezas, me doy cuenta de que todos los ojos son del mismo tono de verde. ¿Cuántas cabezas tendrías que reunir para poder elegir un montón con el mismo tono exacto de ojos y cabello?

El suelo está cubierto de vidrios rotos y fragmentos de hueso. Cada rueda del carro está recubierta con dos ángeles, como si el monstruoso demonio no quisiera que sus brillantes ruedas se magullaran en el terreno accidentado. Los ángeles están encadenados a las ruedas, y puedo ver que su piel está lacerada y atravesada por cientos de pedazos de vidrio y escombros.

Beliel es uno de esos ángeles encadenados a una rueda.

Sus alas son del color de una puesta de sol. Deben ser sus alas originales de ángel. Las lleva abiertas a medias, como si quisiera evitar que fueran aplastadas. Pero muchas de las plumas ya están chamuscadas y rotas.

Nunca me había puesto a pensar cómo es que los demonios llegan a ser como son. Tal vez hay un tiempo de transición entre ser un ángel y convertirse en un demonio. El Beliel de aquí todavía tiene plumas, así que supongo que significa que no ha pasado mucho tiempo desde su Caída.

Reconozco su rostro, pero me parece más suave, más inocente. Sus ojos carecen de ese gesto duro y cruel que, a mi pesar, he llegado a conocer tan bien. Parece casi guapo sin su acostumbrada mueca de amargura, aunque hay dolor en su expresión.

Mucho dolor.

Pero lo soporta sin un quejido.

La rueda sigue girando, aplastando su cuerpo contra los fragmentos de vidrios y huesos que cubren el suelo, haciéndole soportar el peso del vehículo y del monstruo que va montado en él. Su rostro tiene un gesto de determinación, como si apretara la mandíbula con todas sus fuerzas para no gritar.

Sus alas tiemblan por el esfuerzo de mantenerse abiertas. Eso las protege del peor daño, pero no evita que se arrastren por el campo de huesos y vidrios.

Cuando giran las ruedas, las alas de los ángeles que están encadenados a ellas se aplastan y astillan lentamente contra el suelo. Los Caídos todavía llevan las fundas vacías de sus espadas alrededor de la cintura, y éstas se golpean y se arrastran sobre el suelo áspero, como un recordatorio de lo que han perdido.

El demonio gigante levanta su bastón por encima de su cabeza, y éste se convierte en un látigo que vuela por el aire. Las cabezas encogidas comienzan a gritar en cuanto son liberadas. Vuelan hacia los ángeles enjaezados con el cabello volando frente a ellas como si se tratara de lanzas afiladas.

Cuando alcanzan a los ángeles que jalan el carro, su cabello comienza a destrozarles la piel.

Las cabezas abren la boca y roen frenéticamente la carne de los Caídos. Una incluso comienza a escarbar con los dientes hasta adentrarse a la mitad de la espalda de un ángel antes de que el látigo se jale de nuevo hacia atrás.

Estos ángeles Caídos parecen hambrientos y están cubiertos de heridas que supuran. Sospecho que incluso los ángeles necesitan de alimento y descanso para activar su mágico poder de curación.

De repente, en medio de todo esto, una manada de sombras, con caras de murciélago y alas oscuras, se escabulle hacia ellos. Son más grandes que los que encontré dentro de los recuerdos de mi espada. Son más robustos y tienen las alas llenas de pústulas, como si estuvieran invadidos por alguna plaga.

Estos pequeños demonios tienen un brillo inteligente en los ojos que los hace parecer más peligrosos que los que he visto antes. Miran a su alrededor, parecen estar conscientes de que se mueven con un propósito. Quizá las sombras modernas se degeneraron en versiones más pequeñas, más débiles, más estúpidas, de éstas.

Pero aun así, estas sombras no son nada en comparación con el señor de los demonios. Apenas parecen insectos contra el ser imponente que conduce el carro, y es obvio que le tienen mucho miedo.

Tal vez ellos ni siquiera son de la misma especie. No se parecen en nada a él. Las sombras son unos animalitos dientones con caras aplastadas y alas de murciélago, mientras que el gigante parece un ángel mutante malvado.

Las sombras arrastran a alguien detrás de ellas. Es una chica, seguramente fue bonita alguna vez, tiene el pelo color caoba y los ojos grises, pero ahora parece una vieja muñeca de trapo. Sus ojos están vacíos, la expresión en blanco, como si hubiera enviado a su yo interior a otra parte.

La arrastran de los tobillos por el suelo áspero. Sus brazos se arrastran detrás de su cabeza, y su pelo enmarañado se atora en los huesos afilados que sobresalen del suelo. Sus ropas están tan desgarradas que ahora son harapos, y cada parte de su cuerpo está sucio y cubierto de sangre. Me gustaría ayudarla a levantarse, quisiera patear a las sombras para que se alejen de ella, pero yo misma no soy más que un fantasma dentro de los recuerdos de Beliel.

Distingo los restos del maquillaje extraño que las esposas de los Vigilantes llevaban en el rostro la noche que Raffe trató de salvarlas. No reconozco a esta chica en particular, pero debe ser una de las mujeres que les entregaron a los demonios en castigo. Raffe logró salvar a algunas, pero no a todas. Yo misma vi que realmente lo intentó. Quizás ella era una de las que huyó hacia la oscuridad.

Los demonios arrastran a la pobre chica alrededor de cada una de las ruedas del carro; tratan de permanecer lejos del señor de los demonios, pero sin alejarse tanto como para no ver a los ángeles. Las sombras tiemblan cuando tienen que acercarse un poco más al demonio gigante y voltean a mirarlo a cada rato, como si temieran que fuera a atacarlos en cualquier momento.

El demonio les gruñe, y de repente el aire huele peor que nunca. Tengo la impresión de que acaba de lanzarle un montón de azufre apestoso a las sombras, como un zorrillo que ataca con su propio olor. No me extraña que el aire huela a huevos podridos en este lugar.

La mitad de las sombras huye despavorida. Pero la otra mitad resiste, se acurruca temblando contra el suelo, hasta que el demonio pierde interés en ellas.

Entonces reanudan cuidadosamente su paseo alrededor del carro. Observan fijamente la expresión de cada ángel a su paso.

Los Caídos se tensan cuando ven a la chica, la estudian con terror. Todos la miran atentamente, como si estuvieran tratando de reconocerla. Muchos cierran los ojos cuando la ven, como si sus pensamientos los torturaran, incluso más de lo que está siendo torturado su cuerpo en ese momento.

Las sombras finalmente consiguen atraer la atención de Beliel, y los ojos del ángel se abren con horror.

—Maia —gime.

La mujer parpadea cuando escucha su nombre. Sus ojos parecen enfocar su entorno por primera vez. Vuelve la cabeza hacia él.

—¿Beliel? —su voz suena insegura, parecería que su ser interior sigue muy lejos de ahí. Pero cuando lo ve, es obvio que lo reconoce. Su rostro se transforma de una máscara en blanco a angustia pura.

Ella extiende los brazos hacia él.

—¡Beliel!

—¡Maia! —grita él, y puedo escuchar el terror en su voz.

Las sombras también lo perciben, y saltan de emoción. Comienzan a reír, brincan y casi aplauden de alegría, como niños pequeños que planean una travesura.

Pero luego muestran sus afilados dientes amenazadoramente, para mostrarle a Beliel que están a punto de torturar a Maia en formas que ni siquiera puede imaginar.

—¡No! —Beliel jala sus cadenas, grita amenazas contra los infernales —¡Maia!

Entonces las sombras saltan sobre la chica.

El grito de Beliel es horrible. Maia no soporta mucho tiempo y grita también. Sus gritos pronto se tornan en gorjeos húmedos, hasta que se detienen de golpe.

Beliel comienza a gritar con voz derrotada.

—¡Raphael! ¿Dónde estás? ¡Juraste protegerla, maldito traidor!

Yo miro a mi alrededor para ver si encuentro alguna forma de salir de aquí. No puedo seguir soportando esto.

Las sombras arrastran a la chica para mantener el ritmo del carro, mientras se aseguran de que Beliel siga viendo lo que le están haciendo a su mujer.

Beliel sigue luchando contra sus cadenas. Está tan frené-
tico que creo que de verdad podría llegar a romperlas. No son
los gritos de un hombre enojado. Son los gritos de pesadilla
de alguien que está viendo cómo su alma se hace pedazos
frente a sus ojos.

Beliel se quiebra y comienza a sollozar. Llora por su Hija
del Hombre. Por la chica que incluso ahora lo necesitaba para
cuidarla y protegerla. Tal vez incluso por sus hijos, que quizás
están siendo perseguidos y asesinados por alguien que pensó
que era su amigo. Un amigo como Raffe.

8

Estoy tan preocupada observando la situación de los dos amantes que no he puesto atención en nada más. Pero ahora siento un cosquilleo urgente en la nuca. Mi sexto sentido me está susurrando algo con urgencia, a través de todo el ruido de lo que está pasando frente a mí.

Miro a mi alrededor. Entonces me doy cuenta de que el señor de los demonios que va conduciendo el carro me está mirando directamente.

¿Por qué puede verme? Sólo soy un fantasma en la memoria del Beliel.

Pero sigue mirándome fijamente. Sus ojos están inyectados de sangre, como si viniera de un mundo envuelto en humo perpetuo. Su expresión es al mismo tiempo curiosa y molesta, como si estuviera ofendido por haber descubierto a una intrusa observándolo.

—Espía —susurra—, no perteneces aquí —sus palabras suenan como un centenar de serpientes deslizándose, pero por alguna razón puedo entender lo que dice.

Tan pronto como el demonio dice la palabra *espía*, todas las sombras voltean a mirarme. Sus ojos se abren, sorprendidos, como si no pudieran creer su buena suerte. No me toma mucho tiempo darme cuenta de que ya no soy invisible.

El demonio me observa cuidadosamente con los ojos inyectados de sangre. Luego lanza su látigo contra mí. Las cabezas, esas cabezas gimientes, ahogadas, sangrientas, salen disparadas hacia mí desde la punta de su bastón.

Sus expresiones son una mezcla de desesperación y esperanza. Están desesperadamente encantadas de volar hacia mí, mostrándome sus dientes fracturados dentro de sus bocas abiertas. Su cabello, que debería estar volando detrás de ellas, viene volando en mi dirección.

Al mismo tiempo, todas las sombras saltan hacia mí, mostrando las garras y los colmillos.

Doy un paso hacia atrás.

Trato de darme la vuelta para correr en dirección contraria, pero tropiezo en el terreno irregular, y de repente me veo cayendo contra el suelo de vidrios rotos y fragmentos de huesos afilados.

Las cabezas gritan mientras vuelan hacia mi cara.

Estoy cayendo.

Cayendo.

Caigo hacia atrás y aterrizo sobre mi trasero.

Estoy de vuelta en la isla. Beliel, el demonio, sin alas y con la piel arrugada, yace tumbado en el suelo frente a mí.

De repente, una de las sombras que me perseguía surge de la espalda de Beliel. Salta hacia mí con las garras extendidas.

Yo suelto un grito, arrastrándome hacia atrás sobre el suelo como un cangrejo.

La sombra alcanza a herirme el hombro cuando pasa volando sobre mí. Un chorro de sangre escurre por mi brazo.

La punta de mi espada sigue enterrada en la espalda de Beliel. Intento jalar de ella, pero siento una resistencia, como si alguien estuviera jalando del otro lado. Una sensación de repulsión inunda mi brazo, como si la hoja de la espada fuera una extensión de mi cuerpo.

Dos sombras más logran hacer camino a través de mi espada, como si fueran gemelos siameses. Estallan desde la espalda de Beliel, quien está sangrando por la herida de la que salieron las sombras.

Están saltando de sus recuerdos.

Finalmente logro arrancar mi espada de un jalón y me alejo tan rápido como puedo de donde está tumbado Beliel.

Las sombras aterrizan en el jardín con un ruido sordo. Ruedan y aterrizan de pie, agitando la cabeza y moviéndose como borrachos mientras miran alrededor del pequeño patio. Entrecierran los ojos contra la luz del sol y levantan sus manos para protegerlos. Eso me da un segundo para ponerme de pie y recuperar el aliento.

Pero saltan sobre mí de inmediato. Apenas tengo tiempo de levantar mi espada y agitarla ciegamente frente a mí.

Tengo suerte, pues parecen desorientadas, y una tropieza con sus propios pies. De inmediato cambian de estrategia y se quedan fuera del alcance de mi espada.

Pero su desorientación no dura mucho tiempo. Me observan cuidadosamente, me rodean y miden mis movimientos con ojos astutos. Estas sombras son más inteligentes que las que he enfrentado en los sueños que me ha mostrado mi espada.

Una me finta mientras que la otra trata de colocarse detrás de mí. ¿Dónde está la tercera?

La sombra que faltaba salta desde un arbusto y me ataca por un flanco.

Giro rápidamente y levanto mi espada para cortar a la bestia. Mis brazos se ajustan mientras me muevo, la espada de ángel me está blandiendo a mí en vez de yo a ella. La hoja se ajusta en la posición perfecta para cortar a través del torso de la sombra. Aterriza en la hierba, temblando y desangrándose.

Termino de girar y pateo a la sombra que quiere colocarse detrás de mí.

Cae al otro lado de la cerca. Se incorpora de inmediato y me gruñe.

Las dos sombras supervivientes retroceden, me miran durante un segundo.

Luego corren en dirección contraria, se lanzan al aire y desaparecen entre los árboles.

Beliel suelta una carcajada débil.

—Bienvenida a mi mundo, Hija del Hombre.

—Tendría que haber sabido que ibas a engañarme —jadeo mientras aprieto mi hombro para detener el sangrado. La sangre se escurre entre mis dedos y me empapa la camiseta.

Beliel se incorpora y sus cadenas tintinean con el movimiento. Puede moverse mucho más de lo que pensaba.

—Sólo porque algunas sombras lograron seguirte no quiere decir que lo que viste no fuera verdad. ¿Cómo iba a saber que podían conseguir escapar de mis recuerdos? —no suena sorprendido en absoluto.

—Lo que le sucedió a Maia —dice— te pasará algún día, y pronto. Y tu precioso Raphael será responsable de ello. Alguna vez yo también pensé que era mi amigo. Prometió que protegería a Maia. Pero ahora sabes lo que pasa con las personas que confían en él.

Me levanto temblorosa y regreso a la casa. Siento que no podría estar en el mismo espacio que esa horrible criatura durante más tiempo.

Quiero golpearme a mí misma por hacerle caso, pero supongo que no tengo que hacerlo. Él ya lo hizo por mí.

9

Estoy en la cocina lavando la sangre de mi hombro cuando Raffe regresa a la casa.

—¿Qué pasó? —deja caer una bolsa de plástico en el suelo y corre hacia mí.

—Nada. Estoy bien —mi voz es dura y distante. Pienso en esconder la herida, pero mi camiseta está rota y me resulta imposible hacerlo. La vieja camiseta cuelga de un hilo de mi hombro herido. Seguro que resultaría sexy si no fuera por toda la sangre.

Quita mi mano que cubre la herida y se acerca a mí para estudiar las cortadas de mi hombro.

—¿Te las hizo el demonio que está muerto en el patio? —está tan cerca de mí que su aliento acaricia mi cuello. Me alejo un poco, incómoda.

—Sí. Él y sus dos amigos.

Raffe aprieta tanto la mandíbula que puedo escuchar cómo rechinan sus dientes.

—No te preocupes —le digo—, no tuvo nada que ver con que esté contigo.

Raffe me estudia con curiosidad.

—¿Qué te hace pensar que me preocupa que tenga que ver conmigo?

Ups. ¿Alguna vez me habló siquiera de las sombras? ¿O sólo sé que se preocupa de que vendrán a atacarme porque estuve espiando sus recuerdos a través de Osito Pooky?

Podría mentirle, pero… Suspiro. Eventualmente, todos tenemos que aceptar nuestros defectos. Y el mío es que no sé mentir en absoluto.

—Bueno, yo… vi algunas cosas a través de tu espada. No fue intencionalmente. Al menos, no la primera vez.

—¿Algunas cosas? —Raffe cruza los brazos y me mira fijamente—. ¿Qué tipo de cosas?

Me muerdo un labio mientras pienso qué decir.

Entonces él mira su vieja espada tendida en la cubierta. El brillo en la hoja de Pooky parece atenuarse un poco bajo su mirada.

—¿Mi espada te mostró sus recuerdos sobre mí?

Mis hombros se relajan un poco.

—Ah, ¿entonces ya sabes que ella puede hacer eso?

—Lo que sé es que ella solía serme leal y que yo confiaba en ella —me queda claro que está hablando con Osito Pooky, no conmigo.

—Creo que fue un accidente. Ella sólo estaba tratando de enseñarme a usar una espada correctamente. Yo nunca antes había utilizado alguna.

—Una cosa es que hayas tenido que renunciar a tu amo porque piensas que pudo haber Caído. Y otra, que expongas sus momentos privados —continúa hablando con su espada.

—Mira —le digo—, ya es bastante extraño tener una espada semiconsciente. No quiero estar en medio de una discusión entre ustedes dos. ¿Puedes olvidarlo por un momento, por favor?

—¿Qué te mostró? —Raffe levanta la mano—. Espera. No me digas. No quiero saber que me viste bailando en ropa interior al ritmo de mi música favorita.

—¿Los ángeles usan ropa interior? —cielos, ojalá no hubiera preguntado eso. Necesito un agujero muy profundo para meter mi cabeza ahora mismo.

—No —Raffe niega con la cabeza—. Es sólo una expresión.

—Ah —asiento con la cabeza, mientras trato de sacarme de la mente la imagen de Raffe bailando una canción de rock, quizá desnudo—. Bueno, hablando de cosas raras, las sombras salieron a través de tu espada.

—¿Qué quieres decir?

Me aclaro la garganta.

—La sombra que encontraste muerta en el jardín y las otras dos brotaron de la espalda de Beliel a través de tu espada —albergo todavía la esperanza de no tener que confesar todo lo que pasó hace un momento, pero Raffe debe haberse graduado en la escuela de interrogación de los ángeles, porque consigue sacarme toda la información.

Frunce el ceño y se pasea por la cocina mientras le cuento lo que pasó.

—Nunca debes confiar en Beliel —me dice cuando termino.

—Eso es lo mismo que él dice de ti.

Empieza a hurgar en la bolsa de plástico que dejó caer antes.

—Tal vez tiene razón. No debes confiar en nadie.

Saca una mezcla de comida enlatada y suministros de primeros auxilios de la bolsa. Separa unas vendas, ungüento y un poco de cinta adhesiva, y se acerca a mí.

—¿Dónde conseguiste todo eso?

—En Alcatraz. Pensé que algunas cosas podrían sernos útiles.

—¿Qué más encontraste allí?

—Un desastre abandonado —me toca la herida suavemente con un dedo, y me estremezco—. Sólo quiero asegurarme de que no hay nada roto —me dice.

—¿Tú sabías que eso podía pasar? ¿Que los demonios podían salir de la Fosa a través de una espada de ángel?

—Había escuchado historias, pero siempre imaginé que eran mitos. Supongo que un demonio sabría más de este tipo de cosas. Beliel debe haber pensado que podía reclutar a un par de sombras para que lo ayudaran.

Su tacto es suave mientras aplica un poco de ungüento sobre mis heridas.

—Debes tener mucho cuidado. Las sombras te seguirán a todas partes de ahora en adelante.

—¿Y a ti qué te importa? Saldrás de mi vida en el instante en que recuperes tus alas. Me lo has dejado bastante claro.

Raffe suspira. Coloca una gasa sobre la herida de mi hombro. Hago una mueca de dolor. Él acaricia suavemente mi brazo.

—Me gustaría que las cosas fueran diferentes —me dice mientras pega la gasa con cinta adhesiva—. Pero no lo son. Tengo mi propia gente. Tengo responsabilidades. No puedo solo.

—Basta —niego con la cabeza—. Entiendo. Tienes razón. Tú tienes tu vida. Yo tengo la mía. No necesito estar con alguien que no… —me quiera. Me ame.

He tenido suficiente de eso en mi vida. Soy una chica cuyo padre se marchó, dejándonos sólo un número telefónico fuera de servicio y sin dirección de reenvío, y cuya madre…

—Eres una chica muy especial, Penryn. Una chica increíble. El tipo de chica que ni siquiera te imaginas que puede existir de verdad. Y te mereces a alguien que te trate como si fueras lo más importante en su vida, porque lo eres. Alguien que are sus campos y críe cerdos sólo para ti.

—¿Debo entender que me estás emparejando con un criador de cerdos?

Se encoge de hombros.

—O lo que sea que los hombres decentes hacen cuando no están en guerra. Aunque tiene que ser capaz de protegerte. No te conformes con un hombre que no pueda protegerte —arranca un pedazo de cinta con una vehemencia que me sorprende.

—¿Hablas en serio? ¿Quieres que me case con un criador de cerdos que sepa cómo protegerme? ¿De verdad?

—Sólo estoy diciendo que debes elegir a un hombre que sepa que es digno de ti y que dedique su vida a mantenerte y protegerte —coloca otro pedazo de gasa a un lado de la primera, para terminar de cubrir mi herida. Nuevamente hago una mueca de dolor—. Y asegúrate de que sea amable contigo y te trate con respeto en todos los sentidos. De lo contrario, tendrá que rendirme cuentas —ahora su voz suena dura y sin misericordia.

Niego con la cabeza mientras Raffe arranca otro pedazo de cinta. No sé si estar enojada con él, o mejor ponerme a bromear.

Me alejo de él, en lo que intento domesticar un poco mis emociones confusas.

Raffe suspira de nuevo. Adelanta una mano y pasa los dedos suavemente sobre el último pedazo de cinta sobre la gasa.

Espero que continúe hablando. Cuando no lo hace, me pregunto si hablar de lo que está pasando entre nosotros sirve de algo. Tal vez lo que necesito en realidad es un poco de espacio para entender las cosas. Levanto la espada y una lata de atún y salgo por la puerta de atrás.

10

Afuera, me detengo bajo un rayo de sol y dejo que el calor penetre en mis huesos. Respiro profundo, disfruto del aroma de romero y dejo salir poco a poco el aire de mis pulmones.

Mi padre solía decir que hay magia en el calor de la luz del sol. Solía decir que si cerramos los ojos, aspiramos profundo y dejamos que el sol penetre en nuestra piel, todo estaría bien. Acostumbraba decirlo justo después de que mamá pasaba por un episodio particularmente malo en donde perdía los estribos, gritaba y lanzaba cosas por toda la casa.

Bueno, si la técnica de papá funcionaba en los días de furia de mamá, entonces debería funcionar también para el apocalipsis. Los problemas del corazón, sin embargo, son harina de otro costal. Estoy bastante segura de que papá no tendría una técnica eficaz para manejar lo que me está pasando con Raffe.

Hay pequeñas flores amarillas salpicando la ladera de la isla, y me recuerdan el parque al que solíamos ir con papá antes de que nos abandonara. Lo único que queda un poco fuera de lugar en la escena es el grupo de bestias monstruosas con colas de escorpión y la niña cosida como muñeca de trapo con moretones por todo el cuerpo.

Entre las hierbas altas, mi hermana coloca un vendaje en el dedo de uno de sus monstruos, como si fuera su mascota en lugar de una langosta bíblica diseñada para torturar a la gente en el verdadero estilo apocalíptico.

Sé que debajo de su enorme camiseta, las costillas de Paige sobresalen de su piel. Me dolió verlas esta mañana cuando la acosté en su cama. Tiene grandes círculos alrededor de los ojos, y sus manos no son más que huesos mientras juega a ser la enfermera del monstruo.

Se sienta en la hierba junto a sus mascotas. He visto que se sienta cada vez que puede. Creo que está tratando de conservar energía. Creo que se está muriendo de hambre.

Tengo que obligarme a caminar hacia el grupo. No importa cuánto tiempo haya pasado con las langostas, no logro sentirme a gusto cerca de ellas. Cuando me aproximo, sin embargo, las langostas vuelan lejos, para mi gran alivio.

Me siento al lado de Paige sobre la hierba y le muestro la lata de atún.

—¿Te acuerdas de los sándwiches de atún que papá solía prepararnos los fines de semana? Eran tus favoritos antes de que te volvieras vegetariana —levanto la tapa de la lata y le muestro la carne color rosa del pescado en el interior.

Paige se aleja de la lata.

—¿Recuerdas cómo papá solía colocar el atún sobre el pan y formar una carita feliz con él? Eso te gustaba mucho.

—¿Papá vuelve a casa?

Me está preguntando cuándo va a volver. La respuesta es nunca.

—No lo necesitamos.

¿No sería genial si eso fuera cierto? Si yo fuera él, no sé si volvería. Me pregunto si alguna vez piensa en nosotros.

Me mira con ojos tristes.

—Lo extraño.

Trato de pensar en algo para hacerla sentir mejor, pero no sé qué decir.

—Yo también.

Tomo un trozo de atún con los dedos y se lo acerco a la boca.

—Mira. Prueba un poco.

Sacude la cabeza con tristeza.

—Vamos, Paige.

Mi hermana mira hacia el suelo como si estuviera avergonzada. La delgadez de sus hombros y su rostro me asustan.

Llevo el atún a mi propia boca y lo mastico lentamente.

—Es muy rico —Paige me mira entre su cabello.

—¿Tienes hambre? —le pregunto.

Ella asiente. Durante un segundo, sus ojos se mueven hacia la venda en mi hombro. Está manchada de sangre.

Ella mira hacia otro lado, como si estuviera avergonzada, y luego hacia las langostas que vuelan dando vueltas por encima de nosotras. Pero sus ojos siguen desviándose hacia mi vendaje y mueve la nariz como si estuviera oliendo algo delicioso.

Tal vez es hora de que me vaya.

Estoy a punto de dejar la lata a su lado para irme cuando escucho un llamado animal. Suena como una hiena. No sé si alguna vez he escuchado a una hiena de verdad, pero mis huesos reconocen el sonido de un depredador. Siento cómo se me eriza el cabello en la nuca.

Una figura salta entre los árboles a mi izquierda.

Otra figura salta entre las ramas, y luego varias más.

Cuando la siguiente salta en el árbol más cercano, veo la silueta de sus orejas y sus alas.

Sombras.

Muchas.

Los árboles que nos rodean comienzan a hervir con sombras que saltan de un árbol a otro, cada vez más cerca. La risa de hiena las sigue llamando y la turba de sombras salta hacia nosotros.

Las langostas de Paige atacan a los demonios. Pero son demasiados.

Me aferro a la mano de Paige y corro hacia la casa. La piel de la espalda me arde, como si presintiera que unas garras invisibles estuvieran a punto de hundirse en ella.

Grito en dirección de la casa.

—¡Nos atacan!

Raffe mira a través de la ventana del comedor.

—¿Cuántos son? —grita mientras corremos a la casa.

Señalo a las sombras que saltan hacia nosotros desde el bosque. Raffe desaparece de la ventana.

Un segundo más tarde, sale por la puerta principal y baja corriendo del porche con una mochila en las manos.

Cuando pasa corriendo junto a la cerca, los dos notamos la cadena rota de Beliel colgando del poste. Beliel no está por ninguna parte.

Supongo que las sombras lo liberaron. Tal vez no eran amigos, pero estaban en el mismo equipo. ¿No es ésa la razón por la que Beliel me invitó a mirar en su pasado, para que pudiera traer a un grupo de sombras a ayudarlo?

Raffe me lanza la mochila. Supongo que contiene sus alas y algunos víveres.

Me pongo la mochila, mientras un par de langostas de Paige aterrizan a su lado. Le gruñen a las sombras que se acercan a ellos.

Doy un paso atrás. No puedo resignarme a mirar muy de cerca los aguijones de escorpión.

—Tenemos que irnos, Paige. ¿Nos pueden llevar tus amigos?

Mi corazón se detiene un segundo al pensar en que volaré en los brazos de uno de estos monstruos, pero en este momento me resulta más cómoda esa idea que volar en los brazos de Raffe. Ha dejado muy claro lo que siente por mí, por nosotros, y el hecho de que no hay un "nosotros".

Raffe me lanza una mirada asesina. Se inclina y desliza su brazo detrás de mis rodillas, luego me levanta en sus brazos.

—Puedo ir con una de las langostas —me pongo rígida y trato de inclinarme tan lejos de él como puedo.

—Primero muerto —corre un par de pasos para tomar vuelo antes de abrir sus alas.

Dos pasos más y estamos en el aire.

Envuelvo mis brazos alrededor de su cuello. No tengo más remedio que aferrarme a su cuerpo con todas mis fuerzas. No es un buen momento para discutir.

Las langostas vuelan detrás de nosotros con mi hermana en brazos.

Las sombras saltan hacia nosotros entre los árboles. La isla Ángel debe ser una especie de centro de convenciones de demonios. Eso, o estas nuevas sombras son muy buenas organizándose.

Raffe vuela hacia San Francisco. Detrás de nosotros, una nube de sombras vuela desde los árboles detrás de nosotros.

11

Como de costumbre, un enjambre de langostas vuela sobre Alcatraz. Mi cabello azota mi cara por el viento que generan sus alas. Cuando nos acercamos, una nube de langostas vuela hacia nosotros.

Se unen a nuestro pequeño grupo hasta que también nos convertimos en un enjambre. Las criaturas no nos acogen, pero tampoco nos atacan. Parecen acompañarnos en nuestro vuelo por puro instinto.

La nube de demonios que nos persigue se detiene. No tiene ni de cerca el tamaño del enjambre de langostas. Hacen una pausa durante unos segundos, como si evaluaran la situación, y luego se dan la vuelta y se alejan de regreso a isla Ángel.

Aspiro profundo y trato de relajarme. Por ahora estamos a salvo.

Raffe las mira alejarse con el ceño fruncido, sumido en sus pensamientos. Miro hacia atrás, a las sombras que se alejan, y me doy cuenta de cuál es el problema. Las sombras no se están comportando tan estúpidamente como deberían.

Me preocupa lo que acaba de suceder. ¿Qué clase de monstruos traje al mundo por culpa de mi curiosidad?

El enjambre que sobrevuela Alcatraz adelgaza entre más langostas lo abandonan y se dirigen hacia nosotros.

Un último grupo vuela en una formación de tipo lanza, liderado por una enorme langosta con una cola de escorpión particularmente grande enroscada sobre la cabeza. Algo en su vuelo me pone nerviosa. Sólo siguen a mi hermana por instinto, ¿no es así?

Decido no hacer caso a mi malestar, pensando que es una reacción razonable ante la vista de un gran enjambre de langostas con cola de escorpión que vuela en nuestra dirección.

Pero un segundo después, veo al líder de la formación y descubro que mis preocupaciones son legítimas. Está tan cerca que puedo distinguir la raya de cabello blanco en su cabeza. Me estremezco cuando lo reconozco.

Es el monstruo que en alguna ocasión quiso torturarme, el que me empujó contra la puerta de un contenedor lleno de gente desesperada a la que mataba de hambre por pura diversión. Es el monstruo que Beliel crió y entrenó para que fuera uno de los líderes del enjambre de langostas.

Es más grande que las otras langostas, y recuerdo que Beliel mencionó que los líderes habían recibido mejor nutrición para hacerlos más fuertes. ¿Por qué está aquí? ¿Podría Paige ordenarles a las langostas que se deshagan de él? Es demasiado cruel y peligroso para vivir. No lo quiero cerca de nosotros.

Cuando nos alcanza, agarra el brazo de la langosta que Paige estaba curando antes, y la obliga a detenerse en el aire. Raya blanca parece casi dos veces más grande que la langosta de Paige.

Entonces, Raya Blanca le arranca un ala y lanza a la aullante langosta hacia el agua.

Paige grita. Se queda mirando con los ojos muy abiertos cómo su mascota bate con impotencia el ala que le queda mientras cae como una roca.

Cae en el agua oscura de la bahía. El mar se la traga como si nunca hubiera existido.

Luego, Raya Blanca les ruge a las otras langostas de Paige, mientras mueve amenazadoramente en el aire su enorme aguijón de escorpión.

El pequeño grupo de langostas de Paige zumba volando en círculos, parecen confundidas. Ven a Raya Blanca y luego voltean a mirar a Paige, quien llora por su mascota asesinada.

Raya Blanca ruge de nuevo.

A regañadientes, todas, menos cuatro de las langostas de Paige, vuelven al enjambre liderado por Raya Blanca.

Las langostas de Raya Blanca cierran su círculo a nuestro alrededor. El estruendo de sus alas es ensordecedor, y mi cabello vuela en todas las direcciones. Raya Blanca vuela hacia atrás y hacia adelante, sin dejar de mirar a Paige con odio reprimido.

Paige parece una pequeña muñeca de trapo en los brazos de un monstruo, con un monstruo más grande acosándola.

Raffe debe sentir la tensión que emana de mi cuerpo, porque vuela de inmediato hacia Paige y se pone entre ella y Raya Blanca. Las alas de demonio de Raffe se despliegan amenazadoramente a nuestro alrededor. Se detiene frente a Raya Blanca y deja que las navajas que cuelgan de sus alas brillen con la luz del sol.

Raya Blanca abre los ojos como un hombre enloquecido. Me pregunto qué hacía, qué era en el mundo antes. ¿Un asesino en serie, quizá?

Retrocede un poco al ver a Raffe, lo evalúa. Me mira. Seguramente se pregunta si Raffe estaría dispuesto a dejarme caer para pelear contra él.

Ruge de nuevo, pero siempre a las langostas de Paige, sin atreverse a atacar a Raffe directamente, por lo menos no por ahora. Puede ser muy valiente cuando se trata de torturar a niñas y prisioneros, pero no está dispuesto a luchar contra un demonio ángel de su tamaño.

Se da la vuelta y golpea con la cola a una de las langostas restantes de Paige. No la pica, simplemente usa su aguijón para cortarle la cara, traza una línea de sangre en su mejilla. La langosta más pequeña se encoge y suelta un chillido, como si pensara que Raya Blanca tiene la intención de cortarle el cuello en vez de la cara.

Raya Blanca nos da la espalda, como para demostrar que no nos tiene miedo. Agarra a la mascota de Paige por el cabello y se va volando, con la langosta más pequeña revoloteando torpemente para mantenerse a su lado.

La bestia confundida se vuelve y le dedica a Paige una mirada triste. Es obvio que no quiere irse. Pero Paige sólo puede extender una mano hacia ella, mientras la mira desaparecer.

Es como una especie de desafío entre líderes del enjambre, y los monstruos parecen estar esperando descubrir a quién se supone que deben seguir.

Lo que haya hecho Paige anoche para reunir a las langostas en nuestro auxilio contra los ángeles, definitivamente no funciona contra Raya Blanca.

Un asesino en serie contra una niña de siete años. No es justo. Sólo me alegro de que no haya tratado de lastimarla, gracias a Raffe.

Paige se queda con la langosta que la lleva en brazos y dos más flanqueándola. Ahora que nuestro grupo es más pequeño será más fácil para nosotros volar sin que nos descubran ni nos disparen, pero no me gusta la sensación de intimidación, menos aún de parte de ese insecto asqueroso.

Seguimos adelante.

Puedo ver la preocupación en los ojos de Paige. Me imagino que no le preocupa que le hayan quitado su poder, pero seguramente odia que se castigue a sus langostas.

12

—Tenemos que ir al campamento de la Resistencia —le digo a Raffe mientras me aferro a su cuello—. Tal vez Doc estará ahí. Seguramente podría ayudarte a ti y a Paige.

Mi madre también debería estar allí, esperándonos.

—¿Es un doctor humano?

—Pero entrenado por los ángeles. Creo que alguna vez le cosió sus alas a Beliel… bueno, tus alas.

Raffe guarda silencio mientras bate sus grandes alas de demonio contra el aire.

—No me encanta la idea —le digo—, pero ¿qué otra opción tenemos?

—¿Por qué no? —suena resignado—. Voy a volar al corazón del campamento de mis enemigos, donde los primitivos nativos me cortarán en pedazos, venderán partes de mi cuerpo por dinero, y triturarán el resto para preparar infusiones para mejorar su potencia sexual.

Aprieto mis brazos alrededor de su cuello.

—Ya no somos tan primitivos.

Me mira arqueando su ceja perfecta, transmitiéndome su escepticismo.

—Ya tenemos Viagra para eso.

Raffe me mira de reojo, como si sospechara de lo que le estoy hablando.

Volamos sobre el agua y hacia el este de la bahía mientras el sol comienza a descender. Para evitar el nido, tomamos el camino más largo hacia la sede de la Resistencia. Hay muchos ángeles en el aire hoy. Vuelan en formación de todas partes hacia Half Moon Bay, donde se encuentra el nuevo nido.

Cuando nos encontramos con un grupo particularmente grande en el aire, aterrizamos frente a un centro comercial y nos escondemos junto a una de las tiendas departamentales.

—Deben estarse juntando para elegir al nuevo Mensajero —dice Raffe. Detecto la preocupación en su voz mientras observa a la multitud de ángeles que vuela por encima de nosotros.

Desenvuelvo mis brazos de alrededor de su cuello y me alejo de su calor. Siento frío a la sombra de la tienda departamental.

—¿Quieres decir que habrá más ángeles en la zona? —como si no hubiera suficientes ya.

Desde aquí, parece que los ángeles avanzan lentamente a través del cielo. Raffe los observa volar sobre nosotros. Su cuerpo se mueve, nervioso, como si estuviera haciendo un gran esfuerzo por no saltar en el aire y unirse a ellos.

—¿Te gustaba ser uno de ellos? —pregunto.

Raffe mira al cielo largamente antes de responder.

—Mis Vigilantes y yo una vez estábamos en una misión para limpiar la zona de una invasión de demonios, pero no logramos encontrar ninguno. Ciclón, uno de mis Vigilantes, tenía tantas ganas de pelear que no podía aceptar que no había nadie contra quien hacerlo.

Señala con la cabeza a los ángeles que vuelan en la distancia.

—Estábamos volando en una formación similar cuando de repente Ciclón decidió que si causaba un escándalo suficientemente grande, entonces los demonios llegarían, atraídos por el ruido y la destrucción, y tendrían que enfrentarse a nosotros. Así que empezó a volar en círculos tan rápido como podía, seguro de que lograría causar un ciclón —sonríe al recordarlo—. La mitad de nosotros se unió a él por diversión, mientras que el resto aterrizamos para verlo y burlarnos de él. Empezamos a lanzarle cosas, ramitas, hojas, barro, todo lo que podíamos encontrar, porque todo el mundo sabe que un ciclón debe llevar escombros y basura…

Tiene un brillo travieso en los ojos cuando lo recuerda.

—Los que estaban en el aire volaron hacia un árbol que debe haber estado enfermo, porque todas las naranjas que tenía en las ramas estaban podridas. Empezaron a lanzarlas contra nosotros, y se convirtió en una enorme pelea de lodo y naranjas podridas —Raffe se ríe mientras mira hacia el cielo.

Su rostro está relajado y feliz, como nunca lo había visto.

—Tuvimos pulpa de naranja y lodo en las orejas y el cabello durante muchos días.

Mira a los ángeles que se alejan de nosotros.

Casi puedo ver los solitarios años cayendo de nuevo sobre él, como largas sombras al final del día. La felicidad se desvanece de su expresión, y veo cómo se transforma de vuelta en un tipo solitario y duro que intenta sobrevivir al apocalipsis.

—¿Estás segura de que tu médico humano puede trasplantarme las alas? —pregunta.

—Eso es lo que dijo Beliel —aunque Beliel dijo muchas otras cosas.

—¿Y estás segura de que está en el campamento de la Resistencia?

—No, pero estoy bastante segura de que fue rescatado de Alcatraz por la Resistencia. Si no está allí, quizá sepan decirnos a dónde se fue —obviamente me preocupa volver al campamento, y no quiero confiar en el médico que dejó así a Paige con sus propias manos.

Suspiro, derrotada.

—No se me ocurre un mejor plan. ¿A ti?

Observa a los ángeles un segundo más antes de darse la vuelta y entrar en la tienda departamental.

No es mala idea. Paige y yo tenemos que ponernos algo de ropa de verdad, así que podemos ir de compras mientras esperamos que el cielo se despeje un poco. Dejamos las langostas fuera y seguimos a Raffe hacia la tienda.

En el interior descubrimos que no hay energía eléctrica, pero entra suficiente luz del sol por los ventanales para iluminar toda la parte delantera de la tienda. Muchos de los bastidores están tumbados en el suelo. Ropa de todos los colores cubre los pasillos. En las vitrinas, varios maniquíes desnudos están puestos unos sobre otros en crudas posturas sexuales.

Alguien ha pintado grafitis en el techo. Un caballero se enfrenta solo con su espada desenvainada a un dragón que escupe fuego por lo boca y es unas diez veces más grande que él. La cola del dragón desaparece en la oscuridad donde la luz de la ventana se desvanece más adentro de la tienda.

Al lado del caballero están escritas las palabras: "¿Adónde se fueron todos los héroes?".

Sospecho que el artista sabía que el caballero no tenía ninguna posibilidad contra el dragón. Sé exactamente cómo se siente.

Miro a mi alrededor y trato de recordar cómo se sentía ir de compras. Caminamos sobre un montón de vestidos elegantes. El suelo y los bastidores están cubiertos de telas brillantes y sedosas.

Yo me hubiera graduado este año de la preparatoria. Mi escuela siempre organizaba un baile muy elegante para sus graduados. Dudo que alguien me hubiera invitado, pero aun cuando lo hiciera, jamás habría podido comprar uno de esos vestidos. Paso mi mano suavemente sobre la tela de un vestido largo, mientras me pregunto cómo se sentiría ir a una fiesta de graduación en vez de un baile de máscaras lleno de ángeles asesinos.

Descubro a Raffe mirándome. La luz que lo golpea por detrás forma un halo alrededor de su cabello oscuro y sus hombros amplios. Si fuera humano, las chicas de mi escuela habrían muerto sólo por estar en la misma habitación que él. Pero, claro, Raffe no es humano.

—Se te vería muy bien eso —señala con un gesto el vestido de estrella de cine que tengo en la mano.

—Gracias. ¿Crees que combine bien con mis botas de combate?

—No vas a estar luchando siempre, Penryn. Llegará un momento en el que estarás tan aburrida que desearás estar luchando.

—Soñaré con ese momento —levanto el vestido y lo pongo sobre mi cuerpo, sintiendo la suave tela contra mi piel.

Da un paso hacia atrás y me estudia con el vestido. Luego asiente con un gesto de aprobación.

—¿Cómo crees que hubieran sido las cosas entre nosotros… —se me seca la garganta. Trago e intento continuar— si tú fueras humano, o si yo fuera un ángel?

Adelanta una mano, como si no pudiera contenerse, y pasa un dedo suavemente a lo largo del hombro del vestido.

—Si yo fuera humano, cultivaría la granja más bonita para ti —suena completamente sincero—. Más linda que la de cualquier otro. Tendría piñas doradas, las uvas más jugosas y los rábanos más grandes del mundo entero.

Lo miro fijamente, tratando de adivinar si está bromeando. Creo que lo dice en serio.

—¿No has estado en muchas granjas, verdad, Raffe? De todos modos, la mayoría de la gente ya no trabaja las granjas.

—Eso no disminuiría mi pequeño compromiso humano hacia ti.

Sonrío un poco.

—Si yo fuera un ángel, te haría cosquillas en los pies con mis plumas y cantaría canciones angelicales para ti cada mañana.

Él arruga la frente, como si le resultara doloroso imaginarse la escena.

—Bueno —asiento con la cabeza—. Ninguno de los dos tiene idea alguna de lo que sería estar en el mundo del otro. Me queda claro.

Me mira con ojos sinceros.

—Si yo fuera humano, sería el primero tratando de conquistarte —luego mira hacia otro lado—. Pero no lo soy. Soy un Arcángel, y mi gente está en problemas. No tengo más remedio que tratar de poner las cosas en orden. No me puedo distraer con una Hija del Hombre —asiente con la cabeza, un poco para sí mismo—. No puedo.

Vuelvo a dejar cuidadosamente el vestido donde lo encontré y me obligo a escuchar lo que me está diciendo. Tengo que aceptar la situación.

Entonces lo observo, me preparo para encontrar determinación, tal vez incluso lástima en su mirada. Pero sólo descubro confusión. Hay una batalla furiosa librándose detrás de sus ojos.

Una pequeña luz de esperanza brota en mi pecho. La verdad es que ni siquiera sé lo que estoy esperando. Hace tiempo que mi cerebro no logra alcanzar a mi corazón.

—Sólo por esta vez —dice, más para sí mismo que para mí—. Sólo por un momento.

Luego se inclina y me besa.

Es el tipo de beso con el que he soñado desde que nací.

Sus labios son suaves, su tacto tierno. Me acaricia el pelo suavemente.

Me lame los labios, desliza su lengua húmeda sobre ellos y luego toca mi lengua con la suya. Una sensación eléctrica corre desde la punta de mi lengua hacia los dedos de mis pies y de regreso.

Siento que me estoy ahogando en Raffe. No sabía que podía sentirme así. Abro la boca y lo abrazo con más fuerza, casi me subo a sus brazos.

Nos besamos frenéticamente durante lo que parece un año, pero sé que sólo es una milésima de segundo. Mi respiración es irregular, y siento que no estoy recibiendo suficiente aire. Mi corazón se está derritiendo, mi sangre fluye como lava a través de mi cuerpo.

Entonces Raffe se detiene.

Respira profundo y da un paso hacia atrás, me sostiene con los brazos extendidos.

Trato de dar un paso hacia él por puro instinto. Mis párpados se sienten pesados, y lo único que quiero es volver a perderme en la sensación de Raffe.

Veo una mezcla de nostalgia y tristeza en sus ojos, pero no me deja acercarme más.

Cuando descubro eso, me transporto de nuevo al presente. Regreso al aquí y al ahora.

La invasión. Mi madre. Mi hermana. Las masacres. Todo vuelve en un segundo. Raffe tiene razón.

Estamos en guerra.

Al borde de un apocalipsis lleno de monstruos y tortura en un mundo de pesadilla.

Y yo estoy aquí, una adolescente enamorada que suspira por un soldado enemigo. ¿Qué me pasa? ¿Estoy loca?

Esta vez, yo soy la primera en darle la espalda.

13

La bóveda de mi cabeza está llena, y mis emociones confusas necesitan un descanso.

Me adentro más en la tienda, lo más lejos posible de Raffe. En el área más sombría de la tienda, antes de ponerse muy oscuro, encuentro una tarima donde sentarme. Hay suficiente luz para que yo pueda ver, pero es tan oscuro que podría confundirme con una de las sombras si alguien me estuviera espiando. A veces, me parece que toda mi vida ha transcurrido en este espacio crepuscular entre el sol y la oscuridad.

Me siento a mirar los bastidores derrumbados y medito sobre nuestra antigua civilización perdida. Cuando me canso de hacerlo, trato de ver en la parte más oscura de la tienda. No alcanzo a distinguir nada, pero no puedo evitar imaginar que veo cosas moviéndose entre la oscuridad. De repente, sin embargo, veo algo en una esquina.

Detrás de un cartel doblado, entre de un mar de zapatos y varios maniquíes tirados, hay una pequeña linterna. Está encendida, pero su luz es muy débil. Parece que proyecta más sombras que luz.

Pongo una mano sobre la suave piel de Osito Pooky y pienso si debo huir o acercarme a investigar. No tengo ganas de estar con Raffe, así que me bajo de la tarima de un salto y camino silenciosamente en dirección de la linterna.

Antes de llegar, veo que una figura se me adelanta.

Es Paige. Todavía trae puesta su enorme camiseta que le cuelga de un hombro y le llega más abajo de las rodillas. Sus tenis están cubiertos de sangre seca.

La tenue luz golpea su rostro, destaca sus rasgos esqueléticos debajo de los puntos de sutura y forma largas sombras desde su cabello hasta su cuello. Camina hacia los maniquíes como una sonámbula. Parece hipnotizada por algo que ve en el suelo.

Echo otro vistazo a los maniquíes y me doy cuenta de que uno de ellos es un hombre.

Está acostado de espaldas sobre los zapatos regados por el suelo, con la cabeza y los hombros entremezclados con brazos y piernas de maniquí, como si hubiera caído súbitamente sobre ellos. Una pálida mano se extiende hacia la linterna mientras la otra se aferra a un pedazo de papel que tiene en el pecho. Debe haber muerto de un ataque al corazón.

Paige se arrodilla a su lado como si estuviera en un trance. Podría verme si mirara hacia arriba, pero está demasiado preocupada por el hombre. Tal vez ahora huele a la gente como un depredador a su presa.

Sé lo que está a punto de hacer.

Pero no la detengo.

Quiero hacerlo. Oh, Cristo, quiero hacerlo. Pero no lo hago.

Me arden los ojos, siento cómo me brotan las lágrimas. Esto es demasiado para mí. Quiero a mi mamá.

Todo este tiempo he pensado que yo soy la fuerte, que tengo que tomar todas las decisiones difíciles y que llevo todo el peso de la responsabilidad de mi familia en mis hombros. Pero ahora me doy cuenta de que las decisiones más difíciles, las que nos perseguirán por el resto de nuestras vidas, son las que tiene que tomar mi madre para protegerme de ellas.

¿No es eso lo que ocurrió cuando la Resistencia atrapó a Paige como si fuera un animal? Yo seguía tratando de alimentarla con sopa y hamburguesas mientras mi madre ya sabía lo que necesitaba. ¿No fue ella quien llevó a Paige a la arboleda para que pudiera encontrar una víctima?

Ni siquiera puedo mirar a otro lado. Mis pies parecen de plomo y mis ojos se niegan a cerrarse. Esto es lo que mi hermana es ahora.

Sus labios se separan y muestran las hileras de dientes afilados como navajas.

De repente escucho un gemido débil. Mi corazón casi se detiene. ¿Surgió del hombre o de Paige? ¿Está vivo?

Paige está tan cerca que sin duda podría saberlo. Se lleva un brazo del hombre a la boca, mostrando todos los dientes.

Trato de llamarla, pero sólo me sale un soplo de aliento. Él está muerto. Tiene que estarlo. Aun así, no puedo apartar la mirada, y mi corazón golpea tan fuerte que no puedo escuchar nada más.

Se detiene con el brazo frente a la boca, con la nariz arrugada y los labios haciendo una mueca, como un perro gruñendo.

El pedazo de papel que el hombre sostenía en su mano ahora está frente a su ojos. Se detiene para mirarlo un instante.

Quita la mano del hombre para ver mejor de qué se trata.

Desarruga la nariz y cierra la boca; esconde nuevamente los dientes detrás de sus labios. Sus ojos se tornan cálidos mientras mira fijamente en el papel. Su boca comienza a temblar y deja el brazo del hombre de vuelta sobre su pecho. Luego se aleja de él.

Paige levanta las manos para tomar su cabeza. Se mece suavemente hacia adelante y hacia atrás, como una anciana desgastada por demasiados problemas.

Luego se da la vuelta y corre hacia la oscuridad.

Yo me quedo en la penumbra, con el corazón desgarrado por lo que acabo de presenciar. Mi hermanita ha elegido continuar siendo humana, contra todos sus nuevos instintos animales. Y lo está haciendo a costa de morir de hambre.

Me acerco al hombre y me agacho para ver lo que está sosteniendo. Camino entre zapatos de tacón alto y botellas de perfume para llegar a él. Sigue respirando, pero está inconsciente.

Sigue respirando.

Me siento a su lado, pues no estoy segura de que mis piernas temblorosas puedan sostenerme.

Su ropa está desgastada, y su barba y su cabello están sucios y desordenados, como si hubiera estado fuera de casa durante semanas. Alguien me dijo una vez que los ataques cardiacos pueden durar varios días. Me pregunto cuánto tiempo ha estado aquí.

Siento el impulso de llamar a una ambulancia.

Es difícil creer que hasta hace pocos meses vivíamos en un mundo donde un grupo de desconocidos le habrían dado medicamentos y lo hubieran conectado a máquinas para controlar su condición. Habrían cuidado de él hasta que estuviera mejor. Gente desconocida que no sabía absolutamente nada de él. Gente desconocida que no habría pensado jamás en hurgar entre sus cosas para robarle cualquier objeto útil.

Y todo el mundo habría pensado que era perfectamente normal.

Levanto su brazo para ver qué hay en el papel que está sosteniendo. No quiero quitárselo de la mano, porque sea lo que sea, debe haber sido tan importante para él, que lo sacó para aferrarse a él mientras estaba muriendo.

Es un pedazo roto y manchado de papel con el dibujo hecho con crayones por un niño. Hay una casa, un árbol, un adulto de la mano de un niño. En letras mayúsculas temblorosas color rosa encuentro garabateadas en la parte inferior las palabras: "Te quiero, papi".

Lo miro durante largo rato a la luz sombría antes de volver a colocar su mano suavemente sobre su pecho.

Lo arrastro tan cuidadosamente como puedo hasta que queda acostado sobre la alfombra, en vez de sobre un montón de maniquíes en el suelo frío y duro.

Encuentro una mochila a su lado, que acerco y dejo a su lado también. Debe habérsela quitado cuando empezó a sentirse mal. Busco dentro de ella y encuentro una botella de agua.

Su cabeza se siente caliente y pesada sobre mi brazo cuando la levanto para darle de beber. Casi toda el agua se derrama alrededor de sus labios, pero algunas gotas caen dentro de su boca. Su garganta se mueve por reflejo, y me pregunto si está completamente inconsciente.

Vuelvo a bajar su cabeza y me aseguro de que descanse sobre una chaqueta doblada para que esté más cómodo. No se me ocurre nada más, así que lo dejo seguir muriendo en paz.

14

Busco la ropa más normal que puedo para Paige. Una camiseta de color rosa con un corazón de brillantina, unos jeans, tenis y un suéter con capucha. Me aseguro de que todo, excepto la camiseta, sea de color oscuro para que nadie pueda verla por la noche. También me aseguro de que la capucha del suéter sea suficientemente grande para ocultar su rostro en caso de que necesitemos pasar desapercibidas.

Para mí, busco unas botas negras, pantalones negros y un top color marrón que ocultará bien la sangre que está destinada a mancharlo. Sólo espero que la sangre sea de otra persona y no la mía. Lo mejor es que mi ropa sea postapocalípticamente práctica. También encuentro un abrigo de plumas que… lo dejo a un lado y mejor busco otro abrigo de lana oscura. No estoy de humor para que nada me recuerde a un ángel en este momento.

Raffe encontró una gorra de beisbol y una gabardina oscura que cubre sus alas. Se ve bien con la gorra.

Me doy una patada mental en la espinilla. Soy tan idiota. El mundo está a punto de llegar a su fin, mi hermana es un monstruo devorador de hombres, hay una persona moribunda en la tienda con nosotros, y tendremos mucha suerte si logramos sobrevivir otra noche. Y heme aquí, babeando por un tipo del bando enemigo que no está interesado en mí. Ni siquiera es humano. ¿Cómo puedo ser tan imbécil? A veces me gustaría tomarme unas vacaciones de mí misma.

Meto su gabardina y su gorra en mi mochila con más fuerza de la necesaria.

Para cuando salimos de la tienda, ya no hay ángeles en el cielo. Raffe se acerca para levantarme en sus brazos.

Doy un paso hacia atrás.

—No es necesario. Puedo ir con una de las langostas —tengo que forzarme a decirlo. Lo que menos quiero en el mundo es volar en los brazos de un monstruo con cola de escorpión.

Pero Raffe me ha dejado muy claro que lo nuestro, sea lo que sea, no puede continuar. Me ha dejado claro que pronto va a dejarnos. Y si he aprendido algo en mi vida es que tratar de obligar a alguien a quedarse contigo cuando no quiere hacerlo es una receta para un corazón roto. Sólo hay que preguntarle a mamá.

Aprieto la mandíbula para reprimir el asco. Puedo hacerlo. ¿Y qué si me resulta absolutamente espeluznante caminar hacia los brazos de una criatura de pesadilla con un aguijón afilado que casi me mata hace unos días? Una chica tiene que conservar su orgullo, incluso en el Mundo del Mañana.

Raffe me mira como si leyera mis pensamientos. Luego mira a las langostas. Hace una mueca mientras evalúa la situación, mientras estudia sus piernas gruesas y sus torsos de insecto y sus pequeñas alas transparentes. Finalmente, mira sus enormes colas enroscadas.

Niega con firmeza.

—Esas alas son tan frágiles que no confiaría en ellas para llevarte, Penryn. Y tienen las garras muy largas, podría darte una infección si te rasguñan. Puedes ir con una de ellas cuando mejoren su diseño —da un paso hacia adelante y, con un movimiento suave, me levanta en sus brazos fuertes—. Hasta entonces, tendrás que conformarte con que yo sea tu taxi aéreo.

Salta al aire antes de que pueda ponerme a discutir.

Ademas, un viento fuerte sopla desde la bahía y es inútil tratar de mantener una conversación. Así que relajo mis músculos y escondo mi cara en la curva de su cuello. Quizá por última vez, dejo que su cuerpo caliente me abrigue.

El sol comienza su descenso y logro ver algunos destellos de fuego brillando debajo de nosotros. Seguramente se trata de fogatas que se salieron de control. Parecen pequeñas velas en una masa de tierra de sombras.

Nos vemos forzados a aterrizar cuatro veces cuando volamos hacia el sur para evitar ser vistos por los ángeles. Nunca antes había visto tantos ángeles en el aire. Raffe se tensa cada vez que detectamos sus formaciones de vuelo.

Algo grave está pasando entre su gente, pero Raffe no puede estar cerca de ellos, y mucho menos participar en lo que está sucediendo. Con cada minuto que pasa, puedo sentir cómo crece su sensación de urgencia por tener de nuevo sus verdaderas alas para poder volver a su propio mundo.

Trato de no pensar en lo que pasará en mi mundo cuando lo haga.

Finalmente, sobrevolamos el campamento de la Resistencia. Se ve igual a cualquier otro conjunto de edificios desiertos, sin ninguna indicación de que se trate de un lugar especial.

En el estacionamiento, cada uno de los autos da a la calle para que no haya necesidad de maniobrar en caso de tener que salir huyendo de pronto. Asumo que el plan de escape de Obi se ha ejecutado a la perfección. Eso quiere decir que todos los autos tienen el tanque lleno de gasolina y están listos para marcharse, con las llaves puestas en el encendido.

Cuando descendemos hacia el campamento, veo gente escondida detrás de neumáticos y árboles y tirados sobre el suelo como si estuvieran muertos. Algunas personas corren agazapadas por aquí y por allá a la luz de la luna, pero se ven iguales que la gente desesperada que se escabulle por todas partes en la ciudad. Obi hizo un buen trabajo entrenando a la gente para no llamar la atención hacia su cuartel general, a pesar de que el campamento debe estar repleto ahora que rescataron a los refugiados de Alcatraz.

Volamos por encima de la arboleda. La luna está subiendo entre las sombras del crepúsculo, y su luz nos permite observar sin ser vistos. Todavía hay luz suficiente como para ver algunas sombras corriendo entre los arbustos cuando descendemos. Me sorprende que haya gente rondando al atardecer, teniendo en cuenta el miedo que todo el mundo le tiene a los monstruos en la oscuridad.

Cuando aterrizamos, Raffe me suelta de inmediato. El aire de la noche se siente frío en mi piel después de abrazar su piel cálida durante tanto tiempo.

—Quédate aquí escondido —le digo—. Voy a averiguar si Doc está en el campamento o no.

—Ni de broma —Raffe alcanza mi mochila y saca su gabardina y su gorra.

—Sé que es difícil para ti esperar mientras yo analizo la situación, pero puedo manejarlo. Además, ¿quién va a cuidar a Paige si nos vamos los dos? —tan pronto como la pregunta sale de mi boca, sé que no debía haberla hecho. No le puedes pedir a un soldado de élite que se quede a cuidar a los niños.

—Sus mascotas pueden cuidarla —se pone el abrigo, moviendo los hombros hasta que las alas se esconden perfectamente debajo de la tela. También se pone la mochila encima, por si acaso. Sus alas emplumadas están envueltas en un bulto sobre la mochila, que parece una bolsa de dormir común y corriente. Sus alas de demonio se amoldan muy bien a su espalda, y el bulto acaba por esconder cualquier protuberancia inusual que pudiera llamar la atención de alguien.

La situación entera me pone nerviosa. Raffe está a punto de adentrarse en un campamento lleno de sus enemigos. Paige no debería estar tan cerca de la turba que quería lincharla. Y la última vez que vi a Obi, me encerró en una patrulla por causar disturbios.

Confieso que también hay una parte de mí que no quiere que Raffe espíe el campamento. Le he confiado mi propia vida en muchas ocasiones, pero eso no cambia el hecho de que sea uno de nuestros enemigos. En cualquier momento puede darse una situación en que tengamos que elegir nuestras lealtades. Cuando eso suceda, no soy tan idiota como para pensar que estaremos del mismo lado.

Pero mis instintos me dicen que de todas las cosas que deben preocuparme en este momento, ésa no es una prioridad. Mi *sensei* siempre me dijo que tenía que confiar en mis instintos, que saben cosas que mi cerebro no ha captado todavía, porque son más rápidos que él.

Claro está, mis instintos también me han dicho cosas sobre Raffe que no salieron tan bien. Siento que mis mejillas se enrojecen al recordar lo que pasó con él en la cama esta mañana.

Raffe levanta el cuello de su gabardina y la abotona toda hasta cubrir su pecho desnudo. Luego se pone la gorra en la cabeza. A pesar de que el día fue caluroso, la noche de octubre es tan fresca que su atuendo no resultará sospechoso. Las noches de California pueden ser varios grados más frías que los días.

—Quédate aquí, Paige. Volveremos pronto, ¿de acuerdo?

Paige está ocupada atendiendo a sus langostas y apenas se da cuenta de nuestra presencia. No me gusta dejarla, pero no puedo llevarla al campamento. La última vez que estuvo aquí, una turba asustada de gente de la Resistencia la amarró como a un animal y quién sabe lo que habrían hecho con ella si las langostas no nos hubieran atacado en ese momento. No puedo esperar que su actitud haya cambiado desde entonces.

En cuanto empezamos a movernos, siento un montón de ojos sobre mí. Busco a mi alrededor, pero no veo nada. De reojo, sin embargo, percibo algunas figuras que se mueven entre las sombras.

—Son las víctimas de los escorpiones —me susurra Raffe.

Supongo que eso significa que no han sido aceptados de vuelta en el campamento. No creo que sean peligrosos, pero coloco una mano suavemente sobre Osito Pooky y me siento más segura al tocar su pelaje terso. Entonces respiro profundo y continúo caminando a través del bosque oscuro.

15

Las instalaciones de la escuela están tranquilas, aparentemente desiertas. Adivino que debe haber algunos miles de personas aquí ahora. Pero jamás lo sabría de mirar a mi alrededor.

La gente de Obi ha hecho muy bien su trabajo. El campamento de refugiados funciona tan bien que incluso los nuevos inquilinos conocen y siguen las reglas. Saben que no deben caminar a la intemperie. La cantidad de basura tirada en el sitio no es mayor ni peor que la basura acumulada en cualquier otro lugar en Silicon Valley. Todo el campus está tan silencioso que casi me sorprendería encontrarme a alguien.

Pero una vez que nos acercamos más a los edificios, alcanzo a ver algunas luces tenues brillando en el interior. Las ventanas están cubiertas con mantas y toallas, pero algunas fueron colocadas con descuido y dejan que un poco de luz se filtre por los bordes.

Me acerco a una ventana y miro a través de una grieta. La habitación está repleta de gente. Todos se ven razonablemente bien alimentados, algunos casi limpios. No los reconozco, deben ser los refugiados de Alcatraz. Miro a través de otra ventana y encuentro una escena similar. Con tanta gente nueva, todo el campamento debe estar plagado de caos y confusión.

Al otro lado de una ventana veo a un tipo entrar en uno de los salones de clases con una bolsa de comida. La pasa entre la gente, y la comida desaparece en un instante. Él levanta las manos y dice algo a la gente que sigue tratando de alcanzar la bolsa, a pesar de que ya no hay comida. Comienzan a pelear, pero el hombre sale por la puerta antes de que las cosas se calienten demasiado.

Los afortunados engullen su comida tan rápido como pueden, ante la mirada intensa de los que no tuvieron suerte. Incluso a mí me resulta incómodo. La multitud se mueve de lugar para dejar a un nuevo grupo de gente de pie en el lugar privilegiado cerca de la puerta, a la espera de la siguiente bolsa de comida.

—¿Qué están haciendo? —pregunta una voz áspera.

Me doy la vuelta para encontrarme frente a frente con dos tipos que llevan rifles y trajes de camuflaje.

—Sólo… nada.

—Bueno, pues vuelvan a hacer nada dentro, donde las aves no puedan verlos. ¿No pusieron atención durante la conferencia de orientación?

—Estoy buscando a alguien. ¿Saben dónde puedo encontrar a los gemelos? ¿A Dee y Dum?

—Sí, claro —dice el guardia—. Como tienen todo el tiempo del mundo para hablar con cada adolescente que llega llorando por su cachorro perdido. Lo siguiente sería que pidas ver a Obadiah West. Esos chicos tienen que organizar todo el campamento. No tienen tiempo para preguntas estúpidas.

Me quedo callada, parpadeo, los convenzo de que, en efecto, tenía planeado hacerles algunas preguntas estúpidas. Señalan la puerta más cercana.

—Vuelvan a sus habitaciones asignadas. Alguien les llevará comida en cuanto les sea posible, y luego los enviaremos a una bonita habitación de hotel cuando esté más oscuro para ocultar el convoy.

—¿Ocultarlo de qué?

Me miran como si estuviera loca.

—De los ángeles —se miran el uno al otro y hacen una mueca.

—Pero ellos pueden ver en la oscuridad —les digo.

—¿Quién te dijo eso? Claro que no pueden ver en la oscuridad. Lo único que pueden hacer mejor que nosotros es volar.

—Tienen mejor sentido del oído que nosotros… —interviene el otro guardia.

—Sí, bueno, eso también —dice el primer tipo—, pero no pueden ver en la oscuridad.

—Lo digo en serio, ellos… —me detengo cuando Raffe me toma ligeramente por el brazo. Señala la puerta con la cabeza y comienza a caminar. Yo lo sigo.

—No saben que los ángeles pueden ver en la oscuridad —se me había olvidado que sé cosas sobre los ángeles que tal vez las otras personas no conocen—. Tienen que saberlo.

—¿Por qué? —pregunta Raffe.

—Porque todos tienen que saber que los ángeles nos pueden ver si alguna vez intentamos… —*atacarlos*— escondernos en la oscuridad.

Raffe me mira como si pudiera leer mis pensamientos, pero, por supuesto, no necesita leerme la mente. Es bastante obvio por qué los seres humanos deberían conocer los poderes de los ángeles.

Raffe camina a mi lado por un pasillo hacia la puerta.

—Puedes decir todo lo que quieras, no te servirá de nada. Esos tipos son soldados rasos. Su trabajo consiste en obedecer órdenes. Nada más.

Si alguien lo sabe bien, es él. Raffe es un soldado, ¿no es así? Un soldado del ejército enemigo.

Me doy cuenta de que, a pesar de que Uriel está creando un falso apocalipsis y quiere matar a Raffe, eso no significa que Raffe esté dispuesto a ayudar a los humanos a ganar una guerra contra su propio pueblo. Un montón de seres humanos han tratado de matarme desde que sucedió el Gran Ataque, pero eso no quiere decir que esté dispuesta a ayudar a los ángeles a acabar con los seres humanos. Ni de broma.

Los guardias nos vigilan hasta que entramos en el edificio.

En cuanto lo hacemos, tengo que luchar contra una oleada de claustrofobia. El pasillo está repleto de personas que se mueven en todas direcciones. Cuando eres de mi tamaño, caminar entre una multitud significa que lo único que puedes ver son los torsos y las cabezas de la gente más cercana a ti.

Raffe parece aún más incómodo. En una multitud tan apretada, no puede evitar que la gente pase rozando sus alas envueltas en una manta que lleva atadas sobre la mochila. Sólo podemos esperar que nadie sospeche lo que llevamos ahí.

Se queda parado rígidamente de espaldas a la puerta sin moverse. Parece tan fuera de lugar que casi siento lástima por él. Sacude la cabeza, me mira.

Trato de mezclarme entre la gente. No tendremos que estar aquí mucho tiempo antes de que los guardias se vayan y podamos salir.

Obi debe tener mucho trabajo con todas estas personas. Les encomendé el rescate de Alcatraz en el último minuto, así que es un milagro que incluso se las haya arreglado para conseguir barcos y organizar a su gente para rescatar a los cautivos en la isla. Claro que no tuvo tiempo de prepararse para cuando llegaran aquí.

Ha sido un día completo para la Resistencia. Obi ya no sólo tiene que organizar un ejército de soldados que luchan por la libertad. Ahora debe administrar un campamento de refugiados lleno de gente asustada y hambrienta mientras trata de mantener su organización tan sigilosa como sea posible.

He tenido mis problemas con Obi. No puedo decir que vamos a ser mejores amigos ni nada por el estilo, pero tengo que admitir que ha asumido una responsabilidad que nadie más querría en sus manos.

Decido adentrarme más en el edificio para ver si puedo encontrar a Doc o a Dee-Dum. Los gemelos seguramente sabrán dónde está Doc. Pero está repleto de gente, y no me gusta la idea de quedarme atrapada en medio de un edificio lleno de refugiados en estado de pánico si pasa algo.

Estoy a punto de decirle a Raffe que deberíamos irnos tan pronto como se vayan los guardias cuando escucho que alguien dice mi nombre. No es una voz que reconozca y no puedo descubrir quién lo dijo, pues nadie me está mirando. Todo el mundo parece ocupado con sus propias conversaciones.

Alguien repite mi nombre en el otro lado del pasillo. Sin embargo, nadie nos está mirando.

—Penryn.

Descubro al tipo que habla. Tiene el cabello rizado y lleva puestos una camisa enorme que le cuelga de los hombros de espantapájaros y un par de pantalones que le quedan muy largos, sostenidos por un cinturón ceñido. Parece como si estuviera acostumbrado a que su cuerpo fuera algunas tallas más grande y no se ha ajustado mentalmente a su nuevo peso postapocalíptico. Está parado a varias personas de distancia de mí, pero suficientemente cerca como para que alcance a escuchar lo que está diciendo. No lo reconozco, ni a nadie a su alrededor.

—¿Penryn? —pregunta la mujer con la que está hablando el tipo—. ¿Qué clase de nombre es ése?

No me están llamando. Están hablando sobre mí.

El hombre se encoge de hombros.

—Seguramente es algún nombre extranjero que significa asesina de ángeles, o algo así.

—Ya veo. Entonces, ¿tú crees lo que dicen?

—¿Qué cosa? ¿Que la chica mató a un ángel?

¿Cómo saben eso?

Se encoge de hombros de nuevo.

—No lo sé —baja la voz—. Pero sería increíble estar a salvo de los ángeles.

La mujer sacude la cabeza.

—Jamás cumplirían con su palabra. Además, no tenemos forma de saber si los ángeles realmente pusieron una recompensa por su cabeza.

Intercambio una mirada con Raffe cuando escucho la palabra *recompensa*.

—Alguna pandilla podría haber inventado todo para matarla —dice ella—. Tal vez pertenece a una pandilla enemiga o algo. ¿Quién sabe? El mundo entero se ha vuelto loco.

—Pues yo sí estoy seguro de algo —interrumpe otro tipo más cerca de mí. Lleva puestos unos anteojos con una gran grieta en uno de los lentes—. No sé si fueron los ángeles o las pandillas o los demonios del infierno que pusieron una recompensa por la cabeza de esa chica, pero no seré yo quien la entregue a ellos —sacude la cabeza con convicción.

—Yo tampoco —dice otro hombre cerca de él—. Escuché que fue Penryn quien nos salvó de esa pesadilla en Alcatraz.

—Obadiah West nos salvó de Alcatraz —dice la mujer—. Él y unos gemelos con nombres graciosos. ¿Cómo se llamaban?

—Tweedledee y Tweedledum.

—No te creo.

—No estoy bromeando.

—Sí, pero fue esa chica Penryn la que les dijo que lo hicieran. Ella los llevó a rescatarnos.

—Sí, creo que los amenazó con su hermana monstruo si no lo hacían.

—Penryn…

—Yo la conozco, es amiga mía —dice una mujer a la que nunca he visto antes—. Somos como hermanas.

Bajo la cabeza, no quiero que nadie me reconozca. Por suerte, nadie está siquiera mirando en mi dirección. Cuando camino hacia la salida, veo un volante pegado en la puerta. Lo único que alcanzo a leer al pasar son las palabras "Concurso de Talentos".

Me imagino a una banda de aficionados a la tuba y un grupo de bailarines de claqué. Me parece muy extraña la idea de organizar un concurso de talentos durante el apocalipsis. Pero, bueno, en mi opinión, un concurso de talentos es una idea extraña en cualquier momento.

Raffe empuja la puerta y salimos de nuevo a la oscuridad de la noche.

16

Afuera, el aire es fresco y tranquilo en comparación con el ruido y el caos en el interior del edificio. Nos deslizamos entre las sombras hasta llegar al edificio de adobe que Obi utiliza como sede. También hay un volante similar pegado en esta puerta. Me detengo para leerlo.

CONCURSO DE TALENTOS

¡No te pierdas la cosa más grande
desde los últimos premios Óscar!
¡Más grande que el Gran Ataque!
¡Más grande que el ego de Obi!
¡Más grande que el mal olor de Boden!
¡No puedes fallar, no puedes faltar
al espectáculo más grande de todos!
¡El premio es una lujosa casa rodante blindada!
Llena de todos los suministros imaginables
de supervivencia. Sí. Leíste bien.

Próximo miércoles al mediodía
en el Teatro Stanford.

Sorprende a tus amigos. Confunde a tus enemigos.

Presume tus talentos.

Audiciones cada noche

Señoritas bienvenidas

Las reglas habituales de apuestas
aplican sobre los concursantes.

~ Organizado por Ya Sabes Quién ~

Este volante tiene anotaciones y comentarios garabateados por todas partes:

—Nada podría ser más grande que el ego de Obi.

—¿Así le dicen ahora las chicas? Oye, Obi, deja algunas mujeres para el resto de nosotros, ¿sí?

—Obadiah West es un gran hombre. Un héroe. Incluso estoy pensando en darle un beso.

—¡Un espectáculo sin talento!

—Sé bueno o te abriré el cráneo y beberé el lodo que hay en su interior.

—¿Los concursantes tienen que usar ropa?

—Eso espero. ¿Has visto a los hombres aquí? Son peludos, amigo. Muy peludos.

Supongo que la gente echa mucho de menos los foros en internet.

Raffe abre la puerta de un jalón, y entramos en un pasillo con poca luz. El edificio principal también está lleno gente, pero no tanta como el primero que visitamos. La gente aquí camina con confianza, mientras que la del otro edificio parecía perdida e insegura.

Éstos sin duda son veteranos, por lo menos en comparación con los refugiados de Alcatraz del otro edificio. Incluso reconozco algunas caras aquí y allá. Agacho la cabeza y trato de ocultar mi rostro con el cabello.

Ahí está la mujer con la que trabajé en la lavandería cuando la Resistencia me capturó por primera vez. Ahora trae una carpeta y está anotando algo en ella. Recuerdo que adoraba a su perro. Estoy casi sorprendida de descubrir que sigue con la Resistencia. Escuché que abandonaron a todos los perros que ladraban cuando se enteraron de que los ángeles tenían un supersentido del oído.

Ahí está el recepcionista del hotel que funcionaba como el primer nido. Sonríe cansadamente mientras charla con una mujer. Se ve mucho más relajado de lo que parecía en el nido, a pesar de que ambos llevan cargando una bolsa llena de armas. Me pregunto si era un espía de la Resistencia.

Y ahí está el cocinero del primer campamento en el bosque. Fue muy amable conmigo y me dio una cucharada extra de comida cuando supo que era nueva. Ahora empuja por el pasillo un carrito repleto de paquetes de galletas saladas.

Todos parecen agotados. Y todos están armados hasta los dientes: pistolas, rifles, cuchillos, llaves de tuercas y cualquier otra cosa que pueda cortar, romper o rasgar. Todos aquí llevan al menos dos armas.

Raffe acomoda su gorra para cubrirse mejor el rostro. Me doy cuenta de que está tenso. Está en territorio enemigo. Aunque en realidad, siempre está en territorio enemigo, sin importar dónde esté. Sin sus alas de plumas blancas, los ángeles jamás lo aceptarán. Y sin importar qué tipo de alas tenga, los humanos tampoco lo aceptarán jamás.

Uriel o alguien de su equipo dijo alguna vez que los ángeles estaban hechos para ser parte de una manada, pero no importa a dónde vaya Raffe, siempre es un extraño.

Por suerte, aquí nadie parece prestarle atención. En este edificio, el nombre que más escucho es el de Obi.

—Obi quiere que...

—Pero pensé que el plan de Obi era...

—Sí, eso es lo que dijo Obi.

—Necesitas permiso de Obi para...

—Lo autorizó Obi.

—Obi se ocupará de ellos.

Los dos edificios sin duda tienen sus propias personalidades. Uno alberga un grupo de refugiados, mientras que el otro tiene un ejército que lucha por nuestra supervivencia. Obi sin duda tiene mucho trabajo tratando de mantener junto al último enclave de la humanidad durante la peor crisis de la historia.

Y yo pensaba que era complicado tratar de mantener con vida a mi familia. No me puedo imaginar cuánta presión debe sentir por ser responsable de todas estas vidas.

Un par de tipos con grandes músculos y piel bronceada, como si trabajaran mucho en el exterior, me comen con los ojos cuando nos acercamos a ellos. A mi lado, Raffe les gruñe suavemente. Los tipos le echan un vistazo y de inmediato alejan la mirada respetuosamente.

Me detengo para hablar con ellos.

—Estoy buscando a los gemelos, Dee y Dum. ¿Saben dónde puedo encontrarlos?

Uno de ellos señala hacia una habitación al final del pasillo. Caminamos más, y empujamos la puerta sin pensar en lo que encontraríamos en el interior.

—... unos hoteles —dice Obi, sentado en la cabecera de una mesa de conferencias—. ¿Cómo están nuestras reservas de alimentos y... —de pronto, levanta la vista y advierte mi presencia. Parece tan cansado como los demás, pero sus ojos siguen brillantes y alerta. No es el más grande ni el más fuerte de los hombres, pero hay algo en él que emana autoridad. Tal vez sea su postura erguida, o la confianza que proyecta en su voz.

Lo acompañan una docena de personas sentadas alrededor de la mesa de conferencias. Todo mundo parece demacrado y exhausto, con grandes círculos oscuros debajo de los ojos, y el cabello sucio y despeinado. Debió ser una larga noche organizando el rescate de los prisioneros de Alcatraz, y un día aún más largo dándoles la bienvenida al campamento.

La sala entera guarda silencio, y todos se dan la vuelta para mirarme. Y yo que quería pasar inadvertida.

17

—Lo siento —digo, tratando de desaparecer detrás de la puerta otra vez.

Doc salta de su silla y la empuja hacia atrás con tanta fuerza que cae al suelo.

—Penryn.

—¿La conoces? —pregunta Obi.

—Es la hermana de la niña de la que te hablé.

—¿La hermana de Penryn es tu gran arma secreta? —pregunta Obi.

Demonios. No me gusta cómo suena eso.

—¿La encontraste? —Doc rodea la mesa y se dirige hacia mí. Sigue pareciendo un chico universitario, con su cabello marrón y camisa abotonada hasta el cuello, pero ahora tiene un ojo morado, tan hinchado que casi no puede abrirlo—. ¿Está aquí?

Los gemelos están sentados a ambos lados de Obi. Su cabello es rubio platinado. Me había olvidado de que se tiñen el pelo por diversión. Todavía parecen un par de espantapájaros, sean rubios o pelirrojos. Un par de personas más me parecen conocidas, pero no puedo recordar quiénes son.

Con un gesto, Obi me invita a entrar. Dudo por un momento, pues ni Raffe ni yo queremos llamar la atención. Pero no puedo salir huyendo sin que resulte sospechoso, así que entro en la habitación, con la mano le indico a Raffe que no me siga.

—Tienes que estar bromeando —dice un tipo al que sí reconozco—. Su hermana es un monstruo de pesadilla. No puedes estar pensando en pedirle que nos ayude —recuerdo dónde lo he visto antes. Es uno de los tipos que lazó a Paige como un animal salvaje la última vez que estuvo aquí.

—Martin, no es el momento —dice Obi.

Los gemelos se inclinan para otear detrás de mí.

—¿Es Raffe el que está allá afuera? —pregunta Dee.

—Claro que es Raffe —dice Dum.

Empiezo a cerrar la puerta.

—No, no, no, espera —dice Dee. Los dos gemelos se levantan y corren hacia la puerta.

—Raffe, estás vivo —dice Dum mientras empuja la puerta.

Raffe agacha la cabeza y oculta sus ojos entre las sombras que proyecta la gorra en su rostro.

—Claro que está vivo —dice Dee—. Es un guerrero de verdad. Sólo tienes que echarle un vistazo para saberlo. ¿Quién podría matarlo? ¿Godzilla?

—Uuuuh, Raffe contra Godzilla. Ésa es una pelea para la que me encantaría organizar las apuestas —dice Dum.

—No seas tonto. Godzilla es un monstruo creado a partir de residuos nucleares. ¿Cómo se supone que un simple mortal podría ganarle a eso?

—Raffe no es un simple mortal —dice Dum—. Míralo. Seguramente lleva algún tipo de superjugo en el bolsillo ahora mismo. Un trago y sus músculos tendrían músculos.

—Sí, y no necesitaríamos la ayuda de niñas que parecen salidas de una pesadilla si tuviéramos a unos cuantos como él en nuestro ejército —dice Dee.

—¿Crees que la hermana de Penryn sí podría ganarle a Godzilla? —pregunta Dum.

Dee piensa durante un momento.

—No, creo que no. Pero seguro que su madre sí.

—Uuuh —los ojos de Dum se abren como platos.

Dee le ofrece la mano a Raffe.

—Tweedledee. Éste es mi hermano, Tweedledum.

—¿Te acuerdas de nosotros? —pregunta Dum—. Nos encargamos de organizar peleas y gestionar apuestas en el campamento.

—Es bueno tenerte aquí —le dice Obi a Raffe—. No nos vendría mal un hombre como tú.

—Raffe no es un hombre común, Obi —dice Dee.

Trato de no poner cara de conejo asustado, pero sé que tengo miedo en los ojos. Estamos metidos muy adentro del edificio. No sé cómo podría escapar Raffe si algo saliera mal aquí.

—Podemos convertirte en una estrella, Raffe —dice Dum, asintiendo—. Las mujeres te seguirían a todas partes —exagera las palabras *a todas partes* mientras se frota burlonamente las manos sobre el pecho y el cuerpo.

—A él no le importa eso —dice Dee—. Es un tipo que se junta con los ángeles. Había un montón de chicas en el nido en San Francisco.

Trato de recordar que tengo que respirar. Todo está bien. Uno de los gemelos lo vio en la habitación del hotel en el nido.

—Nunca puedes tener suficientes chicas, hermano —dice Dum—. Nunca puedes tener suficientes.

—¿Qué quieren decir con que "se junta con los ángeles"? —pregunta Obi mientras se levanta de la mesa de conferencias.

El aire me quema los pulmones.

—¿No te acuerdas? —dice Dee—. Te contamos que Penryn y este tipo estaban en el hotel. Hablando con los ángeles.

—Penryn no es la única que sabe cosas sobre ellos —agrega Dum.

Dejo escapar todo el aire. Los gemelos se acuerdan de Raffe, pero piensan que es un humano cualquiera.

Obi se acerca e invita a Raffe a la sala de conferencias.

—Ésas son buenas noticias. Toda la ayuda e información que podamos conseguir es muy valiosa —le extiende la mano a Raffe para saludarlo, pero Raffe no la toma.

—Hola, Obi —le digo y lo saludo con la mano.

—Penryn —dice Obi, mirando hacia mí—. Si no estuviera tan agotado, estoy seguro de que recordaría los asuntos pendientes que tenemos. En cambio, me alegro de verte sana y salva.

Camina hacia mí y me da un abrazo.

Me quedo parada, rígida e insegura. El rostro de Raffe es inexpresivo mientras nos mira.

—Gracias —me quedo cerca de la puerta. Yo sí recuerdo nuestros asuntos pendientes. Obi nos encerró a mi madre y a mí en una patrulla, y tuvimos que escapar a mitad de la noche. Pero a pesar de eso, Obi está contento de verme.

Reconozco, después de todo lo que he pasado, que yo también me siento feliz de verlo a él y al resto de su equipo. Quizás algunas personas dirían que estoy loca. Pero para mí es como estar en familia. No es que sean mi familia, pero si las cosas siguen como hasta ahora, siempre me dará gusto ver a un ser humano.

—¿Dónde está tu hermana? —pregunta Doc. Se acerca a la puerta como si pensara que la estoy escondiendo allá afuera.

—Qué coincidencia que lo preguntes —contesto en voz baja—. ¿Puedo hablar contigo un momento? ¿A solas? —abrigo la loca esperanza de que Doc, Raffe y yo lograremos escabullirnos sin que los demás se den cuenta.

—No tienen que hablar en secreto —dice Obi—. Doc nos contó sobre su trabajo en Alcatraz y las esperanzas que tiene puestas en Paige. A todos nos encantaría saber más sobre tu hermana. ¿Está bien?

Miro los rostros que me observan alrededor de la mesa. Todos son mayores que yo. Algunos incluso parecen viejos veteranos de otras guerras. Otros parecen novatos recién salidos de las calles. ¿Qué harían si supieran que hay un ángel en la habitación?

—¿Qué quieren de ella? —pregunto. Mi voz está cargada de sospecha.

—Doc nos dice que podría ser nuestra única esperanza.

—Doc es un tipo optimista —respondo.

—No perdemos nada con averiguarlo, ¿no crees?

—La última vez que vieron a mi hermana, la ataron con cuerdas como a un animal rabioso —no puedo dejar de mirar a Martin. Veo que su mano todavía está quemada por las cuerdas cuando abre la mano para tomar un lápiz.

—Yo no ordené que lo hicieran —dice Obi—. Acababa de llegar a la escena cuando llegaste, y estaba tratando de averiguar lo que estaba pasando. Mira, la gente comete errores. Actuaron por impulso, por miedo y agotamiento y estupidez pura y dura. No somos perfectos como los ángeles. Sólo podemos confiar en los demás y hacer lo mejor posible. Siento mucho cómo fue tratada tu hermana. Las necesitamos, Penryn. Paige podría ayudarnos a ganar esta guerra.

—No si antes muere de hambre —le digo—. Haz que Doc la componga, y luego podemos discutir lo que puede hacer por ustedes.

—¿La componga? —pregunta Obi.

Miro a Doc.

—Veré lo que puedo hacer —dice Doc—. Antes tengo que asegurarme de que está bien, lo que significa que tengo que verla —me lanza una mirada mordaz.

—¿Puedes traerla aquí? —pregunta Obi.

Niego rotundamente.

—No creo que sea una buena idea —señalo con la cabeza a Martin, quien nos observa con ojos intensos.

—Está bien —dice Doc antes de que Obi pueda objetar—. Llévame a donde está.

Me dirijo hacia la puerta, con la esperanza de efectuar un escape rápido, pero Obi me llama.

—Hay un rumor sobre una chica que mató a un ángel —dice Obi—. Se dice que lleva una espada disfrazada como un osito de peluche —mira a Osito Pooky colgando de mi cadera—. No sabes nada sobre eso, ¿verdad?

Parpadeo inocentemente, no sé si será mejor aceptarlo o negarlo.

—Veo que tenemos que trabajar en la confianza entre nosotros. Déjame mostrarte el campamento para que veas lo que estamos haciendo. Nos servirían mucho un par de guerreros como ustedes.

—Conozco el campamento, Obi —me quedo cerca de la puerta—. Sé que rescataron a la gente de Alcatraz. Eso es increíble. De veras. Ustedes son fantásticos. Pero tengo que ayudar a mi hermana.

Obi asiente.

—Está bien. Iré con ustedes. Podemos hablar mientras Doc revisa a tu hermana.

Me obligo a no intercambiar miradas con Raffe. A menos que podamos hablar a solas con Doc, no tendremos ninguna posibilidad de pedirle que le ponga de nuevo sus alas de ángel a Raffe.

—A mí me gustaría ver el campamento, Obi —dice Raffe—. Sería interesante ver lo que están haciendo aquí.

No muevo un solo músculo de mi rostro, tratando de no traicionar mis pensamientos. Esto sólo está empeorando.

Se dibuja una sonrisa en el rostro de Obi.

—Excelente. Te presentaré a algunas personas. Creo que te sentirías orgulloso de llamarlos tus hermanos de armas si te unes a nosotros.

—Está bien —dice Raffe.

—Fantástico —dice Obi—. Creo que te gustará lo que encontrarás. Éste es nuestro cuartel general. Todos aquí están a cargo de nuestra defensa estratégica.

Veo cómo Obi y Raffe caminan alrededor de la mesa mientras hablan con la gente. ¿Esto le parece gracioso a Raffe? ¿Obi está a punto de darle a un ángel un recorrido por el campamento de la Resistencia?

18

Doc me toma del brazo y me conduce fuera de la habitación.

—¿Paige está herida? ¿Qué ha estado comiendo?

Miro a Obi hablando con Raffe antes de que se cierre la puerta detrás de nosotros cuando salimos al pasillo.

—Mmm, mi hermana no ha comido nada…

Los gemelos nos siguen por el pasillo. Miran por la ventana y observan a todo el mundo a nuestro alrededor mientras caminamos, siempre alerta.

—Oigan, chicos —les pregunto cuando salimos del edificio a la oscuridad de la noche—. ¿Qué le está mostrando Obi a Raffe?

—Lo de siempre —dice Dum.

—Nuestros refugiados, nuestras baterías ultramodernas, nuestros increíbles coches eléctricos, y tal vez también algunos de nuestros suministros de deliciosos fideos secos —Dee se encoge de hombros.

Camino lentamente, aturdida por el frío. Trato de pensar si mostrarle algo de esa información a un ángel podría resultar perjudicial para los humanos. No es gran cosa, ¿verdad?

¿Verdad?

Debo estar caminando demasiado lento mientras hablamos, porque Doc me pregunta, exasperado:

—¿Dónde está tu hermana?

—En la arboleda, al otro lado de la calle —le digo.

Doc sale corriendo y lo pierdo de vista. Estoy a punto de correr tras él cuando Dee pone su mano en mi brazo.

—Déjalo ir. De todos modos te esperará en la arboleda. No conoce el lugar.

Tiene razón, y es bueno ver a los gemelos de nuevo. Dejo de preocuparme por Raffe. De cualquier manera no hay nada que pueda hacer al respecto.

Me dirijo a los gemelos.

Tengo que decirles que son increíbles. Nadie más hubiera arriesgado el pellejo para ir a salvar a esas pobres personas en Alcatraz.

—No es para tanto —dice Dum, paseando junto a mí.

—Estamos acostumbrados a salvar las vidas de cientos de personas todos los días —dice Dee.

—Estamos acostumbrados —repite Dum.

—Nacimos para eso.

—A veces, incluso rechazamos las ofertas de mujeres que quieren darnos una muestra de agradecimiento —Dum se pavonea a mi lado.

—Una vez —dice Dee, con gesto humilde.

—Bueno, sí, pero si pasó una vez, eso significa que podría volver a pasar —dice Dum.

—No importa que haya sido una mujer de ochenta años que se parecía mucho a nuestra abuela —dice Dee.

—Una chica es una chica, sin importar su edad. Y una oferta es una oferta —Dum asiente.

Dee se inclina y me susurra al oído.

—Nos ofreció cocinarnos su famosa receta de coles de Bruselas, y la rechazamos.

—Tenía el corazón destrozado. Seguro tuvo que ir a buscar a un tipo para reponerse del desamor.

—El desamor es una mierda —Dee sacude tristemente la cabeza.

—Claro, nosotros jamás sabremos lo que se siente.

Los gemelos se golpean la espalda, felicitándose como verdaderos campeones.

—¿Y Obi estuvo de acuerdo con el rescate de Alcatraz? —pregunto.

—Bueno, sí, tal vez Obi tuvo algo que ver con el rescate —Dee se encoge de hombros.

—No es que no hubiéramos ido nosotros mismos a rescatar a esas personas con nuestras propias manos, pero fue un poquito más fácil con la ayuda de Obi dirigiendo la misión.

—Me da gusto saber que no trata mal a todo el mundo.

—En realidad, te sorprendería qué tan buen tipo es Obi —dice Dee.

—Lo dices porque no te ha encerrado en la cárcel y tratado a tu hermana como si fuera el monstruo de Frankenstein.

—Obi se encarga de tomar las decisiones difíciles para que el resto de nosotros no tengamos que hacerlo —dice Dum.

Eso me calla. ¿No estaba deseando hace unas horas que alguien más tomara las decisiones difíciles por mí?

—Es humano —dice Dee—. Tiene sus defectos.

—Por eso estamos aquí nosotros —dice Dum—. Para mitigar sus imperfecciones.

—No lo tomes personal —dice Dee—. Obi vendería a su primogénito, a sus padres, a su abuela, a su único y verdadero amor, sus brazos, piernas y su testículo derecho por conseguir que la raza humana sobreviva esta crisis.

—Es el tipo más dedicado que conocemos.

—Y no nos pide que hagamos ningún sacrificio que no esté dispuesto a hacer él mismo.

—¿Con quién más puedes contar cuando estás prisionero en una isla horrenda como Alcatraz?

Eso es cierto. La Resistencia era el único grupo capaz de organizar una misión de rescate real.

—Se parece un poco a ti, si lo piensas un poco —dice Dee.

Eso me detiene en seco.

—¿A mí? Obi y yo no tenemos nada en común.

—Te sorprenderías —dice Dum.

—Son tercos, leales, determinados a cumplir su misión.

—Básicamente, ambos son héroes un poco locos.

—Y todo el mundo piensa que los dos son muy sexis —dice Dee.

Suelto una carcajada.

—Ya veo que están jugando conmigo.

—¿En serio no has notado cómo te miran todos los hombres?

—¿Qué hombres? ¿De qué están hablando?

Los gemelos intercambian miradas.

—Nena —dice Dee—, incluso antes de tu última hazaña, ya eras la luchadora más solicitada en todos nuestros eventos. Las chicas que patean traseros siempre han sido sexis, pero en el mundo postapocalíptico en el que vivimos, la cosa más sexi del mundo es una chica ruda y malhablada que mata ángeles con una espada y…

—Yo no soy malhablada.

—Bueno, nadie es perfecto —dice Dum.

—¿Cómo se enteraron de esa chica que hipotéticamente mató a un ángel? No es que yo crea ninguna de esas historias.

—Los ángeles ofrecieron una recompensa por la cabeza de esa chica hipotética. Cualquier persona que les entregue a la chica estará a salvo de ellos para siempre. Ni Obi vale tanto. Su recompensa es insignificante en comparación con la de esta chica.

—El rumor se ha extendido como un reguero de pólvora —dice Dum—. Cuentan historias locas, como que la chica puede controlar las espadas de los ángeles e incluso darles órdenes a los demonios. Todo el mundo está muy emocionado. La mitad de la gente te está buscando, quiero decir, la está buscando, para entregarla a los ángeles, y la otra mitad brinda por ti con su última cerveza. Y mucha gente está haciendo las dos cosas a la vez.

—Así que cuídate las espaldas —dice Dee—. Sea cierto o no, la gente piensa que esa chica eres tú, y eso puede ser suficiente para que te maten.

—Con tu espada de oso de peluche y tu historia con ese demonio y demás —Dum levanta las cejas cómicamente.

—Fuiste tú, ¿verdad? —pregunta Dee, mirándome con ojos entrecerrados.

—Aquí entre nosotros —dice Dum.

—Jamás te delataríamos —son endemoniadamente idénticos cuando dicen las cosas al mismo tiempo.

Una parte de mí se muere por hablar de ello. Pero mi parte más inteligente dice:

—Sí, claro. ¿Qué no les conté que podía matar a ángeles y darles órdenes a los demonios? También puedo volar, pero no le digan a nadie.

—Ajá —me miran fijamente, buscando pistas en mis ojos.

Pienso en cualquier cosa con tal de cambiar de tema.

—Parece que están haciendo un buen trabajo aquí, chicos.

Los gemelos siguen mirándome, como si todavía no quisieran dejar el tema.

—Quiero decir, tiene que ser complicado construir un campamento de refugiados y organizar un ejército de la Resistencia al mismo tiempo.

—Obi quería ocuparse de todo él mismo, pero era demasiado. Finalmente conseguimos formar un consejo para ayudarlo en algunos asuntos de logística. Hay tanta logística en este lugar.

—Y todo porque tú quisiste hacer un poco de turismo, visitar Alcatraz, y le diste a Obi un buen pretexto para ser un héroe. Hablando de eso, ¿qué tal tu viaje en autobús?

—Sí, la última vez que te vimos, nos estabas enviando cartas de amor desde tu pequeña prisión sobre ruedas.

—Queríamos liberarte, pero Obi decidió que era más importante rescatar a la gente de Alcatraz.

—No habríamos estado de acuerdo si hubiéramos sabido que tu madre estaba ahí.

—Esa mujer es un dolor de cabeza, déjame decirte.

—No me lo tienen que decir —les digo con pesar—. Sé que puede ser un dolor de cabeza, y más.

Dee se ríe.

—Es la peor migraña que ha sufrido la humanidad. Pero vimos que podíamos usarla contra nuestros enemigos, y desde entonces se convirtió en una de nuestras armas más letales.

—Aterrorizó a los guardias en Alcatraz hasta que llegamos a rescatarla.

—¿Sabías que puede ser realmente aterradora?

Asiento tristemente.

—Oh, sí. Lo sé muy bien.

—La mayoría de nosotros no tenía ni idea. Nos sorprendió a todos.

—Ahora es una de nuestros generales.

—¿Qué? —es difícil imaginar a mi madre a cargo de cualquier cosa.

—Sí. En serio. Qué mundo más extraño, ¿no crees?

Parpadeo un par de veces, en lo que intento asimilar la información. Admito que si hay una cosa que puedo esperar de ella, es lo inesperado.

—Tu mamá es lo máximo —los gemelos asienten a la par.

—¿Saben dónde está ahora? —pregunto.

—Sí —dice Dee—. Seguro que podemos encontrarla para ti.

—Gracias. Eso sería genial.

Llegamos al camino y estamos a punto escabullirnos de auto en auto cuando alguien suelta un grito en la noche. Suena como si hubiera una gran pelea en la arboleda, al otro lado de la calle.

Paige está en esa arboleda.

Salgo corriendo tan rápido como me lo permiten las piernas hacia el bosque.

19

Corremos a la arboleda, persiguiendo el ruido. No somos los únicos que corren a través de los árboles, pero no alcanzo a ver los detalles en la oscuridad, sólo sombras moviéndose en la noche profunda.

Hay voces furiosas. Estoy bastante segura de que las sombras no hablan, por lo menos no con voces humanas. Espero que éste no sea el día en que descubra lo contrario.

Bajo las copas de los árboles, un grupo de figuras oscuras le grita y golpea con puños y pies a alguien tumbado en el suelo. Al acercarnos, logro vislumbrar las pieles secas y marchitas de las víctimas de las langostas. Algunas de ellas llevan ropas rasgadas cubiertas de tierra y lodo, como si acabaran de salir de sus tumbas.

Sus puños vuelan y se impactan en la víctima, quien simplemente los recibe sin moverse, gruñendo con cada golpe.

—¿Qué está pasando? —pregunto mientras corro hacia ellos. Nadie parece oírme—. ¡Oigan! —grita Dee.

—¿Qué está pasando? —pregunta Dum con voz baja pero llena de autoridad.

Algunas de las víctimas voltean a mirarnos. No dejan de patear a la figura en el suelo, pero uno de ellos nos dice:

—Es ese hijo de puta de Alcatraz. Él nos hizo esto. Creó a los monstruos y nos usó para alimentarlos —golpea brutalmente al hombre. No puedo ver nada, pero es obvio que están hablando de Doc.

Los gemelos deben haber llegado a la misma conclusión. Saltan hacia la multitud con los brazos en alto.

—¡Ya fue suficiente!

—El consejo ordenó que nadie puede tocarlo —dice Dee y quita a alguien de encima de Doc.

—El consejo de la Resistencia no tiene poder sobre nosotros. No somos parte de su campamento, ¿no lo recuerdan?

—Sí —dice otro hombre cuyo rostro está tan marchito como la piel de un salami seco—. Nos han rechazado. Y todo es por culpa suya —otra patada brutal.

—La próxima persona que lo golpee o patee quedará vetada de todos los espectáculos y todas las apuestas. Por el resto de sus vidas marchitas. Ahora déjenlo en paz.

Sorprendentemente, todos retroceden.

Quizá todos en el campamento rechazan a las víctimas de las langostas, pero por lo visto los gemelos no los discriminan en las peleas que organizan, ni en sus apuestas.

Dee parece tan sorprendido como yo. Voltea a ver a su hermano.

—Hermano, somos la televisión del nuevo mundo —sonríe con picardía.

Dum se agacha y ayuda a levantarse a un hombre que apenas reconozco como Doc. Aquél sostiene uno de sus brazos torpemente. Su rostro, que ya estaba magullado, está tan hinchado que apenas puede abrir los ojos.

—¿Estás bien? —le pregunto—. ¿Qué le pasó a tu brazo?

—Me lo patearon y lo pisaron. No tienen idea de lo que han hecho.

—¿Está roto? —empiezo a darme cuenta de lo que significa tener un cirujano con un brazo roto.

—No lo sé —su cerebro consciente quizá no lo sabe, pero su cuerpo sin duda piensa que lo está por la forma en que lo acuna contra su pecho—. Gente como ésta realmente me obliga a preguntarme por qué me molesto en tratar de salvarlos.

Doc parece furioso cuando pasa a mi lado. Apenas logra dar un par de pasos antes de apoyarse contra el tronco de un árbol para descansar. Dum sostiene a Doc para asegurarse de que pueda caminar bien.

—Tenemos otro médico —me dice Dee—. Vamos a ver qué puede hacer por él.

—Voy con ustedes —veo a las víctimas de las langostas con nuevos ojos. Sus pechos y hombros encogidos siguen palpitando con ira y frustración contenida. Varios de ellos lloran por las emociones reprimidas que van mucho más allá de la pelea que acabamos de detener.

Sigo a los gemelos mientras ayudan a Doc a cruzar la calle.

20

Me apoyo contra la pared de una habitación llena de pacientes esperando ver al médico del campamento. Doc tiene prioridad porque es el único otro médico que tenemos. Dejaron entrar con él a uno de los gemelos por la puerta trasera, mientras que el otro tuvo que irse a resolver algún asunto. A mí me dijeron que me quedara con los demás en la sala de espera.

Sólo hay una vela en toda la habitación, a pesar de que las ventanas están cubiertas con mantas. Me resulta particularmente inquietante estar en una habitación en penumbra mientras escucho a la gente a mi alrededor tosiendo y susurrando.

Se abre la puerta, y la cabeza rubia de Dee se asoma detrás de ella.

—¿Cuál es el veredicto? —pregunto—. ¿Está roto?

—Sí. Mucho —dice Dee mientras camina hacia mí—. Pasarán unas seis semanas antes de que pueda comenzar a utilizar su brazo de nuevo.

Seis semanas. Mi estómago se siente como si hubiera tragado unas pesas de plomo.

—¿Crees que pueda darle instrucciones a la otra doctora para realizar una cirugía? ¿Para que pueda trabajar aunque no tenga un brazo?

—La doctora no es cirujana. Además, nadie querría que se le conociera como ayudante de Doc. Puede ser malo para la salud, ¿entiendes?

—Sí, ya me di cuenta —me muerdo un labio mientras pienso. No se me ocurre nada que hacer, excepto volver con las malas noticias. ¿Qué vamos a hacer ahora? Doc era nuestra única esperanza para Paige y Raffe.

Se abre la puerta principal y Dum entra en la habitación.

—Oye, vi a tu mamá. Le dije que tu hermana estaba en el bosque y que tú llegarías ahí también en un momento.

—Gracias. ¿Cómo está ella?

—Estaba muy emocionada. Me dio un abrazo y un beso —dice Dum.

—¿En serio? —pregunto—. ¿Sabes cuánto tiempo ha pasado desde que me dio un abrazo y un beso a mí por última vez?

—Bueno, sí, muchas mujeres descubren que no pueden resistirse a mis encantos. Me besan con cualquier pretexto que se les ocurre —toma un trago de Gatorade verde pipí, como si pensara que resulta sexi.

Camino hacia la puerta, trato de pensar si hay algo más que pueda hacer que no sea regresar a la arboleda con las malas noticias. Pero cuando pongo una mano en la perilla de la puerta, sucede algo extraño que me obliga a detenerme.

La piel de mi nuca se eriza antes de que mi mente consciente sepa siquiera que algo anda mal.

Escucho pasos corriendo del otro lado de la puerta.

Las personas en la sala de espera se acurrucan unas con otras como ovejas asustadas, mirando a todas partes con ojos llenos de terror.

Alguien grita afuera.

—¿Y ahora qué está pasando? —pregunta Dee. Su voz está llena de temor, como si algo le dijera que también debería ocultarse.

Hay una parte de mí que no quiere abrir la puerta, pero los gemelos la abren de un jalón para ver lo que sucede.

En el exterior, todo parece tranquilo y silencioso. Hay basura por todas partes, mesas tiradas, sillas rotas, ropa, mantas.

Pero a medida que mis ojos se acostumbran a la oscuridad me doy cuenta de que los montones de ropa esparcidos por el césped son personas. Es difícil reconocerlas como tales porque les faltan varios pedazos.

No hablo de pedazos como simples mordeduras, sino extremidades completas. A algunas incluso les falta la cabeza.

Una mujer corre detrás de un auto. Una figura oscura del tamaño de un lobo la persigue.

Una pareja que está de pie entre las sombras grita de sorpresa cuando algo —o más exactamente, varios algos— se escabullen en la oscuridad por encima de ellos y los toman por el cabello.

Entonces, como si hubieran escuchado una señal, las figuras saltan de la oscuridad de la noche por todo el campus.

Logro vislumbrarlas cuando alguien las ilumina con la luz de una linterna. Son sombras.

Son más pequeñas que las que encontré en la Fosa, pero siguen siendo terroríficas. Con rostro y alas de murciélago, son pequeños demonios espeluznantes con brazos y piernas esqueléticas y cuerpos demacrados.

La escuela se llena de gritos cuando las sombras surgen de la noche hacia todas partes.

Dos de ellas son especialmente grandes, con manchas en las alas y los ojos rojos. Gruesos cordones de músculo se estiran a lo largo de sus huesos, lo que hace que las demás parezcan raquíticas. Son los dos demonios que me persiguieron de los recuerdos del infierno de Beliel.

Saben que estoy aquí. Y trajeron a sus amigos.

Una de ellas levanta la cabeza en el aire y hace la misma llamada de hiena que escuché en la isla Ángel. Si tiene el mismo resultado que la última vez, tendremos un montón de compañía en unos momentos.

Un hombre salta en la oscuridad, retorciéndose y gritando, con dos sombras colgadas de la espalda. En su pánico, entra corriendo al edificio lleno de gente y mete a las dos sombras con él.

Escucho disparos dentro de ese edificio. Espero que hayan matado a los demonios y no al pobre tipo.

Las sombras vienen por mí, no por ellos. Yo las traje aquí. Es mi culpa, y mi responsabilidad librarnos de ellas.

Sin pensarlo, corro hacia la noche.

21

Muevo mis piernas tan rápido como puedo. Varios gritos rompen el silencio, intercalados por largos momentos de silencio. Me imagino que todo mundo está tratando de aguantar la respiración para que los monstruos no los encuentren. Se me pone la piel de gallina al pensar en lo que podría estar sucediendo.

Mi plan, si se puede llamar así, es correr con todas mis fuerzas lejos de la escuela y encontrar un vehículo con llaves en el encendido.

Debe haber un montón de ellos en el estacionamiento. Obi y sus hombres han estado trabajando duro para asegurarse de que todos los autos tengan las llaves a la mano y los tanques llenos de gasolina, justo para emergencias como ésta. Bueno, tal vez no estaban pensando en una situación exactamente como ésta, pero algo por el estilo.

Una vez dentro de un auto, tengo la intención de tocar la bocina con todas mis fuerzas y conducir lo más lejos que pueda. Espero que las sombras me sigan.

No tengo idea de qué voy a hacer si no lo hacen. O si me atrapan en el camino hacia el auto. O cómo escapar una vez que me hayan rodeado por completo. Pero no puedo pensar más allá en este pánico.

¿Qué pasará con Paige y mamá y Raffe?

Sacudo la cabeza. Enfócate.

Un hombre empieza a gritar a mi izquierda.

Si sigo corriendo, el hombre seguramente morirá. Si me detengo a ayudarlo, puedo perder mi oportunidad de atraer a las sombras para alejarlas de aquí. No quedan buenas opciones en el Mundo del Mañana.

Dudo un instante, pero sigo corriendo hacia el estacionamiento. Mientras lo hago, Osito Pooky choca contra mi pierna como si me exigiera ser parte de la acción. Pero tengo que llegar a un auto tan pronto como sea posible y empezar a atraer a los demonios hacia mí.

Abro la puerta del auto más cercano. No puedo evitar mirar detrás de mí.

Algunas sombras ya vuelan hacia mí, cada vez más cerca. Detrás de ellas, la gente corre en todas direcciones cerca del edificio.

Salto dentro del auto y cierro la puerta, con la esperanza de encontrar una llave. Las sombras chocan de golpe contra mi puerta y el parabrisas.

Doy gracias a todo lo que es bueno en el mundo por la paranoia y la preparación de Obi. Las llaves están aquí.

El pequeño Hyundai rojo arranca inmediatamente. El motor ruge cuando despierta a la vida.

Salgo a toda velocidad de mi lugar en el estacionamiento, tirando a las criaturas que se habían subido a mi auto. Sin embargo, varias más se suben de inmediato tan pronto como me detengo.

Empiezo a sonar mi bocina con insistencia.

Las sombras que no me habían visto antes por fin dejan de perseguir a las personas y voltean a mirarme. Tengo ganas de arrollar con mis neumáticos sus horrendas caras de murciélago.

Pero mi trabajo es llamar su atención, no perder el tiempo jugando con ellas. Abro mi ventanilla y grito:

—¡Oigan! ¡Es la hora de la cena! ¡Estoy aquí, ratas asquerosas! ¡Vengan por mí!

El Hyundai ahora está atestado de sombras que se amontonan en él. Estoy a punto de salir a toda velocidad del estacionamiento, o al menos dar vueltas hasta que todas las sombras me hayan seguido y dejen en paz a los demás, cuando siento un golpe seco. El coche cae hacia un lado. Entonces veo el caucho triturado de un neumático cuando lo arrojan sobre el cofre.

Era mi neumático delantero derecho.

Me quedo en silencio, mirando cómo el neumático roto da vueltas en el estacionamiento.

Luego se acumulan tantos demonios sobre mi auto que ya no alcanzo a ver el neumático.

Acaricio el suave pelo de mi oso de peluche. Es todo lo que se me ocurre hacer.

Osito Pooky no me sirve de mucho dentro de un vehículo. No hay mucho espacio para maniobrar con la espada.

Eso significa que tendré que salir del auto si quiero tener la mínima oportunidad de salir bien librada de esto.

Me quedo sentada.

Me pregunto cuánto tiempo puede permanecer a salvo una persona dentro de un vehículo.

Pero entonces, por supuesto, los demonios comienzan a golpear el parabrisas.

Sus caras de murciélago con dientes afilados como agujas se aplastan contra las ventanillas. ¿Cuántos golpes puede aguantar un parabrisas?

Si logran romperlo, quedaré atrapada en un espacio cerrado y no podré usar mi espada o salir huyendo. Si abro la puerta, estarán sobre mí antes de que pueda poner un pie en el suelo.

Una de las sombras salta sobre el cofre y empuja a las demás a un lado. Es una de las más grandes, de las que me siguieron desde la Fosa. Tiene una roca enorme en una mano.

Levanta la roca por encima de su fea cabeza y la golpea contra el parabrisas. El vidrio se estrella en un millón de grietas ante mis ojos. Respiro profundo mientras levanta de nuevo la roca. Coloco la mano en la manija de la puerta y me preparo para huir a toda velocidad.

Cuando la roca se estrella de nuevo contra el parabrisas, abro la puerta con todas mis fuerzas.

Los demonios tenían toda su atención puesta en la roca, y mi maniobra los toma por sorpresa. Me las arreglo para golpear a varias criaturas fuera de mi camino con la puerta. Eso me da un pequeño espacio para correr.

Pero tan pronto como mi pie toca el asfalto, sus garras tratan de atraparme. Son puros dientes y saliva: un lado de las sombras que no me tocó ver en los sueños que me mostró la espada. Las sombras siempre huían de Raffe. Con él, son víctimas. En mi caso, son asesinas.

Los dientes de una sombra me rasgan la mejilla. Varias manos me atrapan por el brazo y luego me rasguñan el pecho. Me oigo gritar.

Atrapo a la sombra por la barbilla y empujo su cabeza y su boca tan lejos de mí como puedo. Para una cosa tan raquítica, es extremadamente fuerte. Me alejo de ella mientras trato de romperle el cuello.

Su cabeza se mueve frenéticamente hacia atrás y hacia adelante, sin parar de gritarme y chillar. Está tan cerca de mi cara que puedo oler su aliento a pescado podrido.

Me araña con sus garras, y ni siquiera trata de salvar su propio cuello. Está completamente fuera de sí. No voy a ganar esta batalla.

Mi espalda está contra el auto. Por el rabillo de un ojo, alcanzo a ver a otras dos sombras que escalan la puerta para atacarme por detrás. Miro a una, y luego a la otra. No tengo una pistola, no puedo sacar mi espada, y estoy atrapada contra la puerta del auto.

Lo único que puedo esperar es que la gente tenga algunos minutos para huir mientras los demonios están ocupados destazándome. Es una fiesta de Penryn.

Pero de repente, los demonios se detienen.

Levantan sus caras de murciélago al aire y olfatean frenéticamente con sus fosas nasales. Una de ellas agita su cabeza como un perro que se sacude el agua.

La que estaba a punto de alcanzar mi cuello con sus garras retrocede y me deja ir. Las que trepaban por la puerta se quedan congeladas, con ojos llenos de pánico. Siento el terror que emana de sus poros.

Todas huyen despavoridas.

Me toma algunos momentos darme cuenta de que en verdad se han ido y yo sigo con vida.

A través de la luz de los faros del auto, veo que un par de piernas caminan hacia el remolino de sombras que se alejan rápidamente del auto. El haz de luz sube poco a poco por el cuerpo de la persona cuando las piernas se mueven hacia mí, hasta que puedo ver de quién se trata.

Es mi madre.

Las sombras huyen. Lejos de la escuela, lejos de la gente, y sobre todo, lejos de mi madre.

—¿Qué demonios acaba de suceder? —digo estupefacta.

En ese momento me golpea el olor. Apesta. El parabrisas está salpicado con los huevos podridos de mamá. Una materia viscosa amarilla y negra se desliza por el parabrisas como la caca de un ave gigante.

Es el olor.

Están huyendo del olor. Corren con el mismo terror que descubrí en los demonios de la Fosa cuando el demonio gigante les gruñó. ¿Acaso el olor les recuerda a sus malvados jefes? ¿Quizás asumen que uno de sus amos se acerca para castigarlos cuando huelen a huevos podridos?

Me quedo mirando a mi madre mientras camina hacia mí con varios huevos verdosos en cada mano.

Mi madre podrá estar loca, pero ha visto y experimentado muchas cosas. Cosas que otras personas no podrían entender.

Cuando por fin me alcanza, las sombras están muy lejos de aquí.

—¿Estás bien? —me pregunta.

Asiento lentamente.

—¿Cómo hiciste eso?

—Sí huele muy mal, ¿no crees? —mi madre arruga la nariz y hace una mueca graciosa.

La miro fijamente, sin poder hablar, antes de soltar una débil carcajada.

22

Camino hacia la arboleda con mi madre. Otra mujer nos sigue unos pasos detrás.

Me dirijo a ella:

—Hola.

Sólo inclina ligeramente la cabeza. Parece tener la misma edad que mi madre y lleva puesta una capa con una capucha que le cubre la cabeza. Debajo de la capa, un vestido cae hasta sus tobillos y le roza los zapatos al caminar. Algo me resulta familiar en su vestido, pero la idea apenas se detiene un segundo en mi mente y la olvido de inmediato.

—Ella está conmigo —dice mi madre. No sé qué pensar de la situación. Mi madre por lo general no tiene amigos, pero éste es un mundo completamente nuevo, y quizá resulta que no la conozco tan bien como creía.

La arboleda está en silencio excepto por el crujido de nuestros pies y el sonido de alguien que corre hacia nosotros. Miro hacia atrás y veo que Raffe se acerca rápidamente. Resulta casi invisible con su gabardina oscura y su gorra de beisbol. Debe haber venido corriendo cuando me oyó gritar durante el ataque de las sombras.

Tanto mi madre como su amiga se detienen al verlo, tensas, pero yo levanto una mano para señalarles que todo está bien. Ellas siguen su camino hacia la arboleda mientras yo espero a que Raffe me dé alcance.

Mi madre mira hacia atrás para observarnos, y ni siquiera intenta ser discreta al respecto. Está totalmente alerta, estudiando cada sombra alrededor. Bien por ella.

—¿Estás bien? —la voz de Raffe es suave, casi de disculpa. Me pregunto si pensó que sería mejor para mí que las sombras no lo vieran defendiéndome. Eran demasiadas como para que él solo las matara a todas, así que muchas habrían escapado y le podían haber contado a las otras sombras. O quizá no podía permitirse el lujo de que Obi y los demás lo vieran luchando con toda su fuerza.

—Sí, estoy bien. Resultó que las sombras le tienen más miedo a mi madre que a cualquier ángel guerrero. Ella es mucho más aterradora.

Él asiente, pero parece preocupado.

—¿Qué te mostró Obi?

—Me dio un recorrido por el campamento.

—¿Te mostró sus suministros de fideos secos? —digo con una sonrisa.

No me devuelve la sonrisa.

—Me mostró sus suministros de armas. Su plan de evacuación. Su sistema de vigilancia.

Casi me tropiezo con una rama.

—¿Por qué demonios hizo eso? —la pregunta surge con más fuerza de la que pretendía. Varias alarmas suenan en mi cabeza—. La última vez que te vio no confiaba en ti.

—Quiere impresionarme para que me una a ellos. Y está más desesperado que nunca por conseguir combatientes hábiles. Debe intuir que tengo experiencia militar.

—¿Entonces te vas a unir a la Resistencia?

—No lo creo. También me mostró sus mesas de disección.

—¿Mesas de qué?

—Para disecar todo lo que encuentren que no sea estrictamente humano. Tienen una mesa reservada en caso de que alguna vez atrapen a un ángel.

—Ah.

Quiero recordarle que estamos en guerra con un enemigo que no entendemos. Pero es inútil discutir. Yo jamás estaré de acuerdo con los experimentos que Uriel realiza en los seres humanos, independientemente de sus razones, así que ¿por qué iba Raffe a entender las razones que tenemos para querer experimentar con los de su especie?

—También están trabajando en la creación de una plaga que infecte a los ángeles, con la que esperan acabar con mi especie entera.

—¿En serio?

—Allanaron el laboratorio en la isla de Alcatraz cuando rescataron a su gente y robaron algunas cosas con las que han estado jugando. Al parecer, Laylah estaba trabajando en la creación de una plaga humana y produjo varias cepas para optimizar el daño. Hay una cepa que esperan que funcione contra los ángeles.

—¿Qué tan cerca están de conseguir que funcione esa plaga angelical?

—No mucho. De lo contrario, hubiera tenido que matarlos a todos.

Caminamos en silencio, y el concepto de matar o morir pesa entre nosotros.

Me siento aliviada cuando llegamos donde está Paige, aunque sólo sea para interrumpir el silencio.

Mi hermana está sentada al lado de sus langostas. Mi madre y su amiga se detienen a una distancia prudente, mirando fijamente a las bestias. Paige se levanta, ordena con un gesto a las langostas que vuelen a las copas de los árboles, y corre a abrazar a mamá. Paige es la bebé de la familia y tiene una relación muy diferente con nuestra madre que yo. Mamá le acaricia el pelo mientras Paige se acurruca entre sus brazos.

—¿Cómo te fue con Doc? —susurra Raffe.

Respiro profundo y le doy las malas noticias sobre Doc y su brazo roto. Raffe no dice nada, pero sé que la noticia lo golpea con fuerza. Sus alas amputadas están marchitándose a cada segundo, y estoy bastante segura de que no van a durar tanto tiempo como la última vez. Y ahora, el único médico que podría volver a ponérselas no podrá hacerlo durante al menos seis semanas.

Y luego está mi hermana, muriendo de hambre…

Me siento agotada. Tiene que haber otra respuesta, pero estoy demasiado cansada emocionalmente para pensar en algo. Sólo quiero meterme en la bóveda de mi cabeza y cerrarle la puerta al resto del mundo.

Me recargo contra Raffe y siento sus músculos contra mi brazo. Cierro los ojos y me relajo en él. Se siente tan sólido. No sé si me está consolando a mí o es al revés.

Cuando abro los ojos, la amiga de mi madre nos está mirando. Me incorporo de inmediato y me alejo de Raffe. Me parece extraño que nos mire a nosotros en vez de vigilar a las horrendas langostas o a la niña que parece salida de una pesadilla.

—Alguien te está buscando —dice ella.

Ah, es cierto.

—Sí, lo sé —los ángeles, los demonios, las pandillas… ¿quién no me está buscando en este momento?

Pero ella señala con la cabeza a Raffe.

—Me refiero a él.

¿También hay una recompensa por su cabeza? Traía puesta una máscara roja sobre su rostro cuando luchábamos contra los ángeles, así que deben haber pensado que se trataba de un demonio, ¿no es así?

—Tengo un mensaje para ti —le dice la mujer a Raffe—. El mensaje es: libertad y gratitud. Confía, mi hermano.

Raffe lo piensa durante unos instantes.

—¿Dónde está? —pregunta.

—Te está esperando en la iglesia con los vitrales que está en el centro.

—¿Él está allí ahora?

—Sí.

Se vuelve hacia mí.

—¿Sabes dónde está esa iglesia?

—Más o menos —le digo, tengo un vago recuerdo de un par de iglesias en Palo Alto—. ¿Qué está pasando?

Raffe no dice nada.

Me pregunto si los gemelos se equivocaron en su mensaje. Tal vez los ángeles están buscando a Raffe y no a mí.

—¿Necesitas algo más de mí? —le pregunta la mujer. Me está asustando un poco con su voz tranquila y pacífica.

—No, gracias —la mente de Raffe está lejos de aquí.

La mujer se quita la capucha. Lleva la cabeza afeitada por completo, y se ve más pálida que nunca bajo la luz de la luna.

Se quita la capa y la deja caer al suelo. Tiene una sábana envuelta alrededor de su cuerpo, atada en un hombro. Sus ojos oscuros se ven enormes en su cabeza calva, y me miran llenos de paz y serenidad. Sus manos están juntas y tiene los dedos entrelazados frente a ella. Lo único que estropea su estilo apocalíptico es el par de tenis blancos que lleva debajo de la sábana.

Nos hace una ligera reverencia antes de girarse hacia mi hermana. No nos suelta ningún sermón de reclutamiento, algo que yo esperaba de alguien tan obviamente parte de un culto apocalíptico. Sólo camina hacia mi hermana en silencio, luego se detiene frente a ella.

Mi madre se inclina ante la mujer.

—Gracias por tu sacrificio. Gracias por ofrecerte como voluntaria.

—¿Voluntaria para qué? —pregunto, incómoda.

—No te preocupes por eso, Penryn —mi madre me aleja con un gesto—. Yo me encargo de esto.

—¿Te encargas de qué? —no estoy acostumbrada a ver a mi madre interactuando con gente, y ciertamente no estoy acostumbrada a verla actuar de la manera en la que se está comportando con la mujer—. ¿Te encargas de qué, mamá?

Mi madre se vuelve hacia mí con una mirada de exasperación, como si la estuviera avergonzando en público.

—Te lo explicaré cuando seas mayor.

Me quedo fulminada bajo los árboles, sin decir nada. No se me ocurre otra cosa que hacer.

—¿Cuando sea mayor? ¿Hablas en serio?

—Esto no es para ti. Te conozco, Penryn. No quieres ver esto —me hace un gesto para que me vaya.

Doy unos pasos hacia atrás y me uno a Raffe para observar desde las sombras. Mi madre gesticula para que nos alejemos aún más, así que nos damos la vuelta y caminamos hacia el bosque. Me deslizo detrás de un árbol para poder ver lo que está pasando cuando mamá deja de espiarnos. Raffe está a mi lado, pero no se molesta en ocultarse.

La mujer del culto baja la cabeza y se arrodilla humildemente delante de Paige. Una parte de mí quiere marcharse sin enterarse de lo que va a suceder. Pero otra parte de mí quiere interrumpirlos y detener lo que va a suceder.

Algo está pasando con la plena aprobación de mi madre, quien sin duda necesita de supervisión. ¿Están tratando de reclutar a Paige en un culto? En este momento no siento culpa por espiar. Normalmente me importa mucho el respeto de la privacidad, pero ahora quiero asegurarme de que no hay nada... bueno, sí, *loco* sucediendo.

—Estoy aquí para servirte, oh, Ser Supremo —dice la mujer.

—Está bien —le explica mamá a Paige—. Ella se ofreció. Tenemos una fila entera de miembros del culto que se ofrecieron. Ellos saben lo importante que eres. Están dispuestos a hacer sacrificios.

No me gusta la palabra *sacrificios*. Corro hacia donde están.

Paige se sienta en un árbol caído mirando a la mujer, quien ahora está de rodillas frente a ella. La mujer se desata la sábana del hombro e inclina la cabeza hacia un lado para dejar al descubierto su cuello vulnerable.

Me quedo congelada mirando la escena.

—¿Qué están haciendo?

—Penryn, no te metas —dice mamá—. Éste es un asunto privado.

—¿La estás ofreciendo como carne?

—No es como la vez anterior —dice mamá—. Ella se ofreció. Esto es un honor para ella.

La miembro del culto me mira torpemente, todavía con la cabeza inclinada hacia un lado.

—Es cierto. Fui elegida. Me siento honrada de nutrir al Ser Supremo que ha resucitado a los muertos y nos llevará al cielo.

—¿Quién quiere ir al cielo ahora? No hay nada más que ángeles allí —la miro para ver si está bromeando—. ¿En serio te ofreciste como voluntaria para que te comieran viva?

—Mi espíritu se renovará cuando mi carne nutra al Ser Supremo.

—¿Estás bromeando? —muevo la cabeza de un lado al otro, mirando a mi madre, quien está asintiendo con seriedad, y a la mujer, quien debe estar drogada o algo así—. ¿Qué te hace pensar que ella es el Ser Supremo? La última vez que estuvimos aquí, el campamento entero trató de lincharla.

—El médico de Alcatraz le dijo a Obadiah y al consejo que ella es el Ser Supremo, el ser ungido que será nuestra salvación. El resto del campamento no lo cree, pero nosotros en el Nuevo Amanecer sabemos que el Ser Supremo va a salvarnos de esta santa tragedia.

—Ella es sólo una niña pequeña —quiero decir que es *normal*, pero no puedo.

—Por favor, no interfieras —dice la mujer, con ojos suplicantes—. Por favor, no nos detengas. Si me rechazan, alguien más tendrá el privilegio, y yo seré deshonrada —sus ojos se llenan de lágrimas—. Por favor, deja que mi vida signifique algo en este mundo. Ésta es la mayor contribución y el honor más grande que podría tener en esta vida.

Me quedo con la boca abierta, tratando de pensar en algo que decir.

Mi hermanita, sin embargo, no tiene ningún problema en rechazarla. Niega tímidamente con la cabeza, diciendo que no, y cruza las piernas para adoptar su pose de monje. Empecé a llamarla nuestro pequeño Buda desde que decidió ser vegetariana, cuando tenía sólo tres años.

Gruesas lágrimas ruedan por las mejillas de la mujer.

—Entiendo. Tienes otros planes para mí —a pesar de sus palabras, su rostro muestra que el rechazo la ha ofendido profundamente. Se levanta poco a poco y vuelve a atar su sábana para que quede firme en su lugar, mientras me lanza una mirada asesina.

La mujer se inclina y se aleja caminando hacia atrás, evitando darle la espalda a Paige.

Mi madre suspira a mi lado con exasperación.

—Esto no cambia nada, y lo sabes —me dice—. Sólo iré de vuelta al campamento y traeré al siguiente voluntario en la fila.

—Mamá, no lo hagas.

—Quieren hacerlo. Es un honor para ellos. Además... —comienza a caminar, siguiendo a la mujer— traen su propia sábana. Así es más fácil recoger el desastre.

23

—¿Sabes dónde está la iglesia de los vitrales? —pregunta Raffe.

—¿Qué? —yo sigo pensando en el culto y el rumor de mesías que gira alrededor de Paige.

—¿La iglesia? —Raffe me mira como si quisiera agitar su mano frente a mis ojos para despertarme—. ¿Con los vitrales?

—Hay un par de iglesias en el centro. Podemos caminar hasta ellas desde aquí. ¿Para qué quieres ir?

—Aparentemente, alguien quiere reunirse conmigo.

—Sí, eso me queda claro. ¿Quién y por qué?

—Me gustaría averiguarlo —por su expresión misteriosa y su tono de voz adivino que tiene una buena idea de quién se trata.

—¿Será un ángel que sabe dónde está el campamento de la Resistencia?

—No lo creo. Debe ser alguien que puede correr la voz entre la gente, pero no creo que sepa sobre el campamento. Seguramente alguien como ella lo envió a la iglesia —señala con la cabeza en la dirección por donde se fue la mujer del culto.

Supongo que es mejor idea llevar a Raffe a ver a esta persona misteriosa que arriesgarme a que un ángel encuentre el campamento buscando a Raffe.

Echo un vistazo a Paige, quien está cantando la canción de disculpa de mamá a sus langostas, que descansan en las ramas por encima de nosotros. Me acerco a ella.

—Si me voy unas horas, ¿estarás bien por tu cuenta?

Ella asiente. Desde el borde de las sombras, mamá camina hacia nosotros. No sé si Paige está mejor con o sin ella, pero como mamá viene sola de vuelta, seguro que tenemos un poco de tiempo antes de que empiece otra vez con sus locuras.

Camino de regreso hacia donde está Raffe.

—Toda tuya. Vamos a buscar tu iglesia.

No conozco muy bien el centro de Palo Alto, al menos no tan bien como conozco el centro de Mountain View, así que nos lleva más tiempo del que esperaba encontrar las dos iglesias. La primera sólo tiene una pequeña franja de cristales de colores, y de inmediato sé que no es la que estamos buscando. Cuando alguien dice "la iglesia de los vitrales", me imagino que se refiere a un montón de vitrales, no a un detalle insignificante.

El centro de Palo Alto solía ser el lugar de moda antes del Gran Ataque. Era muy conocido por sus restaurantes, con largas listas de espera, y sus compañías de tecnología de vanguardia. A mi papá le encantaba venir aquí.

—¿Quién te está buscando? —pregunto.

—No estoy seguro.

—Pero tienes algunas ideas.

—Tal vez.

Caminamos por una calle llena de casas preciosas. Este barrio suburbano parece haber sobrevivido a los ataques, a excepción de unas pocas cuadras, donde las casas han sido destruidas al azar.

—Entonces, ¿es un secreto militar? ¿Por qué no me compartes tus sospechas?

Damos la vuelta en una esquina y llegamos a la iglesia de los vitrales.

—Raphael —dice una voz masculina desde arriba.

Una forma fantasmal flota hacia nosotros desde el techo de la iglesia. Un ángel dolorosamente blanco aterriza delante de nosotros.

Es Josiah, el albino. Su piel es más blanca de lo que recordaba, y sus ojos son de un desagradable color rojo sangre, incluso en la tenue luz de la luna. Parece la maldad pura. Es un feo traidor hijo de puta.

Hago una mueca de disgusto y jalo al oso de peluche, agarrando con fuerza el mango de mi espada.

Raffe me detiene la mano.

—Me alegra ver que estés bien, Arcángel —dice Josiah—. Fue un espectáculo increíble el que montaron anoche.

Raffe arquea una ceja con arrogancia.

—Sé lo que estás pensando —dice Josiah—. Pero no es verdad. Mira, dame dos minutos para explicarte todo —es increíble cómo un tipo que traicionó a Raffe tan descaradamente puede sonar tan sincero y amistoso.

Raffe explora la zona con los ojos. Al verlo me doy cuenta de que esto podría ser una trampa, y que no debería dejarme distraer por la ira que me provoca esta escoria.

Miro a mi alrededor y no veo más que sombras silenciosas de árboles y casas en lo que alguna vez fue un barrio muy bonito.

—Te estoy escuchando —dice Raffe—. Habla rápido.

—Convencí a Laylah para que te ponga tus alas de nuevo —dice Josiah—. Esta vez es verdad; me lo juró.

—¿Por qué debería creerle?

—O a ti —interrumpo yo. Fueron Josiah y Laylah quienes engañaron a Raffe y le pusieron las alas de demonio. No hay razón para creer que harán algo distinto esta vez.

Josiah posa sus ojos sangrientos en los míos.

—Uriel culpa a Laylah de que las langostas nos traicionaran anoche. Dice que nadie más que la persona que las creó podría tener ese tipo de control sobre ellas. La tiene encerrada en su laboratorio. Seguramente la hubiera matado ya, pero está creando algunas plagas para él. Y es la única que puede mantener su creciente ejército de monstruos.

—¿Más plagas? —pregunto—. ¿Por qué todo el mundo está tratando de crear plagas?

—No sería un apocalipsis sin plagas —dice simplemente Josiah, encogiéndose de hombros.

—Fantástico —le digo—. ¿Así que se supone que debemos confiar en una traidora mentirosa que está creando plagas apocalípticas? ¿Y por qué nos debería de importar lo que le suceda a Laylah? Se lo merece por trasplantarle unas alas de demonio a Raffe y jugar a ser la doctora Frankenstein con los seres humanos. No somos simple biomasa para que haga con nosotros lo que sea que se le antoje.

Josiah me mira un momento y luego mira a Raffe.

—¿La chica tiene que estar aquí?

—Sí, tiene que estar aquí —dice Raffe—. Resulta que últimamente es la única en quien puedo confiar para cuidarme la espalda.

Me paro un poco más alta cuando dice eso.

—Laylah no lo sabía —Josiah mueve su cuerpo para que quede claro que está hablando solamente con Raffe—. Le advertí que no lo hiciera, pero ya sabes lo ambiciosa que es.

Mira, puedes confiar en ella esta vez porque eres su única esperanza de salir con vida de este lío. Uriel la matará cuando obtenga todo lo que necesita de ella.

—¿La matará? ¿Te refieres a que la enviará a la Fosa?

—No, me refiero a que la matará de verdad. Estaba furioso con ella, no creyó una sola palabra de lo que le dijo cuando insistió que no tenía nada que ver con la traición de las langostas. Él montó en cólera y le dijo que había matado al Mensajero, y que podía matarla a ella también. Al Mensajero, Raffe, Uriel lo mató.

La imagen del hombre alado que se hacía llamar el Arcángel Gabriel, Mensajero de Dios, siendo derribado sobre los escombros de Jerusalén me atraviesa la mente. Lo pasaron durante días por la televisión.

Josiah sacude la cabeza como si todavía le costara trabajo creerlo.

—Uriel dijo que Gabriel se había vuelto loco, que no había hablado con Dios en eones, que había inventado todas las reglas que Dios supuestamente le había dictado. Dijo que no había ninguna razón por la que Uriel no pudiera ser el Mensajero, pues él también podía mentir, como Gabriel. Así que lo mató. Lo mató. Él mismo lo admitió.

Se miran el uno al otro, y Raffe parece tan sorprendido como Josiah.

—¿Y cuál es el problema? ¿Por qué les sorprende tanto? —pregunto—. Nuestros reyes se asesinaban unos a otros todo el tiempo.

—Nosotros no nos matamos unos a otros —dice Josiah—. La última vez que ocurrió, Lucifer y sus ejércitos cayeron —inclina la cabeza y me mira fijamente, como si no estuviera seguro de que entiendo de lo que está hablando—. Fue algo grande en nuestro mundo.

—Sí, conozco la historia —le digo, exasperada.

Raffe deja escapar un suspiro de frustración.

—No puedo hacer nada al respecto desde afuera.

—Lo sé —dice Josiah—. Por eso tienes que dejar que Laylah te ponga las alas. Alguien más que no sea Uriel tiene que ganar la elección. Estamos buscando a Michael, pero es poco probable que lo encontremos a tiempo.

—¿Por qué cree Laylah que votarán por mí en vez de por Uriel?

—Todavía tienes seguidores leales. Hay rumores por todas partes de que estás de vuelta, y yo los he estado cultivando en tu favor. Tienes muy buenas probabilidades.

—No me extraña que Michael no quiera venir. Conociéndolo, convertirse en el Mensajero es lo último que quiere. No podría comandar ejércitos si tiene que dedicarse a acicalar plumas y ocuparse de la administración en casa.

—Ahora tú eres el único Arcángel que puede desafiar a Uriel. Incluso si Michael gana en ausencia, un Arcángel tendría que sustituirlo hasta que vuelva. Si puedes hacer eso, entonces Laylah estará contigo. Tiene muchas razones para querer que tengas tus alas otra vez.

—Raffe, no puedes confiar en él. No después de lo que hizo.

—Sé que se ve mal —dice Josiah—, pero ¿no hice el juramento? Una vida por una vida. Tú me liberaste de la esclavitud eterna y me diste la oportunidad de tener una vida digna de ser vivida. Y yo te la comprometí.

No puedo creer lo que dice.

—No parecías tan feliz de verlo cuando te encontramos en San Francisco.

—Pensé que estaba muerto. Pensé que estaba libre de mi juramento, libre para hacer mi propio camino. Pero nunca traicionaría a Raphael. ¿Por qué crees que vino a pedirme ayuda? Yo soy el único que tiene que serle leal. El único sin un clan, ni un linaje, ni un honor que proteger que reemplace mi lealtad hacia él. ¿Lo puedes entender? —mira a Raffe—. Yo no sabía lo que te iban a hacer. Pensé que simplemente iban a ponerte las alas de nuevo. Laylah tenía toda la intención de hacerlo, pero Uriel descubrió que estabas aquí y ella se acobardó en el último momento. Pero ahora no tiene otra opción. No tiene a nadie con quien aliarse más que contigo. Y es la única que puede ponerte las alas de nuevo.

Esa última parte da en el clavo. Con el brazo roto de Doc, ¿quién más puede hacer la operación?

—Se está acabando el tiempo, Arcángel —dice—. La elección está a punto de suceder. Y si no puedes detener a Uriel, tendremos un asesino desquiciado como nuestro Mensajero. Su palabra será ley, y todo el que se oponga a él Caerá. Podría ser el comienzo de una guerra civil. Podríamos llegar a un exterminio sin cuartel, no sólo de los seres humanos, sino de todos los ángeles que se le opongan.

Puedo sentir la tensión que irradia el cuerpo de Raffe. ¿Cómo puede decir que no? Ésta es su oportunidad de recuperar sus alas y arreglar las cosas entre su gente. Por fin puede tener todo lo que quiere. Podría incluso convertirse en Mensajero y salvarnos a todos de este desastre apocalíptico.

Y luego se iría a casa, para no volver jamás a mi vida.

24

—¿Dónde realizarían la operación? —pregunta Raffe.

—En el nido —dice Josiah—. Laylah está encerrada. No puede salir. Pero yo puedo meterte.

—Ve. Te seguiré con las alas en un minuto —dice mientras se quita la mochila donde lleva sus alas envueltas en una manta.

—Tengo que ir contigo —le digo.

—No puedes venir —se quita la gabardina y se desliza la mochila con las correas al revés, para llevarla puesta contra el pecho. Ajusta la correa de la cintura y se asegura de que está en su lugar. Cuando he visto a otras personas usar así una mochila me han parecido un poco ridículas, pero en él se ve bien, parece una pieza de equipo militar atada firmemente a su amplio pecho.

—Necesitas a alguien que te cuide la espalda.

Raffe arquea la espalda y extiende sus alas, como yo podría estirar las piernas después de estar sentada durante mucho tiempo.

—Josiah lo hará. Es demasiado peligroso para ti. Además, tienes que cuidar de tu familia.

De repente se me ocurre una idea.

—¿Crees que Laylah pueda ayudar también a Paige? —no me encanta la idea, de hecho la odio, pero con el brazo roto de Doc, ¿a quién más podemos recurrir?

—Si las cosas salen bien con mis alas, veré si la puedo convencer de que ayude a tu hermana.

—Paige no tiene más tiempo que tú.

—Será más seguro para ella si primero sabemos que podemos confiar en Laylah.

Tiene razón, pero la idea me sigue dando vueltas en la cabeza. Asiento sin ganas.

—¿Qué hacemos con tu espada?

—No puedo volar con ella si no me acepta. Y eso no sucederá hasta que recupere mis verdaderas alas. Cuida de ella hasta que vuelva.

Asiento nuevamente, con una ola de calor inundando mi pecho.

—¿Entonces volverás?

Me mira con preocupación en los ojos.

Sé que nos hemos separado antes, pero siento que esta vez es permanente. Está a punto de entrar nuevamente en el mundo de los ángeles. Y cuando lo haga, se olvidará por completo de la Hija del Hombre con la que viajó durante unos días. Ya dejó muy claro que no puede estar conmigo.

—¿Nos estamos despidiendo? —pregunto.

Raffe asiente.

Nos miramos a los ojos. Como de costumbre, no tengo ni idea de lo que está pensando. Podría tratar de adivinarlo, pero serían puras fantasías.

Se inclina hacia mí y sus labios se ciernen sobre los míos, a un suspiro de distancia. Cierro los ojos, sintiendo un cosquilleo de anticipación.

Luego presiona sus labios contra los míos. Su calor se extiende desde mis labios hacia abajo, a mi pecho y estómago. El tiempo se detiene, y me olvido de todo lo demás: el apocalipsis, mis enemigos, ojos vigilándome, monstruos de la noche.

Por un instante, sólo siento su beso.

Por un instante, sólo soy la chica de Raffe.

Pero luego se aleja de mí.

Aprieta su frente contra la mía, y puedo sentir el escozor de las lágrimas detrás de mis pestañas.

—Vas a recuperar tus alas —trago saliva y hablo rápido para que no se me quiebre la voz—. Te convertirás en el nuevo Mensajero, y todos te seguirán como su líder. Y entonces te llevarás a los ángeles de vuelta a casa, lejos de aquí. Prométeme que cuando te conviertas en el Mensajero, los llevarás muy lejos de aquí, lejos de todos nosotros.

—No hay muchas probabilidades de que me convierta en el nuevo Mensajero, pero sí, haré lo que pueda para llevármelos de aquí.

Y él será el primero en irse.

Trago saliva otra vez.

Nos quedamos así durante unos momentos, nuestro aliento se mezcla.

El viento toma fuerza, y por un instante parece como si fuéramos los únicos seres vivos en el mundo entero.

Raffe se endereza y se aleja de mí.

—No puedo hacer lo que yo quiero. No se trata de mí. Mi pueblo, mi sociedad entera está a punto de desmoronarse. No puedo dejar que eso suceda.

—No te pedí que lo hicieras —envuelvo mis brazos alrededor de mi cuerpo—. Eres la mayor esperanza para mi pueblo también, ¿no lo entiendes? Si tomas el control y te los llevas de vuelta a casa, mi mundo también se salvará —*pero no estarás conmigo.*

Sacude la cabeza con tristeza.

—Son las reglas con las que vivimos. Somos soldados, Penryn. Guerreros legendarios dispuestos a hacer sacrificios legendarios. No pedimos nada. No elegimos nada —lo dice como un lema, como una promesa que ha hecho mil y una veces.

Poco a poco me deja ir, me hace firmemente a un lado.

Me quita el cabello de la cara, acaricia mi mejilla. Observa cada parte de mi rostro, como si quisiera memorizarlo. Una media sonrisa se forma en sus labios.

Luego deja caer su mano, se da la vuelta, da unos pasos y salta hacia el aire.

Yo me pongo una mano sobre la boca para no gritar su nombre.

El viento de octubre me levanta el cabello. Hojas secas flotan en el aire, perdidas y abandonadas.

25

Tengo que irme.

Dar la vuelta y salir de este lugar.

Pero mis pies se sienten como si estuvieran pegados en la acera. Me quedo ahí, preocupada. Preocupada de que se trate de una trampa, preocupada de que no lo vuelva a ver nunca más, preocupada de que otra vez esté en manos de sus enemigos.

Estoy tan perdida pensando en todas las cosas que podrían ocurrirle que no oigo los pasos detrás de mí hasta que están demasiado cerca como para salir huyendo.

Varias personas salen de detrás de los edificios. Una, cinco, veinte. Todas están vestidas con sábanas, y llevan las cabezas afeitadas.

—Se los perdieron —les digo—. Acaban de irse. Pero de todos modos no eran gran cosa.

Caminan hacia mí desde todas partes.

—No venimos aquí por ellos —dice uno de ellos. Su cabeza parece más bronceada que la de los demás, como si llevara más tiempo con la cabeza afeitada—. Los amos prefieren hacer sus negocios en privado. Lo entendemos muy bien.

—¿Los amos?

El grupo sigue acercándose, y empiezo a sentirme acorralada. Pero éstos son miembros de una secta, no de pandillas callejeras. No tienen una reputación de atacar a la gente. Aun así, coloco una mano sobre el oso de peluche que cuelga de mi cadera.

—No, no venimos aquí por ellos —oigo decir a una mujer—. Nadie ha ofrecido una recompensa por tu amigo el ángel —entonces la veo, es la mujer que se ofreció como sacrificio a Paige.

—Supongo que debería haber dejado que te comiera.

La mujer me mira con odio, como si la hubiera humillado por salvarle la vida.

Quito el oso de peluche y coloco la mano sobre el mango de la espada. Está frío y duro y listo para pelear. Pero no quiero usarla contra ellos. Los humanos tenemos suficientes enemigos tratando de matarnos como para empezar a matarnos unos a otros.

Me alejo de Cabeza Bronceada. El círculo se cierra a mi alrededor.

—¿En serio quieren hacerle daño a la hermana del Ser Supremo? —con un poco de suerte, quizá crean su propia fantasía.

—No, no queremos hacerte daño —dice Cabeza Bronceada. Se acerca a mí. Doy un paso hacia atrás y saco mi espada.

Una mano que sostiene un paño húmedo me llega por detrás y lo aprieta firmemente sobre mi boca y mi nariz. El paño huele a algo extraño que me llega directamente a la cabeza y hace que el mundo se disuelva ante mis ojos.

Trato de luchar contra él.

Sabía que era una trampa. Pero nunca hubiera imaginado que la trampa era para mí.

Mis pensamientos se revuelven unos con otros.

El fuerte olor de los productos químicos y los gases quemándome la garganta son las últimas cosas que recuerdo antes de que el mundo se desvanezca en la oscuridad.

26

Me despierto desorientada, parpadeo ante la luz del sol en la parte trasera de un automóvil Rolls-Royce clásico. Todo aquí dentro es liso y brillante y pulido. Hay música de orquesta sonando en un sistema de sonido con gloriosa fidelidad. El conductor del auto lleva un traje negro completo con una gorra de chofer. Me observa por el espejo retrovisor mientras despierto de mi sueño inducido.

Mi cabeza se siente pesada, y mi nariz sigue llena de un olor químico. ¿Qué pasó?

Ah, sí, la gente del culto… Levanto una mano y toco mi cabello para asegurarme de que sigue allí. Nunca se sabe.

Mi cabello está intacto, pero mi espada no. Mi oso de peluche cuelga vacío de la correa que llevo en el hombro. Le acaricio la piel suave, preguntándome qué habrán hecho con mi espada. Es demasiado valiosa para que la hayan dejado y demasiado pesada para que la transporten muy lejos. Sólo puedo esperar que hayan conseguido meterla en el maletero del auto, para tenerla como prueba de que traen a la chica correcta a cambio de la recompensa.

Mi auto parece ser parte de una caravana de autos clásicos: hay uno enfrente de nosotros y uno atrás.

—¿A dónde vamos? —siento como si mi garganta estuviera llena de arena. El conductor no responde. Su silencio me da escalofríos.

—¿Hola? —pregunto—. Oye, no tienes que preocuparte de que alguien nos escuche. A los ángeles no les gusta la tecnología del hombre. No hay un micrófono aquí dentro, ni nada por el estilo.

Silencio.

—¿Puedes oírme? ¿Eres sordo? —el conductor no responde.

Tal vez los ángeles se han dado cuenta de que no somos tan perfectos como ellos. Tal vez se han dado cuenta del valor de algunos de nuestros defectos, y decidieron contratar a un conductor sordo para que no me pudiera escuchar tratando de razonar con él para convencerlo de dejarme ir.

Me inclino hacia delante para tocar su hombro. Cuando lo hago, alcanzo a vislumbrar el resto de su cara en el espejo retrovisor.

La carne roja de sus encías y mejillas está al descubierto. Es como si le hubieran arrancado la mitad del rostro. Sus dientes están expuestos como los de un esqueleto viviente. Sus ojos me miran fijamente en el espejo. Está estudiando mi reacción.

Me quedo quieta. Quiero brincar hacia atrás, pero él me está mirando. Sus ojos no son los de un monstruo. Son los ojos de un hombre que espera que todos los demás se alejen y huyan de él.

Me muerdo el labio para no gritar. Mi mano todavía se cierne sobre su hombro. Dudo por unos instantes más, y luego coloco suavemente mi mano en su hombro para llamar su atención.

—Disculpa —le digo—. ¿Puedes oírme? —sigo mirándolo a través del espejo para que sepa que he visto su cara.

Su hombro se siente sólido, como debe sentirse un hombro. Eso es un alivio, tanto para mí como para él. Así puedo saber que no se trata de algún nuevo monstruo que los ángeles crearon, sino de un hombre común y corriente que mutilaron de esa manera.

Al principio supongo que va a seguir ignorándome. Pero luego asiente ligeramente.

Me pregunto si debería ignorar al elefante en el auto, o si debería preguntarle qué le pasó en el rostro. Después de pasar tiempo con los amigos de mi hermana, sé que las personas con discapacidades a veces sólo quieren que los otros hagan las preguntas que quieran y dejen de mirarlos de una buena vez. Pero otras veces prefieren que se les trate como gente normal, y no quieren que su discapacidad los defina. Decido hacer caso omiso y seguir con lo que realmente me interesa.

—¿A dónde vamos? —mantengo mi voz tan amable e informal como puedo en estas circunstancias.

No dice nada.

—Atraparon a la chica equivocada, ¿entiendes? Mucha gente lleva armas hoy en día. El hecho de que tenga una espada no significa que soy la chica que los ángeles están buscando.

Él sigue conduciendo en silencio.

—Está bien, lo entiendo. Pero, ¿en serio crees que los ángeles cumplirán su palabra? Incluso si no te matan hoy, ¿cómo sabes que no te matarán la semana que viene? No creo que cada ángel reciba un memorándum con tu fotografía que diga que tú atrapaste y entregaste a la chica que querían.

La música de orquesta continúa llenando el coche, y él sigue conduciendo en silencio.

—¿Cómo te llamas?

Nada.

—¿Podrías frenar un poco? ¿O detenerte un momento? ¿Tal vez incluso detenerte por completo y dejarme salir del auto? Hay un error. Yo no pertenezco aquí. Ahora que lo pienso, tú tampoco perteneces aquí.

—¿A dónde pertenezco, entonces? —su voz es áspera y llena de ira.

Es difícil entender lo que dice. Supongo que no debe resultarle fácil hablar sin labios. Me toma unos instantes traducir lo que acabo de escuchar.

Tengo más experiencia que la mayoría en traducir lo que una persona con un impedimento del habla está diciendo. Paige tenía un par de amigos con discapacidades que les impedían comunicarse fácilmente. La paciencia que ella les tenía a sus amigos y sus traducciones me permitieron empezar a entenderlos poco a poco. Ahora me resulta mucho más fácil.

—Tú eres parte de nosotros —le digo—. De la raza humana.

¿No es esto lo que Raffe me ha estado diciendo todo este tiempo? ¿Que yo pertenezco a la raza humana y él no? Desecho ese pensamiento. El conductor levanta la vista al espejo retrovisor de nuevo, sorprendido. Supongo que no esperaba que yo pudiera entenderlo. Seguramente habló sólo para asustarme con su boca mutilada. Me observa con recelo, como si pensara que le estoy jugando una mala pasada.

—La raza humana no me quiere —me estudia de nuevo, como si sospechara que tuve suerte al entenderlo la última vez.

Me parece inquietante que diga las cosas que Raffe no se atreve a decir sobre sí mismo y su propia situación. ¿Considera Raffe que desde el punto de vista de los ángeles él ya no pertenece más a su raza?

—Para mí, eres humano.

—Entonces debes estar ciega —dice con rabia—. Todo el mundo grita cuando me ve. Si huyera de aquí, ¿a dónde iría? ¿Quién iba a acogerme con ellos? Hasta mi propia madre me rechazaría ahora —hay un mundo de tristeza detrás de su voz enojada.

—No, no lo haría —al menos la mía no lo haría—. Además, si piensas que eres la cosa más fea que he visto esta semana, querido, tienes mucho que aprender sobre lo que está pasando ahí fuera —me lanza una mirada por el espejo—. Lo siento. No estás en las grandes ligas, francamente. Tendrás que conformarte con el hecho de que eres perfectamente humano como el resto de nosotros.

—¿Has visto a gente más horrible que yo?

—Vaya que sí. He visto a gente que te haría correr gritando. Y uno de ellas es una amiga mía. Es dulce y amable, y la echo mucho de menos. Pero Clara está de vuelta con su familia, y eso es lo mejor que puedo desear para ella en estos días oscuros.

—¿Su familia la acogió a pesar de todo? —hay incredulidad en su voz, pero veo un rayo de esperanza en sus ojos.

—Necesitaron de un poco de persuasión, pero no mucha. Su familia la adora, y eso va más allá de lo que está en el exterior. Pero dime ya, ¿a dónde vamos?

—¿Por qué debo decirte? Sólo estás fingiendo ser amable conmigo para conseguir lo que quieres. Luego correrás con tus amigos y les contarás que conociste a un monstruo de verdad. Que yo realmente llegué a creer que no te causaba repulsión.

—Deja de pensar sólo en ti mismo. Todos estamos en peligro. Todos tenemos que trabajar juntos y ayudarnos unos a otros si tenemos la oportunidad —me doy cuenta de que sueno demasiado como Obi. Tal vez los gemelos tienen razón y tenemos algo en común—. Además, no te he pedido que hagas nada todavía. Sólo te estoy pidiendo información.

Me contempla por el espejo.

—Vamos al nuevo nido en Half Moon Bay.

—Y luego, ¿qué pasará?

—Te entregaremos a los ángeles. Los miembros del culto del Nuevo Amanecer obtendrán su recompensa, suponiendo que los ángeles están de buen humor y nos dejan continuar con vida.

—Todo a merced de nuestros invasores.

—¿Quieres saber qué me pasó en la cara?

La verdad es que no quiero. No parece el tipo de historia que me gustaría escuchar.

—Me la arrancaron por pura diversión. La mitad de mi cara. Fui desollado vivo. Es la cosa más terrible que jamás podría haber imaginado. De hecho, nunca hubiera imaginado que esa clase de dolor existía. ¿Sabes lo que se siente cambiar de vida de esa manera? Un momento eres normal, al siguiente, eres un monstruo. ¿Sabes que yo era actor? —ríe tristemente—. Sí, me ganaba la vida con mi encantadora sonrisa. Ahora ni siquiera tengo labios para sonreír.

—Lo siento —no puedo pensar en nada más que decir—. Mira, sé que ha sido difícil.

—No tienes ni idea.

—Te sorprenderías. El hecho de que no tenga un problema en el exterior que sea visible para el mundo entero no significa que no esté dañada en el interior. Eso también puede ser muy difícil.

—Ahórrate tu egocéntrica angustia adolescente. Lo que sientes no es nada comparado con lo que yo siento.

—Vaya, está bien —le digo—. Tú, en cambio, no te estás revolcando en egocentrismo. Ya lo veo.

—Escucha, niña. No había hablado con nadie en semanas. Pensé que lo extrañaba, pero ahora veo que no era así.

La música llena el auto de nuevo durante un minuto, antes de que se anime a hablar de nuevo.

—¿Por qué debería ayudarte cuando nadie se molesta en ayudarme a mí?

—Porque eres un ser humano decente.

—Sí, uno que quiere vivir. Si te dejo ir, me matarán.

—Pero si no me dejas ir, ya no te sentirás humano. Ser humano no se trata de cómo te ves, si eres guapo o no. Se trata de quién eres y lo que estás dispuesto a hacer o no.

—Los humanos matan todo el tiempo.

—Los decentes no.

Afuera, puedo ver la ciudad desierta. Supongo que nadie quiere ir cerca del nuevo nido. Debe haber corrido el rumor de esa fiesta apocalíptica.

—¿De verdad mataste a un ángel? —pregunta.

—Sí —he matado a dos.

—Eres la única persona que conozco que lo ha hecho. ¿Qué sucederá si te dejo ir?

—Vuelvo con mi familia y trato de mantenernos con vida.

—¿A todo el mundo? ¿Tratarías de mantenernos a todos con vida?

—Me refería a mi familia. Con eso tengo suficiente. ¿Cómo podría mantener con vida a *todo el mundo*?

—Si la única que puede matar a un ángel no puede hacerlo, entonces, ¿quién puede?

Es una buena pregunta, y me toma algunos minutos llegar a la respuesta.

—Obadiah West puede hacerlo. Él y su ejército de la Resistencia. Yo sólo soy una adolescente.

—La historia de la humanidad está llena de adolescentes que fueron líderes en la lucha. Juana de Arco. Okita Soji, el samurái. Alejandro Magno. Todos eran adolescentes cuando comenzaron a liderar sus ejércitos. Creo que volvimos a esos tiempos, niña.

27

Avanzamos tranquilamente entre los autos abandonados en la carretera. A veces distingo gente corriendo a la distancia cuando ven nuestro coche. Debe ser un espectáculo muy extraño, una caravana de autos de lujo por el camino. Al principio de los ataques, muchas personas robaban autos lujosos que encontraban abandonados sólo para probarlos, pero dejaron de hacerlo después de un par de semanas. Ahora todos tratamos de mantener un perfil bajo y no llamar la atención.

Los kilómetros pasan mientras pienso cómo y cuándo realizaré mi escape. Nos estamos moviendo demasiado rápido como para que salte fuera. Justo cuando decido que no seré capaz de huir, el auto se detiene por completo.

Hay un bloqueo más adelante en el camino.

A primera vista, parece un revoltijo de autos abandonados que bloquea todo la calle. Los coches están ingeniosamente dispuestos de modo que parece una casualidad, pero mi intuición me dice que se trata de un bloqueo táctico.

Mi conductor se agacha y saca una pistola que escondía debajo de su asiento. Yo no tengo ningún arma, así que estoy por mi cuenta.

Con disimulo reviso la puerta de atrás para ver si está abierta y tratar de huir ahora que nos hemos detenido. Pero antes de que pueda moverme, un grupo de hombres armados surge de detrás de los autos que bloquean el camino. Tienen tatuajes feos y mal hechos en sus cuellos, rostros y manos. Son parte de una pandilla callejera.

Nos atacan con tubos de metal y bates de madera. Uno de ellos golpea el parabrisas con un impacto atronador que me hace saltar de mi asiento.

El vidrio del parabrisas se vuelve blanco con un millón de grietas alrededor de la zona del golpe, pero el resto queda intacto.

Bates de beisbol golpean el cofre y las puertas del auto. La pandilla se separa y comienzan a atacar a los otros autos. La brillante perfección de nuestro bello Rolls-Royce clásico está quedando cubierta de grietas y abolladuras.

La ventanilla del pasajero del auto que viajaba delante de nosotros se abre antes de que los hombres puedan llegar a él. El cañón negro de una ametralladora sale por la ventanilla.

Agacho la cabeza justo cuando empieza el tiroteo. El rat-tat-tat de la ametralladora es ensordecedor, incluso con las manos cubriéndome los oídos.

Cuando se detiene unos segundos más tarde, sólo puedo escuchar su eco en mis oídos. Un tren podría pasar al lado de mi ventanilla y yo no me enteraría de nada.

Asomo la cabeza para ver lo que está pasando. Dos miembros del culto con sus cabezas afeitadas y sus sábanas, un hombre y una mujer, están parados al lado de nuestro auto, apuntan sus ametralladoras y exploran la zona con los ojos.

Tres hombres yacen sangrando sobre el camino. Uno cayó a un lado de un pequeño altar hechizo sobre la banqueta.

Estos pequeños altares espontáneos han surgido por todas partes desde el Gran Ataque. Fotos de seres queridos que han muerto, flores secas, animales de peluche, notas escritas a mano derramando palabras de amor y pérdida.

Un hilo de sangre fresca escurre sobre la foto enmarcada de una niña sonriente a la que le falta un diente.

Yo siempre había asumido que los altares en el camino eran para personas que habían muerto por culpa de los ángeles. Ahora me pregunto cuántas de ellas murieron a manos de otras personas.

El resto de nuestros atacantes ha desaparecido.

Después de unos segundos, los miembros de la secta se suben a los dos autos más grandes que conforman la barricada. Los usan como tanques y empujan los autos más pequeños fuera del camino para abrirnos paso. Cuando terminan, vuelven a entrar en sus autos clásicos, y emprendemos la marcha otra vez.

Cuando llegamos al nido, puedo sentir el miedo que emana del cuerpo del conductor. Tiene más miedo que yo, y eso ya es decir mucho.

Nos detenemos a un lado del edificio principal del hotel. Parece más una enorme casa de campo que un hotel, con su campo de golf, y sus jardines, que en su tiempo debieron ser muy bellos. Hay varios guardias apostados en la entrada, con miradas torvas.

Siento frío en las entrañas ante la idea de estar en este lugar de nuevo. Las dos últimas veces que estuve aquí, apenas logré salir con vida.

Los autos se detienen, y los miembros de la secta salen uno por uno. Uno de ellos abre mi puerta como si fuera un chofer, a la espera de que salga una dama que llega a una fiesta elegante. Me deslizo hasta el otro lado del auto y me agazapo en una esquina. No tiene sentido que trate de huir con tantos ángeles alrededor, pero no tengo por qué hacerlo más fácil para ellos.

Pateo con fuerza al tipo que se inclina para sacarme. Ahora parecen entre avergonzados y asustados. Eventualmente, sin embargo, abren la puerta contra la que estoy recargada y me arrastran fuera del auto mientras pataleo y grito.

Se necesita de cuatro de ellos para conseguirlo, y me alegra ver que mi conductor no es uno de ellos. El individuo que me sostiene está temblando, y no creo que sea por miedo a mí. Sea lo que sea que su nueva religión les dice acerca de los ángeles, deben saber que son criaturas violentas y despiadadas.

—Hemos traído a la niña a cambio de su promesa de seguridad —dice Cabeza Bronceada.

Los guardias alados me evalúan. Sus ojos parecen tallados en piedra: ajenos y sin emoción alguna. Las plumas de sus alas se mueven con la brisa.

Uno de ellos nos hace un gesto para que lo sigamos a la entrada principal.

—Puedes caminar por tu cuenta, o podemos drogarte y arrastrarte dentro —me dice Cabeza Bronceada.

Levanto las manos en señal de rendición. Me sueltan los brazos, pero caminan a centímetros de distancia y me bloquean el paso en todas direcciones, excepto hacia el nido. Avanzamos por el camino hacia la entrada principal, con todos los ángeles apostados en la azotea y balcones vigilándonos.

Nos detenemos frente a las puertas dobles de cristal. Uno de los guardias entra delante de nosotros. Esperamos en silencio bajo la mirada depredadora de más guerreros de los que había visto nunca. La gente del culto corre hacia uno de los autos y saca mi espada del maletero. Dos de ellos la arrastran penosamente hacia nosotros.

Las puertas de cristal se abren, y varios ángeles caminan al exterior. Uno de los recién llegados es el lacayo de Uriel, el que le ayudó a prepararme para la última fiesta.

Los hombres se inclinan profundamente ante los ángeles.

—Hemos traído a la niña como les prometimos, amos.

El lacayo le hace una señal a los guardias, quienes me agarran de los brazos.

Cuando posan la espada delante del lacayo de Uriel, tan sólo dice,

—Arrodíllense.

Los hombres se arrodillan delante de él como prisioneros en espera de su ejecución. El ángel les marca la frente con una mancha de color negro.

—Esto garantizará su seguridad a manos de los ángeles. Ninguno de nosotros les hará daño, siempre y cuando ustedes lleven puesta esta marca.

—¿Qué hay del resto de nuestro leal grupo, amo? —pregunta Cabeza Bronceada, mirando al ángel con ojos de súplica.

—Tráiganlos a nosotros. Los marcaremos a todos. Que se sepa que podemos ser generosos con aquellos que nos sirven lealmente.

—Que se sepa que despedazaron a sus últimos sirvientes —le digo a los miembros de la secta.

Los hombres me miran con terror en el rostro. Me pregunto si saben sobre la masacre que ocurrió aquí.

Los ángeles me ignoran.

—Continúen con el buen trabajo, y quizá les permitamos que nos sirvan en el cielo.

Los hombres tratan de hacer una reverencia más pronunciada, hasta casi acostarse sobre el suelo—. Es un honor servir a los amos.

Me gustaría hacer como que vomito del asco, pero estoy demasiado asustada para hacer bromas.

Me empujan hacia el edificio. Mi espada raspa el pavimento mientras un ángel la arrastra, con trabajo, detrás de nosotros.

28

En el interior, el vestíbulo está a reventar y el ruido es ensordecedor. Cada centímetro cúbico de espacio está lleno de ángeles. Todos deben estar adentro, y su número ha aumentado considerablemente durante la noche.

Deben estar todos reunidos para la elección. Eso explicaría las parvadas de ángeles que vimos volar hacia acá.

La multitud se aparta para dejarme pasar.

Debe ser el ruido metálico de la espada arrastrando detrás de mí lo que llama la atención de los ángeles. Todos me miran al pasar. Me siento como una bruja que hacen desfilar por la ciudad antes de quemarla viva. Supongo que tengo suerte de que no me están lanzando tomates podridos o algo así.

En vez de llevarme a una habitación, me conducen a través del edificio y hacia afuera, al jardín donde ocurrió la masacre. Me están poniendo en exhibición para que todos los ángeles me vean.

Todavía hay manchas de sangre seca en la terraza. Al parecer, ya no queda nadie para limpiar sus porquerías. El lugar es un desastre. Hay confeti y disfraces tirados por todo el suelo y, por alguna razón, el césped está maltratado, como si un ejército lo hubiera levantado con palas durante la noche.

Hay estandartes de colores. La última vez que estuve aquí, sólo había uno, pero ahora están por todas partes. Parecen estar agrupados de tres en tres: rojo, azul y verde. No puedo leer los símbolos en ellos, pero reconozco el de Uriel porque Raffe me lo mostró antes. Es el estandarte rojo.

Los otros dos son azul celeste, con símbolos hechos de líneas curvas y pequeños puntos, y verde bruma, con líneas discontinuas que fluyen de un lado a otro. A pesar de que no puedo leerlas, ambos me gustan más que el de Uriel, que tiene ángulos violentos y el color de la sangre.

Un sinnúmero de ángeles vuela por el cielo o camina sobre el césped que solía ser un campo de golf. Comienzan a reunirse alrededor de los estandartes de colores, como si fueran fanáticos de un equipo. Muchos de los ángeles comienzan a gritar: "¡Uriel! ¡Uriel! ¡Uriel!", cerca de los estandartes rojos, como si estuvieran en un partido de futbol.

El segundo grupo más grande está reunido alrededor de los estandartes verde bruma, y grita: "¡Michael! ¡Michael! ¡Michael!".

Y algunos otros están reunidos alrededor de los estandartes azul celeste y comienzan a gritar: "¡Raphael! ¡Raphael! ¡Raphael!".

La mayoría de los ángeles vuela alrededor de los estandartes, o se acerca para curiosear, como si todavía estuvieran decidiendo por quién votar. Pero a medida que los partidarios de Raffe siguen gritando, más soldados se les unen y comienzan a gritar su nombre.

Estoy tan sorprendida de escuchar su nombre que me tropiezo y me detengo en medio del jardín. Mis guardias tienen que empujarme para conseguir que comience a andar de nuevo.

—¡Raphael! ¡Raphael! ¡Raphael!

Espero que Raffe esté cerca de aquí, escuchando a su gente gritar su nombre.

Él pertenece aquí.

Me aferro a ese pensamiento porque todavía me cuesta trabajo creerlo. Los ángeles no deben estar solos, y Raffe ha estado solo durante demasiado tiempo.

¿Acaso sueña con esto? ¿Con recuperar sus alas y ser recibido de nuevo entre su gente? ¿Con liderar a sus soldados y ser parte de su tribu de nuevo?

—¡Raphael! ¡Raphael! ¡Raphael!

Por supuesto que sí. ¿No es eso lo que me ha estado diciendo todo este tiempo? Su lugar es con ellos y no conmigo.

Me pregunto si ya recuperó sus alas de ángel. ¿Estará a punto de conseguir todo lo que quiere? ¿A punto de regresar a su mundo?

Arrojo todos mis pensamientos a la bóveda en mi cabeza y empujo la puerta con todas mis fuerzas para sellarla por completo. Pero no lo consigo del todo. Me ha estado sucediendo mucho últimamente.

Una pelea estalla en un grupo de ángeles a mi derecha. Algunos se lanzan al aire. Otros luchan en el suelo. Los ángeles que merodeaban por ahí vuelan para ver la pelea desde las alturas.

Cuatro guerreros luchan contra una docena mientras los espectadores los animan. Nadie usa su espada. Me parece que ni siquiera están molestos unos con otros. Debe ser una especie de concurso.

El grupo más pequeño vence a los otros ángeles como si fueran muñecos de trapo. La pelea termina en cuestión de segundos.

Cuando el último de los contrincantes cae al suelo con otro guerrero sentado encima de él, el ganador grita:

—¡Raphael! ¡El primer voto es para el Arcángel Raphael!

Los cuatro guerreros ganadores saltan con los brazos levantados en señal de victoria y gritan vítores en el aire. Me doy cuenta de que, a pesar de que los partidarios de Raffe son superados en número, son los guerreros más feroces, más hábiles y con más experiencia.

Entonces, casi de inmediato, los ángeles se congregan alrededor de otro grupo de estandarte. Otra pelea empieza allí.

En cuestión de segundos, esta ronda termina cuando alguien grita:

—¡Michael! ¡El segundo voto va para el Arcángel Michael! —el público aplaude.

Es un verdadero caos, pero todo el mundo parece conocer las reglas. Supongo que el equipo ganador de cada combate gana un voto para su candidato favorito. El Arcángel con más peleas ganadas por sus seguidores gana las elecciones. Así que sus elecciones no se tratan sólo de la cantidad de gente que te apoya, sino de tener a los mejores guerreros de tu lado.

Mis guardias me empujan hacia adelante, aunque ni siquiera están mirándome. Observan a los guerreros alados mientras ejercen su violenta versión de una elección.

Algunos de los ángeles tienen manchas de sangre en sus rostros como si fuera pintura de guerra. Otros gruñen mientras vuelan sobre platos rotos y copas de champán trituradas. Los que todavía están usando sacos elegantes de la última fiesta rasgan las costuras de un solo tajo y se los arrancan de los hombros.

Han dejado de aparentar que son criaturas civilizadas y están dejando que sus demonios internos salgan a la superficie.

No es de extrañar que Uriel tuviera que recurrir a tantos trucos y trampas. Raffe y Michael son guerreros con ejércitos de combatientes leales. Uriel es sólo un político y seguramente no tendría ninguna oportunidad a menos que ofreciera algo tan interesante como un apocalipsis legendario a un pueblo de guerreros sanguinarios enloquecidos.

Ser la única humana en el centro de toda esta violencia me hace sentir que mi destino está sellado. Supongo que tengo hasta el final de la votación para que me maten. Me pregunto cuánto tiempo será eso.

Cuando mis guardias me empujan a través del caos hasta la tarima en medio del jardín, incluso mis entrañas están temblando y tengo que luchar por mantener las piernas en movimiento. Estoy rodeada de un mar de ángeles frenéticos, y no puedo encontrar una salida.

29

Hasta ahora la elección es muy reñida. Me parece sorprendente porque Uriel ha estado haciendo campaña durante mucho tiempo, mientras que Raffe y Michael ni siquiera han estado presentes.

—No me gusta interrumpir las festividades —grita Uriel desde el aire—, pero esto es algo digno de ver —aterriza suavemente en la tarima que funciona como escenario sobre el césped.

Mis guardias me arrastran por los escalones para encontrarme con él. Otros ángeles suben por lo escalones del otro lado. Cargan dos enormes jaulas hacinadas de sombras que chillan y patalean.

Otro grupo de ángeles sube con una tercera jaula en brazos. Entre los horrendos demonios pataleando detrás de los barrotes está Beliel.

No lo había visto desde la isla Ángel. Parece que juntarse con los demonios no le funcionó bien. El demonio marchito se aferra a los barrotes con sus manos arrugadas. Mira a su alrededor y evalúa a la multitud que nos rodea.

Uriel se dirige a la multitud.

—Antes de decidir a cuál de los candidatos quieren elegir, tengo algo de información crucial que tal vez quieran tener en consideración —suena como si fuera imparcial a todo el asunto—. En primer lugar, hemos encontrado a un grupo de demonios merodeando demasiado cerca de nuestro nido —dice—. Ciertamente, podemos esperar encontrarlos en un agujero infernal como la Tierra, pero me gustaría que miraran de cerca a estos dos en particular.

Dos ángeles dan un paso hacia adelante, cada uno sostiene a un demonio que sacó de una de las jaulas. Las dos sombras son considerablemente más grandes, y luchan y patalean con más fiereza que los otros.

—No se trata de una de las razas locales —dice Uriel—. Estúdienlos con cuidado. Estos demonios surgieron directamente de la Fosa.

Tiene toda la razón. Yo los reconozco: son los que me siguieron desde el infierno de los recuerdos de Beliel. Los ángeles guardan silencio.

—Ustedes saben que esta especie en particular fue exterminada por nosotros, la eliminamos de cada uno de los mundos conocidos para librarnos de su intensa ferocidad y su mala costumbre de organizar a los demás —dice Uriel—. El único lugar en el que aún podrían existir es la Fosa —sus ojos barren la multitud—. Todos sabemos que nada sale de la Fosa sin que lo hayan dejado salir. Los demonios que infestan este mundo son insignificantes y estúpidos. Éstos, sin embargo, están frescos, recién salidos de su patria infernal, y están siendo guiados por este demonio —señala a Beliel.

Beliel todavía no se ha curado, aunque algunos parches de piel de color rosa han comenzado a crecer en su rostro. Se ve horrible, como si estuviera asolado por una enfermedad cutánea muy grave. Su piel sigue arrugada y marchita, pero ahora está surcada por tiras rosadas de piel nueva. Su espalda sigue sangrando, como si a su cuerpo le resultara especialmente difícil curar la herida de sus alas cortadas.

—En algún lugar, se han abierto las puertas a la Fosa —dice Uriel—. En algún lugar, la bestia se esconde y está dejando salir a sus criaturas. En algún lugar, el apocalipsis está comenzando sin nosotros —hace una pausa.

—Como les he prometido en el pasado, y les sigo prometiendo el día de hoy, elíjanme ahora y para mañana serán los guerreros legendarios del apocalipsis. Raphael está ausente. Michael está ausente. Si eligen a uno de ellos como Mensajero, la gloria del apocalipsis podría haber terminado para cuando los conduzcan a la batalla. Es posible que ya estén muertos para entonces o, peor aún, viejos, fuera de forma y sin preparación. Nunca se sabe. Podría suceder.

Una risa forzada resuena entre la multitud.

—En segundo lugar, me gustaría presentarles —dice Uriel y hace una pausa dramática— a la asesina de ángeles.

Mis guardias me empujan hacia el centro del escenario.

—Si acaban de llegar, les doy las gracias por viajar desde tan lejos para participar en la elección. Muchos de ustedes no estuvieron presentes durante la pelea en la playa cuando uno de los nuestros fue asesinado por esta Hija del Hombre. Pero sé que todos ustedes han oído la historia. Estoy aquí para decirles que los rumores son ciertos. Esta chica, insignificante como parece, de alguna manera se las arregló para convencer a una espada de ángel de que le permitiera manejarla —Uriel se detiene un momento—. Y aún más sorprendente, usó esa espada para matar a uno de los nuestros.

Deja que procesen la información. Me doy cuenta de que omite la parte en que mi espada obligó a las demás a rendirse.

Si tan sólo supieran que la espada que sometió a todas las demás se llama Osito Pooky.

—La capturé lo antes posible, y la pongo a su disposición para que se haga justicia. Es hora de que venguemos a nuestro hermano Caído.

El público aplaude.

30

—¡Uriel asesinó al Arcángel Gabriel! —señalo a Uriel con un dedo—. ¡Ha creado un falso apocalipsis para convertirse en el nuevo Mensajero!

La multitud guarda silencio. Ni por un segundo albergo la idea peregrina de que puedan creerme. Pero supongo que les resulto suficientemente entretenida para escucharme, por ahora—. Al menos investiguen su muerte, si no me creen.

Uriel se ríe.

—La Fosa es demasiado buena para ella. Tiene que ser despedazada por los demonios. Qué conveniente que tenemos unos aquí.

—¿Ni siquiera me vas a conceder un juicio, aunque sea una farsa? ¿Qué clase de justicia es ésta? —sé que esto no me ayudará a salir del lío, pero estoy demasiado agitada para mantener la boca cerrada.

Uriel levanta las cejas, sorprendido.

—Ésa es una idea interesante. ¿Le concedemos un juicio?

Para mi sorpresa, los ángeles comienzan a gritar:

—¡Juicio! ¡Juicio! ¡Juicio!

En sus bocas suenan como los gritos de los romanos en un estadio, clamando por la muerte de un gladiador.

Uriel levanta las manos para calmar a la multitud.

—El pueblo ha hablado. Tendrá un juicio —de pronto ya no me siento tan emocionada con la idea de tener un juicio.

Mis guardias me empujan de nuevo. Me tropiezo hacia adelante y bajo del escenario. Me siguen empujando hasta que estoy en el centro de lo que solía ser el campo de golf.

Miro a mi alrededor y veo que estoy justo en el centro de un gran círculo de ángeles. El círculo se convierte rápidamente en un domo cuando varios ángeles volando rellenan el espacio que quedaba sobre mí.

Varias capas de cuerpos y alas me tapan la luz del sol. Estoy atrapada en un domo viviente sin salida.

De pronto, se abre una brecha en la pared de cuerpos esculturales. A través de ella, un grupo de sombras salta hacia donde estoy. Al principio me ignoran. Saltan alrededor, tratan de encontrar una salida, pero no hay huecos en el domo.

Todo el mundo sigue gritando:

—¡Juicio! ¡Juicio! ¡Juicio!

Tengo la impresión de que su idea y mi idea de un juicio no es exactamente la misma.

La última jaula de demonios que lanzan a nuestra improvisada arena en forma de domo es la de Beliel. Cuando cae al suelo entre nosotros mira a Uriel con rencor en los ojos y gruñe.

Durante un segundo, alcanzo a atisbar enojo y traición en su mirada. También un poco de miedo, antes de transformarse de nuevo en su habitual mueca desdeñosa. Parece que su declaración de que siempre está solo y nadie lo quiere se comprueba una y otra vez. Por un instante, me olvido del ser horrible que es y siento un destello de simpatía por él.

Beliel camina hacia el centro del domo, al principio tropieza y parece inseguro, pero luego se yergue con más confianza, incluso abiertamente desafiante. Los ángeles lo animan como si fuera su jugador favorito de futbol en un partido por el campeonato. Sospecho que casi ninguno de ellos sabe de quién se trata. En cambio, yo sí sé quién es y lo que le sucedió, e incluso así apenas logro reconocerlo.

Los demonios brincan de un lado a otro en pánico. Saltan de un lado del domo al otro, tratando frenéticamente de encontrar un hueco entre los cuerpos musculosos de los ángeles.

—¿Qué clase de juicio es éste? —pregunto, aunque sospecho cuál es la respuesta.

—El de un guerrero —dice Uriel, que vuela por encima de mí—. Es más de lo que te mereces. La regla es simple. El último con vida puede irse.

El público aplaude de nuevo, ruge su aprobación.

—Traten de que la pelea sea entretenida —dice Uriel—, porque si no es así, la gente decidirá si el último con vida puede irse, o debe morir también.

Los ángeles gritan:

—¡Muerte! ¡Muerte! ¡Muerte!

Supongo que eso responde mi pregunta.

No sé si los demonios entienden las reglas, pero comienzan a dar chillidos e intentan atacar el muro de guerreros. Los ángeles atrapan a uno y lo golpean contra el suelo. Se queda tirado, aturdido y sacudiendo la cabeza. Los otros ángeles les rugen a las otras sombras cuando se acercan a ellos. Las bestias se detienen en el aire y retroceden.

—Demonios —les dice Uriel—, uno de ustedes puede vivir —levanta el dedo índice para enfatizar su punto—. Tienen que matar a los otros —ahora señala a todos los demás. Habla despacio y en voz alta, como si le estuviera explicando algo a un perro confundido—. ¡Matar! —me señala a mí.

Todos los demonios voltean a mirarme.

Doy un paso atrás sin pensar. ¿Qué debo hacer?

Choco contra el cuerpo duro de un ángel que es parte del muro alrededor de la arena viviente. Se inclina y me gruñe salvajemente en el oído. Miro a mi alrededor, desesperada busco una ruta de escape cuando las sombras saltan hacia mí. Increíblemente, descubro que mi espada está tirada en el suelo frente a los demonios que se aproximan. Estoy segura de que no se trata de un accidente. Quieren ver a la Hija del Hombre matar a los demonios con una espada de ángel.

Corro por la espada lo más rápido que puedo. La tomo, ruedo para controlar mi impulso y hago un arco con la hoja en cuanto me levanto otra vez.

Alcanzo a golpear al primer demonio que me atacó. La sombra grita mientras la sangre brota a borbotones de su vientre.

Sin pensarlo, golpeo a la segunda que viene hacia mí.

Está tan cerca que me llega su aliento a carne podrida. Esquiva mi ataque, y fallo por unos centímetros.

Respiro profundo y adopto una postura más sólida. Durante mis siguientes ataques, me tranquilizo y dejo que la espada se haga cargo. Esto es fácil para ella. Osito Pooky ha matado a miles de estas cosas. Para ella es como un paseo por el parque.

Pero estas cosas no se están comportando como de costumbre. Mi espada no las reconoce. Los dos demonios que vienen de la Fosa hacen sus ruidos de hiena para llamar a los demás, que se detienen, escuchan, y luego comienzan a dar vueltas a mi alrededor.

Se detienen justo fuera del alcance de mi espada. Yo doy una vuelta para tratar de mantener a todos en mi rango de visión, sin entender lo que está pasando.

Mientras tanto, Beliel está retrocediendo. Puedo verlo por el rabillo de mi ojo. Atrapa a un demonio y le rompe el cuello como si fuera un pollo.

Tira el cuerpo en silencio y atrapa a otro demonio cercano a él. Todos los demás están concentrados en mí. Todos excepto las dos sombras que salieron de la Fosa. Obviamente son más inteligentes, más astutas, y lo vigilan con ojos inteligentes.

Beliel no está tratando de salvarme, eso lo sé. Sólo quiere matar a tantos demonios como le sea posible mientras están distraídos conmigo. Luego, cuando acaben conmigo, él sólo tendrá que lidiar con unos cuantos.

Me parece bien. No necesito que sea mi amigo, siempre y cuando esté matando a mis enemigos.

Los demonios más grandes hacen su llamado de hiena otra vez, y los otros retroceden para incluir a Beliel en su círculo de ataque. Luego se acercan más y más, cierran el círculo, nos acorralan.

Nos obligan a retroceder hasta que estamos más cerca uno del otro de lo que podemos soportar. Obviamente, a ninguno de los dos nos gusta la situación, pero, por ahora, la amenaza más grande para los dos proviene de los demonios y tenemos que decidir si vamos a luchar juntos o cada quien por su propio pellejo.

Lo decidimos simultáneamente y retrocedemos un poco más, hasta que estamos espalda con espalda contra nuestros enemigos. Juntos podemos defendernos desde cualquier ángulo del que decidan atacarnos.

Tengo que confiar en el hecho de que Beliel me necesita para sobrevivir durante tanto tiempo como le sea posible. Los dos sabemos que si logramos matar a los demonios, después tendremos que luchar uno contra el otro, pero por ahora somos nosotros contra ellos.

Los demonios dudan, parece que ninguno quiere atacar primero. Entonces uno salta hacia nosotros.

Beliel lo atrapa.

Otro se lanza contra Beliel mientras está ocupado rompiéndole el cuello al primero.

Lo intercepto y lo parto por la mitad. Dos más nos atacan. Luego cuatro.

Luego seis.

Me sorprendo de lo rápido que me estoy moviendo. Osito Pooky está trabajando con todas sus fuerzas. Es casi invisible, y me queda claro que ella me está esgrimiendo a mí, no al revés. Mi único trabajo es mantener una postura firme y apuntarla en la dirección correcta.

Si alguno de los demonios consigue sobrepasar mi espada, se acabó el juego.

Esa idea le da más fuerza a mi ataque, y alcanzo a tres sombras de un solo tajo. Una en la garganta, otra en el pecho, y la tercera en el vientre. Lo mejor es que dos de las sombras heridas revolotean caóticamente por el aire, y eso evita que las demás se acerquen demasiado.

Siento muy vulnerable mi espalda, pero necesito confiar en que Beliel está sosteniendo su propio lado. Nuestra mayor ventaja ahora mismo es que los demonios se estorban entre ellos. No hay suficiente espacio para que todos nos ataquen al mismo tiempo.

Puesto que yo estoy armada y Beliel no, abarco un poco más de la mitad de nuestro círculo. Lanzo golpes de lado a lado, alcanzo a tantos demonios como puedo. Pero no puedo cubrirme la espalda. Si Beliel cae, yo también caeré al poco tiempo.

Sin embargo Beliel no ceja, incluso sin arma. Tiene una fuerza feroz y una furia aún más feroz cuando quiebra cuellos, conecta patadas y golpea a las sombras con los puños.

Beliel y yo matamos a los dos últimos demonios —locales— bajo la mirada astuta de los demonios de la Fosa. Caen al mismo tiempo, uno muerto por mi espada y el otro con el cuello roto a manos de Beliel.

Beliel retrocede de inmediato, se aleja de mí y deja un hueco libre para que se acerquen los dos demonios de la Fosa.

Pero ya sólo quedan dos y aunque son inteligentes, no me pueden rodear. Ni siquiera lo intentan. En vez de eso, vuelan hacia Beliel lentamente, sin amenazarlo. Le dicen algo en un idioma que no entiendo. Me señalan con sus dedos de mono; miran a Beliel, y asienten.

Están ofreciendo aliarse con él para deshacerse de mí.

Doy un par de pasos hacia atrás con mi espada en alto. Necesito tiempo para reaccionar a lo que está a punto de suceder.

Beliel pudo haber sido mi compañero de lucha durante algunos minutos, pero estas sombras lo salvaron de nuestras cadenas en la isla Ángel.

Beliel asiente. No hay alegría en él, sólo la sombría determinación de sobrevivir. Por lo menos puedo sentir cierto orgullo al saber que considera que soy una mayor amenaza que los demonios de la Fosa.

Los dos horrores con cara de murciélago me rodean, uno vuela por encima de mí y otro camina a mi lado, mientras Beliel camina hacia adelante apenas fuera de mi alcance. Es la posición perfecta para atacarme de frente en cuanto me distraiga.

Si ambas sombras se hubieran quedado a ras de suelo, podría haberlas mantenido lejos de mí con algunos golpes de espada. Pero una vuela por encima de mí, y yo sólo puedo defenderme de dos direcciones a la vez. Soy vulnerable a la tercera.

Antes de que pueda elaborar una estrategia, dientes y garras me atacan desde arriba y a mi derecha. Beliel se queda quieto y me obliga a actuar. Me defiendo con mi espada, hago un arco desde arriba hacia un lado. Estoy segura de que Beliel me atacará de frente. Pero no lo hace.

Hace como si fuera a brincar contra mí, pero se detiene.

Al mismo tiempo, los demonios retroceden justo cuando están a punto de entrar en el espacio que alcanza mi espada. Me las arreglo para cortarle el torso a uno y la cara al otro, pero no son golpes mortales.

Beliel suelta una carcajada mientras yo vuelvo a mi postura de defensa. Todos trataron de traicionarse entre sí.

Si todos me hubieran atacado al mismo tiempo, yo estaría muerta. Pero si sólo uno hubiera traicionado a los demás fingiendo un ataque, entonces yo seguramente habría podido matar a uno y tal vez herir al otro. El que hubiera traicionado a los demás habría tenido más posibilidades de ser el sobreviviente.

Pero ahora todos saben que no pueden confiar en los otros. Su alianza terminó.

Las dos sombras de la Fosa vuelan en direcciones opuestas, tan alto como se los permite el domo. Ya se dieron cuenta de que si se quedan allí arriba, Beliel y yo tendremos que pelear uno contra el otro en el suelo. Uno de nosotros morirá, y el otro estará cansado y será más fácil de matar.

Beliel hace una mueca de disgusto.

—Engañado por unos demonios insignificantes y amenazado por una escuálida Hija del Hombre. Esto es insulto sobre insulto.

Nos preparamos para enfrentarnos Beliel y yo.

31

—¡Alto!

Todo el mundo se da vuelta para ver quién acaba de gritar. El tono autoritario es casi irresistible.

Mantengo un ojo puesto en Beliel mientras trato de ver lo que está pasando. Una gota de sangre me cae en un ojo, y tengo que parpadear varias veces antes de ver lo que todo el mundo ve.

Ahora hay un hueco en el domo que deja pasar la luz hacia donde estoy. Un par de grandes alas del color de la nieve baten en el cielo y bloquean el sol.

La forma perfecta de Raffe aparece.

Es el Raffe que conozco y, al mismo tiempo, un extraño que me causa temor. Parece como un semidiós muy enojado. Sólo lo había vislumbrado una vez en su forma perfecta de ángel.

Sus alas son magníficas cuando baten el aire, blanco sobre azul.

Todos los ángeles miran a Raffe. Se quedan flotando, silenciosos e inmóviles, salvo por el lento batir de sus alas. Un susurro hace eco a través de la multitud de alas: "el Arcángel Raphael".

—Escuché que alguien organizó una elección no autorizada —dice Raffe.

—No hay nada ilegal al respecto —dice Uriel—. Y si hubieras estado aquí, lo sabrías. De hecho, eres uno de los candidatos.

—¿En serio? ¿Y cómo voy en las urnas?

Un par de ángeles grita en apoyo a Raffe.

—Has estado fuera demasiado tiempo, Raphael —Uriel levanta la voz para dirigirse al resto de los ángeles—. Estás demasiado fuera de contacto para dirigir la batalla más grande de la historia. ¿Acaso sabes siquiera que el legendario apocalipsis está por comenzar?

—¿Te refieres al apocalipsis que creaste artificialmente con tus mentiras y trucos baratos? —Raffe también se dirige a los ángeles—. Él les ha estado mintiendo a todos. Ha fabricado monstruos y organizado eventos para presionarlos a una elección rápida y sucia.

—Él es el quien está mintiendo —dice Uriel—. Puedo demostrar que yo estaba destinado a ser el Arcángel elegido —levanta los brazos a la multitud—. Dios me habló.

La multitud estalla en un rugido bajo cuando todo el mundo empieza a hablar a la vez.

—Es cierto —dice Uriel—. A sus ojos, yo ya soy el Mensajero. Dios me habló y me dijo que me había elegido para dirigir el gran apocalipsis. Esperé para contarles porque sé que son noticias difíciles de creer. Pero no tengo otra opción ahora que Raphael ha vuelto, tratando de desafiar la voluntad de Dios.

—¿Cuántas señales necesitamos antes de que estén convencidos de que el fin de los tiempos está ocurriendo sin nosotros? ¿Cuánto están dispuestos a perderse porque no tenemos un Mensajero elegido para guiarlos en la batalla? ¡No permitan que Raphael los aleje de la gloria que es legítimamente suya!

Los ángeles más cercanos a Uriel abren la boca y comienzan a hacer algo que sólo puedo describir como cantar. Pero no es una canción con palabras, es sólo una melodía. Es un sonido tan magnífico como inesperado de parte de estos guerreros sedientos de sangre.

El hermoso sonido se extiende por entre la multitud cuando una docena de voces celestiales se unen al coro en el domo. Luego, un grupo de ángeles se mueve y deja entrar un rayo de sol.

La luz cae en un punto justo a un lado de Uriel. Él se mueve sutilmente hacia él, de modo que queda iluminado. Su rostro se abre en una sonrisa que parece genuina. Tengo que admitir que sabe montar un buen espectáculo.

De pronto, baja los brazos y hace una reverencia humilde. Algo en el rayo de luz que le ilumina la cabeza y los hombros, la forma en que se inclina, la forma en que se queda en silencio implica que está en comunión con Dios. Incluso yo contengo la respiración. Todos deben sentir lo mismo, porque hay una sensación de expectativa en el aire.

Cuando levanta la cabeza, dice:

—Dios acaba de hablarme. Me dijo que el fin de los tiempos comienza *ahora mismo*.

Abre los brazos como un director de orquesta.

Algo golpea el acantilado en un extremo del campo de golf. Asumo que debió tratarse de una ola gigante, pero no puedo ver nada con tantos ángeles bloqueándome la vista. Todos se vuelven a mirar lo que pasó y entonces consigo ver la playa a través de los espacios entre sus cuerpos.

El agua está hirviendo cerca de la orilla. Algo está saliendo del mar. Al principio, creo que es una manada de animales extraños, pero cuando las cabezas salen del agua, veo que se trata de una sola monstruosidad. Las olas se estrellan a su alrededor, como si el mismo océano estuviera luchando contra esta cosa antinatural.

La bestia se sacude el agua con un grito, y corre hacia nosotros.

Es muy rápida. En poco tiempo está suficientemente cerca como para que consiga echarle un buen vistazo.

Laylah hizo un trabajo excelente. La bestia tiene siete cabezas sobre los hombros, pero una de ellas parece muerta. La que parece muerta es de un hombre. La cara está mutilada y gotea sangre, como si la persona hubiera sido asesinada recientemente con un hacha.

El resto de las cabezas están vivas. Cada una parece una mezcla entre un humano y un animal: un leopardo, una anguila, una hiena, un león, una mosca gigante y un tiburón. El torso de la bestia se parece un poco al de un oso.

—Y una bestia se levantará del mar —dice Uriel en tono profético—. Y sobre sus cabezas estará el nombre de la blasfemia. Contemos el número de la bestia, pues es el número del hombre. Y su número es seiscientos sesenta y seis.

Cada una de las cabezas del monstruo lleva tatuados unos números en una cicatriz arrugada sobre la frente.

666.

32

Sólo son números, me digo.
Sólo números.

Sé que la bestia fue creada por Laylah de acuerdo con las instrucciones de Uriel. Sé que Uriel copió sus monstruos de las descripciones de las profecías apocalípticas. Sé que esto es falso, completamente *falso*.

¿Entonces por qué se me pone la piel de gallina?

El 666 no es sutil, y dejará fuera de sí a cualquiera que lo vea. Supongo que lo de tatuarles el número en la frente fue idea de Uriel.

La bestia ruge y grita y aúlla por todas sus cabezas, excepto la muerta. Se detiene cerca de nosotros antes de correr y desaparecer en el paisaje roto.

Uriel levanta sus brazos de nuevo, como si estuviera en trance.

La tierra se mueve debajo de mis pies. Siento como si un grupo de gusanos gigantes estuviera cavando en la tierra debajo de nosotros.

Dedos humanos surgen de la tierra.

Les siguen una mano completa, como la de un zombi recién nacido. Luego una cabeza se abre camino a través de la tierra.

Por todo el viejo campo de golf, cuerpos cubiertos de lodo surgen de la tierra. Miles de ellos.

Los ángeles que estaban en la tierra extienden sus alas y saltan al aire. Raffe me mira, pero entiendo que no puede levantarme sin mostrar debilidad. Una mano surge de la tierra cerca de mi pierna, tratando de aferrarse a algo. Yo salto a un lado. Intento escapar de las manos y desearía poder volar también.

Cuando los cuerpos por fin salen de la tierra, están tan sucios que sólo puedo distinguir que son humanos por sus formas. Eso y sus sollozos jadeantes.

—Y los muertos se levantarán —dice Uriel, con voz serena.

Algunos de los cuerpos yacen en el césped, sin aliento. Otros se apresuran a alejarse del agujero del que acaban de salir. Claramente les da miedo que algo los vuelva a arrastrar hacia abajo. Y otros se quedan quietos, sollozando silenciosamente.

Lo que al principio me pareció pura suciedad resulta ser sólo un poco de lodo sobre carne arrugada y marchita. Estas personas son víctimas de las langostas. Se ven traumatizadas y aterrorizadas, miran fijamente sus brazos y piernas, como si por primera vez estuvieran viendo su piel marchita como carne seca. Tal vez así sea.

Uriel los debe haber enterrado vivos mientras estaban paralizados. Estaba preparado para impresionar a la multitud incluso sin saber que Raffe haría su aparición. Si alguien podía organizar algo tan complicado como esto, es él. Su equipo sabía cuánto veneno debía usar para mantener a las víctimas paralizadas hasta el momento del espectáculo.

Me pregunto si las víctimas de los piquetes de langosta saben qué les sucedió. Me pregunto si creen que realmente estaban muertos.

—¡Resucitados! —Uriel es aterrador. Su cabeza inclinada y sus alas abiertas brillan en el haz de luz—. Yo soy el Mensajero de Dios.

Muchos ángeles se miran inquietos entre sí cuando Uriel se declara a sí mismo como el Mensajero.

—Ustedes fueron elegidos para compartir la gloria del apocalipsis. Castiguen la blasfemia que es la humanidad, y serán recibidos en el cielo. Si evitan cumplir su misión, serán arrastrados de vuelta al infierno de donde vienen —señala hacia el este—. Vayan. Encuentren a los seres humanos y mátenlos a todos. Limpien la tierra, y consigan que sea virtuosa una vez más.

Las víctimas de las langostas lo miran, aturdidas. Luego voltean a mirarse unas a otras, asustadas y desorientadas.

Una persona se da la vuelta y comienza a caminar hacia el este.

Otra persona lo sigue. Luego otra. Y otra, hasta que todo el grupo está migrando en esa dirección.

Oleada tras oleada de resucitados salen de la tierra. Tan pronto como pueden pararse sobre sus pies, siguen a la multitud en dirección al este.

Al este, hacia el campamento de la Resistencia.

33

—Fue un espectáculo impresionante, Uriel —dice Raffe, flotando en el aire entre los ángeles. No parece impresionado ante el ejército de muertos vivientes o el monstruo de múltiples cabezas. Ahora se dirige a la multitud—, pero todos ustedes estarían cometiendo un gran error si le creen. Cualquiera que siga a Uriel Caerá cuando se descubra la verdad.

—Tus tácticas de miedo no van a funcionar aquí —dice Uriel.

—Si Uriel está mintiendo, entonces sólo él debe Caer —dice un guerrero—. El resto de nosotros sólo estaríamos siguiendo órdenes.

—¿Crees que los ángeles de Lucifer obtuvieron clemencia sólo porque estaban siguiendo órdenes cuando se rebelaron contra el Cielo? —pregunta Raffe—. ¿Crees que entendían la política de los Arcángeles detrás de la revuelta y sabían lo que estaba sucediendo realmente? No eran más que soldados rasos, como ustedes. Muchos de ellos seguramente pensaban que estaban haciendo lo correcto. Algunos de ellos tal vez pensaron que estaban luchando por defender al Mensajero. Pero eso no los ayudó cuando se disipó el humo. Cada uno Cayó para siempre.

Los ángeles se miran unos a otros. Un murmullo bajo retumba a través de la multitud. Sus alas revolotean con angustia.

—Si Gabriel sigue vivo y está en alguna parte —dice Raffe—, no tendrá ninguna misericordia para con los ángeles que perdieron la fe en él. Si Michael vuelve y se da cuenta de lo que pasó, no tendrá más remedio que declararlos a todos ustedes traidores para anular la elección. Y si los ángeles en casa escuchan rumores de lo que está ocurriendo aquí... mis hermanos, esto podría ser el comienzo de una sangrienta guerra civil. Los ángeles aquí no tendrán más remedio que apoyar a Uriel como su Mensajero elegido.

—¿Cómo vamos a saber a quién debemos creerle? —pregunta un ángel.

—No hay forma de saberlo —dice otro.

—Juicio por concurso —declara uno.

—Juicio por concurso —dice otro. Otros murmuran asintiendo, de acuerdo.

No me gusta cuando los ángeles murmuran para ponerse de acuerdo. En mi experiencia, nada bueno sale de eso.

—Dios me ha hablado. Yo soy su Mensajero, y les di una orden —la voz de Uriel es atronadora y llena de promesas de retribución.

—Eso dices tú —dice Raffe—. Pero la elección no ha terminado —se vuelve a mirar a los ángeles—. Son demasiadas coincidencias, ¿no lo creen? El Mensajero Gabriel murió sin explicarle a nadie por qué estamos aquí. Uriel es el único Arcángel disponible para la elección. Cada vez que alguien duda de su versión del apocalipsis, un nuevo monstruo apocalíptico aparece como si se tratara de una señal —Raffe mira a Uriel—. Qué conveniente para ti, Uri. Sí. Estoy de acuerdo en un juicio por concurso.

Los ángeles asienten y repiten.

—Juicio por concurso.

¿Con eso quieren decir que el ganador se lleva todo y se declara que está diciendo la verdad? ¿Acaso estamos viviendo en la Edad Media?

Uriel barre a la multitud con la mirada.

—Bien —dice Uriel—. Que así sea. Sacriel será mi segundo.

Todos voltean a mirar al ángel más grande del grupo y sus enormes alas.

—Acepto —dice él simplemente.

Raffe mira a los demás ángeles, evaluándolos. ¿Quién es lo suficientemente leal como para respaldarlo como su segundo? Varios ángeles votaron por él, pero votar por él y morir por él son dos cosas muy diferentes.

—Me siento halagado de que sientas que necesitas al guerrero más grande y feroz de tu lado para vencerme, Uri. Veamos, ¿a quién necesito como mi segundo para vencerte a ti y a Sacriel? Mmm… Elijo a… la Hija del Hombre. Ella debería igualar las probabilidades.

Los ángeles se ríen.

Yo me quedo parada sobre el césped lleno de agujeros sin saber qué hacer.

Uriel hace una mueca de rabia.

—¿Crees que todo es una broma, no es así? —casi escupe las palabras. Definitivamente no le gusta que se burlen de él—. Diviértete todo lo que puedas ahora, Raphael, porque será la última vez que lo hagas antes de Caer. Tal vez has olvidado que ya no tienes a tus Vigilantes —Uriel me mira con sorna. Me doy cuenta de que sabe que Raffe no me eligió sólo como una broma—. Tienes hasta el amanecer para organizar a tu equipo antes de que nos reunamos para decidir sobre el concurso.

Se aleja de la multitud con su séquito habitual detrás, en una ráfaga de alas. El resto de los ángeles zumba de emoción mientras la multitud se encamina hacia el edificio principal del nido.

Algunos de los guardias de Uriel acorralan a los dos demonios restantes y los meten de nuevo en su jaula. También encierran a Beliel con ellos.

A mí me dejan sola en el jardín, sin hacerme daño. Debe ser porque soy la segunda de Raffe, sea lo que sea que eso signifique. Muevo un poco mis hombros, para tratar de aliviar la tensión que se ha acumulado en ellos.

Raffe aterriza junto a mí. Sus alas anchas y nevadas enmarcan su cuerpo escultural a la perfección. Las plumas parecen suaves y mullidas, y le dan un suave resplandor en la luz.

Todavía no puedo creer que haya recuperado sus alas. Se ven increíbles en él. Son perfectas en todos los sentidos, excepto por el pequeño corte que le hice a una cuando lo conocí. Supongo que las plumas volverán a crecer con el tiempo, y todo rastro mío desaparecerá de su cuerpo.

Quiero decirle algo sobre sus alas y agradecerle por salvarme la vida, pero no quiero que nos escuchen oídos indiscretos. Entonces me doy cuenta de que puede leerlo en mis ojos, así como lo veo preguntándome cómo diablos llegué hasta aquí de nuevo. Supongo que tengo un talento especial para aparecer donde no debo.

Cuando el último de los ángeles vuela lejos de nosotros, Josiah aterriza junto a Raffe. Su piel anormalmente blanca combina con las plumas nevadas de Raffe.

—Qué elección tan inesperada para tu segundo —dice Josiah, mirando a Raffe con sus ojos rojos.

Raffe lo mira con expresión sombría.

—¿Cuáles son las posibilidades de que reclutemos a un equipo decente en tan poco tiempo?

—Muy bajas —dice Josiah—. Ya sea que te apoyen o no, muchos están convencidos de que Uriel ganará. Si lo hace, va a asegurarse de que cualquiera que se oponga a él Caerá, y nadie quiere arriesgarse a eso.

Los hombros de Raffe se desploman. Debe estar agotado después de la operación.

—¿Cómo te sientes? —pregunto.

—Como si hubiera usado mis alas un mes antes de lo que debería —respira profundo y deja escapar el aire lentamente—. Nada que no haya hecho antes.

—¿Cuántos ángeles tiene Uriel en su equipo? —pregunto.

—Un centenar, tal vez —dice Josiah.

—¿Un centenar? —pregunto—. ¿Contra nosotros dos?

—Tú no vas a pelear —dice Raffe—. Nadie espera que lo hagas.

—Ah, bueno. Entonces un centenar contra ti. ¿Para qué necesitas un segundo si se supone que tienes que juntar un equipo completo?

—Es una tradición, para asegurarse de que nadie se queda solo —dice Josiah.

Mira a Raffe con simpatía.

—Nadie rechaza el honor de ser un segundo, pero es completamente opcional unirse a un equipo para un juicio por concurso.

Al ver la compasión en los ojos de Josiah me dan ganas de romper algo. Raffe me ayudó, pero yo no puedo ayudarlo ahora. Una chica que no puede volar no puede participar en los juegos de los ángeles.

Miro las jaulas en el campo. Las dos sombras que quedaron con vida se están atacando una a la otra, alrededor de Beliel. De seguro me habrían metido allí también si Raffe no me hubiera nombrado como su segundo. ¿Cuánto tiempo hubiera resistido?

—Uriel tiene razón —dice Raffe—. Ya no tengo a mis Vigilantes. No puedo esperar que nadie cumpla sus funciones.

—Los guerreros siguen hablando de ellos, ¿lo sabías? —dice Josiah—. Ningún grupo ha estado cerca de convertirse en el grupo de guerreros de élite que eran los Vigilantes. Se han transformado en leyenda —sacude la cabeza—. ¡Qué desperdicio! Y todo por culpa de… —me mira con cierta hostilidad en los ojos y se guarda el insulto que iba a utilizar para referirse a las Hijas del Hombre.

—No culpes a las mujeres de que los ángeles hayan roto sus propias estúpidas reglas. Sus mujeres ni siquiera rompieron ninguna regla, y fueron castigadas de todos modos.

—Los Vigilantes todavía estarían aquí si no fuera por las Hijas del Hombre —dice Josiah—. Hemos perdido a nuestro grupo de guerreros de élite porque se casaron con mujeres de tu especie. Lo menos que puedes hacer es tener la decencia de…

—Basta ya —dice Raffe—. Los Vigilantes se han ido y discutir sobre quién tuvo la culpa no los traerá de vuelta. La única pregunta que debemos hacernos es: ¿alguien puede sustituirlos?

—¿Dónde están ahora? —sospecho que siguen en la Fosa, pero ¿quién sabe? Creo que lo que vi en la memoria de Beliel eran recuerdos de hace mucho tiempo.

Ambos miran a Beliel. Él aleja a los demonios que están peleando cerca de su hombro. Se apartan de él y se aferran a los barrotes, mirándonos fijamente.

No, no nos miran a nosotros.

Miran mi espada.

Los demonios de la Fosa quieren volver a casa. Aunque todo estuviera mal ahí, cualquier cosa resultaría mejor que estar enjaulado, a la espera de ser ejecutado.

Quieren volver a su hogar.

—¿Y si pudiéramos entrar en la Fosa y sacar a los Vigilantes? —pregunto.

Es una idea loca, lo sé, y no la consideraría si la supervivencia de la raza humana no dependiera de eso. Si Raffe pudiera destronar a Uriel, entonces no habría más guerra, ¿no es así?

Raffe y Josiah se miran el uno al otro como si se preguntaran si he perdido la razón.

—Nadie entra voluntariamente en la Fosa —dice Raffe, con el ceño fruncido.

—Y una vez que estás ahí, no puedes salir sin que te lo permitan los amos de la Fosa —dice Josiah—. Ése es el problema de la Fosa. De lo contrario, los ángeles recién Caídos serían rescatados por nosotros todo el tiempo.

—Además —dice Raffe, mirando a Beliel—, los Vigilantes no son lo que solían ser.

—Pero ¿qué pasaría si pudiéramos traer a los Vigilantes que recuerdas? —pregunto. Señalo con la cabeza a Beliel—. ¿A los Vigilantes que él recuerda?

Raffe me mira con una chispa de interés en los ojos.

34

Arrastramos la jaula de Beliel desde el jardín hacia un edificio exterior que está fuera de la vista del hotel principal.

—¿Estamos seguros de que va a funcionar en sentido contrario? —pregunta Josiah.

—Pensé que ustedes lo sabrían —le digo.

—Hay muchas historias sobre demonios que escapan de la Fosa a través de espadas muy poderosas —dice Raffe—. Pero nunca ha habido una razón para tratar de *entrar* en la Fosa.

—¿Quieres decir que descubrí un talento de sus queridas espadas que incluso ustedes no conocían? —jalo los barrotes de la jaula con todas mis fuerzas.

—Por lo visto tienes un talento para descubrir dimensiones nuevas e inimaginables de Osito Kooky, y mías también.

—Osito Pooky.

—Eso.

Salto para evitar un agujero del que debe haber surgido una de las víctimas de las langostas.

—Vamos, dilo, Raffe —le dedico una media sonrisa—. Me encanta cuando dices Osito Pooky. Es tan perfecto cuando sale de tu boca.

—La espada podría matarte mientras duermes uno de estos días sólo para deshacerse de ese nombre.

—¿No puedes bautizarla de nuevo ahora que puede volver contigo otra vez?

—Tú fuiste su última dueña, así que tendrá que usar ese nombre hasta que consiga un nuevo dueño.

Sigo esperando que me pida que le devuelva su espada ahora que tiene de nuevo sus alas de ángel, pero no lo hace. Me pregunto si todavía está molesto con ella por mostrarme algunos de sus momentos privados. Puedo sentir el anhelo que Osito Pooky siente por él, pero no le digo nada. Prefiero mantenerme al margen de esa pelea.

Dejamos la jaula detrás del edificio. Aquí no hay nadie que nos moleste.

Josiah niega con la cabeza, pero deja de argumentar en contra de la idea. En realidad tiene razón. Todos estamos de acuerdo en que es una idea pésima. Pero cuando Raffe le pidió que propusiera una mejor, no se le ocurrió ninguna.

Ahora que ha llegado el momento, mis manos tiemblan mientras saco la espada.

Mi mente trata desesperadamente de idear un mejor plan, pero tampoco se me ocurre nada más. Podríamos huir ahora que Raffe tiene sus alas de nuevo. Pero está en juicio tanto como yo. No lo van a dejar irse volando a cualquier parte.

Si Raffe pierde el concurso, me condenarán a muerte. No sé bien qué le pasaría a él, pero me queda muy claro qué me va a pasar a mí. Si logra ganar el juicio por concurso y retoma el control de los ángeles, los llevará de regreso a casa. Y esta pesadilla acabará por fin.

¿Vale la pena el riesgo de perder a Raffe en la Fosa y que se quede atrapado allí?

Me muerdo el labio. No puedo responder a esa pregunta. Seguramente voy a cavar una zanja de tres metros de profundidad dando vueltas frente a la jaula mientras espero que vuelva a salvo.

—Hazlo —dice Raffe. Sus alas están cerradas firmemente contra su espalda, y su cuerpo parece tenso, listo para lo peor.

Antes de empezar a ponerme sentimental, le hago una señal con la cabeza a Josiah. Él quita el candado de la puerta de la jaula, y la abre con un crujido. Las dos sombras de la Fosa se alejan lo más posible de nosotros.

Con un poco de suerte, ellas sabrán cómo utilizar la espada para volver a su mundo. Sólo tenemos que atrapar a una para que Raffe la use de vehículo.

Beliel también retrocede hasta el otro extremo de la jaula; se mueve con dificultad, como un zombi arrugado.

—¿Qué están haciendo? —nos mira con recelo.

—Vamos, pequeños horrores. Quieren volver a casa, ¿no es así? —les canto suavemente y meto mi espada en la jaula.

Los demonios se arrastran lentamente hacia mí. Observan la espada con avidez, olisquean alrededor como si trataran de detectar una trampa.

Tan pronto como Raffe se acerca, sin embargo, se escabullen de nuevo hacia el extremo opuesto de la jaula, gruñendo. No sé si podremos obligarlos a viajar a través de la espada si no quieren.

—Te tienen miedo —lo detengo con mi brazo libre—. Ponte detrás de mí.

Me meto en la jaula. Suavizo más mi voz, hasta que parece que estoy hablando con un par de cachorros.

—Vamos, criaturas horrendas. Quieren ir a casa, ¿no? Mmm, casa.

Se arrastran cautelosamente hacia mí, sin dejar de mirar a Raffe con recelo.

—Yo puedo llevarlas a casa si me dejan tomarlas de la mano —trato de no encogerme del asco con ese pensamiento.

—¡No! —grita Beliel. Sus ojos nos miran con ferocidad, como si acabara de darse cuenta de que está en una pesadilla de la que no puede despertar—. Aléjense de...

Atrapo al demonio más cercano.

El demonio se aferra a mi antebrazo y hunde sus garras en mi piel. El dolor se dispara a través de mi brazo, pero no lo suelto.

Al mismo tiempo, Raffe salta y atrapa al otro demonio.

Entonces estalla el caos total.

Con una intensidad que raya en el pánico, Beliel empuja a Josiah fuera de su camino y trata de saltar fuera de la jaula. El demonio de Raffe también salta hacia la puerta de la jaula, aleteando locamente.

Instintivamente muevo mi espada para detenerlo, y sin querer termino por ensartar a Beliel de lado a lado.

Mientras Beliel ruge enfurecido, el demonio de Raffe salta hacia mi espada.

Se desliza por la hoja con Raffe y se aferra a su pierna. Desaparece dentro de Beliel.

Y Raffe, todavía colgando de su pierna, desaparece detrás de él.

Antes de que pueda siquiera parpadear, el demonio que yo estoy sosteniendo también salta hacia la espada, y me arrastra con él.

Al principio trato de soltarlo. El único que iba a visitar la Fosa era Raffe, pero la sombra todavía tiene sus garras clavadas en mi brazo. En la fracción de segundo que le toma soltarme, mi mano toca a Beliel y de repente estoy cayendo al vacío.

Lo aprieto con tanta fuerza que casi le arranco el brazo al demonio.

Chocamos contra el cuerpo de Beliel, y me saca el aliento. Por una dolorosa fracción de segundo, el golpe al pasar por la barrera casi me obliga a soltar a la sombra. Pero me resisto, torturada por la idea de que si la dejo ir, podría terminar en un lugar aún peor del que voy a visitar.

Caemos en lo profundo de una oscuridad que parece no tener fin.

Alcanzo a ver la cara atónita de Josiah, que me mira a través de un túnel que se cierra rápidamente.

Cierro los ojos, convencida de que hay algunas cosas que los seres humanos no están destinados a ver. El rostro conmocionado de Josiah se me queda en la mente mientras me obsesiona un solo pensamiento.

Estamos viajando al infierno.

35

Esto no se parece a la vez que viajé a la Fosa en los recuerdos de Beliel. Esta vez, me duele.

Cada célula de mi cuerpo llora por el dolor del viaje. Supongo que es porque mi cuerpo físico viajó junto con mi mente en esta ocasión.

Justo cuando creo que mis ojos van a estallar por apretarlos con tanta fuerza, golpeamos el suelo.

Siento revuelto el estómago, y mi barbilla y mi pecho punzan de dolor donde pegaron contra el suelo.

Ahora entiendo por qué las sombras parecían tan desorientadas cuando aterrizaron en la isla Ángel. Siento que me acaban de estirar como masa de pizza y me golpearon contra la tierra.

También siento que me están cocinando en un horno. Un horno muy apestoso donde se cocinan huevos podridos.

Me obligo a incorporarme y abrir los ojos. No hay tiempo para recuperarte cuando acabas de aterrizar en el infierno.

El cielo, si puede llamársele cielo, es de un negro púrpura con manchas más oscuras. La débil luz deja un manto rojizo sobre unas figuras oscuras que veo sobre mí.

Por el rabillo del ojo, alcanzo a ver un grupo de caras que me miran fijamente.

No entiendo bien lo que estoy viendo. Son criaturas que me recuerdan a los ángeles, pero no creo que lo sean. También me recuerdan un poco a los demonios, pero tampoco creo que lo sean.

Sus alas abiertas parecen cubiertas de sarna, y lo que queda de sus plumas parecen hojas secas en un árbol muerto. La piel que queda expuesta se ve agrietada y dura. Los huesos de sus alas están astillados, y sobresalen dolorosamente por los bordes. Muchas de las astillas se han curvado en forma de guadañas, muy parecidas a las que había en las alas de demonio de Raffe.

Lo que me sorprende más, a pesar de que quizá no debería ser así, es que uno de los ángeles Caídos que me observan es Beliel. No debería sorprenderme porque ya eché un vistazo a sus recuerdos o a un mundo en el que tiene recuerdos o lo que sea. Así que, obviamente, Beliel tendría que estar aquí.

Pero tiene un aspecto muy diferente. Por un lado, sus alas no son ni las alas de demonio que conozco tan bien, ni sus alas emplumadas originales. Parecen quemadas, aunque todavía están cubiertas con parches de plumas del color del ocaso.

Supongo que, puesto que ahora viajé aquí físicamente, debo haber saltado en el tiempo y en el espacio, pero es demasiado complicado para que mi cerebro pueda manejarlo sin estallar. Además, no tengo mucho tiempo para pensar en ello.

Cuando mis ojos se acostumbran a la luz púrpura, veo que Beliel mira en mi dirección con cuencas vacías.

Beliel está ciego.

Me toma algunos segundos convencerme de que realmente es él. Tiene profundas heridas de látigo en las mejillas y la nariz. Fue azotado en la cara. También tiene marcas de algún instrumento punzocortante alrededor de las cuencas de los ojos.

Los otros no se ven mucho mejor. Uno de ellos tiene la mitad del rostro de un dios del Olimpo y la otra mitad, carcomida por gusanos. Sin todas sus heridas, sin duda habrían sido especímenes perfectos, al igual que cualquier otro ángel.

Más allá de sus cuerpos mutilados, alcanzo a ver que estamos en una zona de guerra, o lo que queda de ella. Edificios quemados, árboles rotos y carbonizados, y vehículos destrozados por todas partes. Al menos, supongo que se trata de edificios, árboles y vehículos. No se parecen a los nuestros, pero sus descomunales formas lucen como solían ser hace mucho tiempo. Como un pueblo de algún tipo. Unas plantas que parecen pequeños cactus arrancados y pisoteados siguen arraigadas en la tierra. Y hay restos esparcidos alrededor que se parecen un poco a las llantas de nuestros carros.

Uno de los semiángeles, con alas cuyas plumas son de color amarillo canario, se acerca a mí. Le han arrancado la piel de todo el brazo y sólo dejaron los músculos brillantes debajo. Me estremezco, pero él me toma por el pelo y me da un jalón hasta dejarme de pie.

—¿Qué es? —pregunta Beliel—. ¿Es comestible? —no creo que haya visto algo más inquietante que unas cuencas vacías de ojos, sobre todo en alguien que conozco, incluso si se trata de él.

Beliel mete una oreja puntiaguda a la boca y comienza a masticar. Se parece mucho a la oreja de una sombra. Me pregunto qué le pasó a la sombra que me trajo aquí.

Entonces veo lo que queda de ella tirada en el suelo, con el cuerpo roto y desgarrado. Apenas puedo reconocerla.

¿Dónde está Raffe?

—Es una Hija del Hombre —dice mi captor. Su voz es ominosa, como si esas palabras tuvieran un significado profundo.

Se hace un largo silencio mientras todos me miran fijamente.

—¿Cuál de ellas? —pregunta Beliel finalmente.

El que me sostiene mira a su alrededor a los otros. No me suelta el cabello.

—¿Es una de las suyas? No es la mía.

—No tiene por qué ser una de las nuestras, Ciclón —dice Beliel. Su voz es ronca, como si hubiera estado gritando durante días, o como si alguien lo hubiera ahorcado.

—No quiero nada que tenga que ver con ellas —dice uno—. La sola idea de las Hijas del Hombre me pone mal.

—Sí, tal vez Gran B tiene razón —dice otro—. Tal vez deberíamos comérnosla. Nos vendría bien un poco de carne para ayudarnos a sanar.

Me retuerzo tratando de escapar de las garras del semiángel. ¿Dónde está Raffe?

—Déjala ir —dice otro. Éste tiene plumas entintadas de azul.

—Thermo, si la dejamos ir, acabará deseando que la hubiéramos cocinado y comido nosotros. Dejarla libre aquí no es misericordia.

Eso no es lo que yo quería escuchar.

—¿Qué es eso? ¿Una espada? —varios de ellos se inclinan hacia abajo para mirar mi espada de cerca, que yace en el suelo apenas fuera de su alcance.

Uno de ellos trata de levantarla y gruñe por su peso. La suelta.

Todos ellos me miran, me escudriñan.

—¿Qué eres? —pregunta Ciclón.

—Es una Hija del Hombre, ¿no puedes ver eso? —dice Thermo.

—Si de verdad es una Hija del Hombre, ¿dónde están los demonios que la escoltan? —dice un tipo con plumas negras y ojos penetrantes—. ¿Dónde están sus cadenas? ¿Por qué se ve tan saludable y sana?

—¿Y cómo es que tiene una espada de ángel? —pregunta uno con alas marrones manchadas de amarillo.

—No puede ser suya. Simplemente llegó con ella por alguna razón. Pero eso no quiere decir que la espada sea suya. No llevamos tanto tiempo aquí como para creer en cosas tan estúpidas —todos miran a Osito Pooky con anhelo, pero ninguno trata de recogerla.

—¿Entonces de quién es? —todos me miran.

Me encojo de hombros.

—Sólo soy una Hija del Hombre. No sé nada.

Nadie discute con eso.

—¿Dónde estoy? —pregunto. El dolor de cabeza que me provoca el jalón de cabello se está volviendo insoportable. Dos de ellos tienen sólo la mitad del cabello, y estoy empezando a preguntarme si les da por arrancárselo unos a otros.

—En la Fosa —dice Thermo—. Bienvenida al distrito de caza.

—¿La Fosa es lo mismo que el infierno? —pregunto.

El tipo de las plumas negras se encoge de hombros.

—¿Realmente importa? Es infernal. ¿Por qué es importante que coincida con el mito primitivo de tu raza?

—¿Qué van a cazar aquí? —pregunto.

El ángel con las alas amarillas y marrón resopla.

—Nosotros no cazamos, somos la presa.

Eso no suena bien.

—¿Qué son ustedes? —les pregunto. Estoy asumiendo que son los Vigilantes de Raffe, pero es mejor asegurarme—. No parecen ángeles, pero tampoco parecen... —¿acaso sé a qué se parecen los demonios?

—Oh, disculpa nuestros malos modales. Permítenos presentarnos —dice el que tiene las alas de color amarillo y marrón. Enfatiza su sarcasmo con una reverencia—. Somos los Caídos más recientes. Somos los Vigilantes, para ser precisos. Y tal vez seamos tus verdugos. No es que necesitemos a más de uno de nosotros para sacrificarte. Pero entiendes lo que quiero decir. Mi nombre es Howler —apunta al tipo de alas con plumas negras y piel morena—, ése es Hawk —señala al que tiene plumas entintadas de azul, y luego a varios otros—, Thermo, Flyer, Gran B, Pequeño B. Y el que te está sujetando es Ciclón —mira a los otros semiángeles a su alrededor. Hay demasiados para presentarlos a todos, y yo jamás podría recordar todos sus nombres—. ¿Nos importa quién es ella?

—Claro —dice Flyer—. Tal vez nos dará algo en qué pensar cuando estemos aburridos durante el próximo milenio. ¿Quién eres tú?

—Yo soy... —no me decido a decirles mi nombre. Raffe me dijo varias veces que los nombres tienen mucho poder—. Yo soy la asesina de ángeles.

Suena un poco ridículo ahora que salió de mi boca. Sonaba mejor en mi cabeza, pero ni modo.

Por un momento, todos me miran.

Entonces, como si fuera una señal, se sueltan a reír a carcajadas.

Howler se dobla de la risa y aprieta sus costillas protectoramente con las manos, cubriéndolas como si estuvieran rotas.

—Oh, no me hagas reír. Me duele.

Ciclón se ríe detrás de mí. Finalmente suelta mi cabello y sólo me deja el dolor punzante de cabeza.

—Santa Madre de Dios, pensé que ya no sabía cómo reírme.

—Sí, había pasado mucho tiempo —dice Pequeño B.

—La asesina de ángeles, ¿eh? —pregunta Howler.

—Bueno, eso fue genial —dice Beliel, que por lo visto es Gran B—. ¿Ahora podemos comérnosla?

—Creo que tiene razón —dice Pequeño B—. No puedo recordar la última vez que comimos carne fresca. Es un poco escuálida, pero estoy desesperado por comida para empezar a curarme un…

Algo lo atrapa, ¿un tentáculo?, y lo jala hacia atrás. Él grita y se resiste, patea y se retuerce, pero no consigue soltarse.

El tentáculo lo arrastra detrás de un montón de escombros, golpea su cabeza y hombros contra los fragmentos irregulares de las ruinas en el camino.

Los Vigilantes se ponen alerta y listos para la batalla, pero están prácticamente hiperventilando. No me resulta difícil adivinar que no les ha ido bien aquí.

Me quedo congelada. Si este grupo de guerreros legendarios tiene miedo, ¿qué debería sentir yo? Estoy empezando a desear que no se me hubiera ocurrido venir aquí. La idea de morir en una arena de gladiadores empieza a resultarme misericordiosa ahora.

Todos vuelan tras Pequeño B, aunque puedo ver el estrés que surca sus rostros. Patean y jalan y tratan de sacarlo de las garras del tentáculo.

En ese momento, otro de ellos es succionado hacia atrás. Por lo que pude ver, se lo llevó una ráfaga de viento abrasador.

Lo empuja a través de una ventana de un edificio medio destruido. En cuestión de segundos, estallan gritos desesperados en el interior.

Los Vigilantes más cercanos se apresuran a la ventana y miran dentro. Luego desvían la vista, como si desearan no haber visto lo que acaban de ver.

En algún lugar, otros gritos llegan hasta nosotros. Son gritos espeluznantes en la distancia, que me ponen los nervios de punta.

Los Vigilantes retroceden con Pequeño B, quien está pateando al último de los tentáculos que lo tenía atrapado. Comienzan a alejarse del edificio de donde provienen los nuevos gritos.

Alguien me toma del brazo y me jala hacia él. Para mi sorpresa, es Beliel.

—Quédate con nosotros. Somos tu mejor oportunidad.

Me doy cuenta de que no me explica la mejor oportunidad de qué. Me inclino para levantar mi espada, sin importarme que alguno de ellos vea que lo estoy haciendo. Están demasiado ocupados poniéndose en formación y estudiando los alrededores como para prestarme atención.

Nos dispersamos, medio corriendo de espaldas el uno al otro. Es evidente que estos chicos han trabajado juntos antes. Lástima que no parece ayudarlos mucho aquí.

¿Dónde está Raffe?

¿En qué me metí?

36

Corremos a través del distrito, zigzagueando de un lado a otro como una manada de lobos que escapa de un cazador. El lugar está lleno de ladrillos rotos y huesos viejos. Pedazos retorcidos y carbonizados de madera yacen junto a piezas oxidadas de metal entre los escombros.

Trato de seguir el ritmo de los Vigilantes, que corren y vuelan bajo, muy pegados a la tierra, como si les preocupara que alguien los pudiera ver desde lo alto. Beliel vuela aferrado al tobillo de un Vigilante que le sirve de guía. Se debe tener mucha confianza para volar a ciegas. El Beliel que yo conozco tendría muchos problemas para hacerlo.

Estoy segura de que los Vigilantes me matarán en cuanto tengan la oportunidad, pero me preocuparé por eso después de que logremos escapar de lo que sea que está tratando de matarnos ahora. Cometo el error de darme la vuelta para ver de qué estamos huyendo.

Hay tres demonios gigantes, como el amo de la Fosa que vi la última vez que estuve aquí. Todos son enormes, con grandes músculos surcados por correas de cuero a lo largo del cuerpo. Aparte de ellas, llevan los torsos desnudos, y no alcanzo a ver más abajo.

No creo que haya vacas aquí. Trato de no pensar en el animal del que proviene el material de sus correas de piel.

Van montados en carros jalados por una docena de ángeles recién Caídos, amarrados con cadenas sangrientas. Los Caídos baten frenéticamente sus alas mientras los demonios los azotan con violencia. Sé que acaban de Caer porque todavía tienen la mayoría de sus plumas, a pesar de que están aplastadas y rotas. No tengo que mirar más abajo para saber que los carros llevan ángeles rotos atados a las ruedas, como Beliel, en mi última visita.

Los demonios usan látigos llenos de cabezas encogidas, como los que vi en aquel entonces, para azotar y morder a los ángeles esclavos que jalan de los carros. Las cabezas encogidas tienen el mismo tono de cabello rojo y ojos verdes. El cabello de las cabezas flota como si estuviera bajo el agua, al igual que el de las que había visto antes. Y éstas también están gritando en silencio.

Cuando sus amos agitan el látigo, salen gritando hacia los Caídos, los muerden y les arrancan la piel y las plumas a jalones cuando aterrizan sobre ellos.

Uno de los demonios me mira. No puedo dejar de pensar que es el mismo que me vio la última vez que estuve en la Fosa. Sus alas están en llamas y su cuerpo brilla en rojos, iluminado por el fuego. Agita su látigo de múltiples cabezas hacia mí cuando los carros se nos acercan.

Las cabezas idénticas gritan mientras vuelan hacia mí con una intensidad que va más allá de la locura. Sólo veo dientes y ojos y pelo retorciéndose.

Lo único que sé es que no quiero que me toque uno de esos seres terroríficos. Muevo las piernas tan rápido como puedo. Doy una vuelta brusca en una esquina y corro a esconderme detrás de un edificio roto.

Hay una escotilla en un muro derrumbado. La abro de un jalón.

Estoy a punto de correr por las escaleras de piedra hacia la oscuridad cuando uno de los Vigilantes aterriza en el suelo delante de mí.

Es Beliel. Una de las cabezas le está haciendo un agujero en la espalda.

Dos cabezas más aterrizan sobre él. Una se le prende y le arranca un trozo de carne del brazo. La otra cae en su cabello y comienza a azotarse hacia todas partes, mientras arranca parte del cuero cabelludo.

Beliel agarra la que tiene en el cuero cabelludo y la aplasta.

Salto hacia él y pateo brutalmente a la cabeza que tiene en la espalda. Beliel es mi boleto de salida de aquí, y no puedo dejar que lo maten. Me duele la cabeza sólo de pensar lo que pasaría si muere aquí.

La última cabeza está abriendo un agujero a lo largo de la piel desgarrada de su brazo. Jalo con fuerza la cabeza, que arranca lo que queda de la piel del brazo. Hago caso omiso al grito de dolor de Beliel. La piso hasta que deja de moverse.

Beliel se tambalea para levantarse. Lo empujo por las escaleras oscuras y cierro de golpe la escotilla detrás de mí.

Trato de no respirar mientras le pongo el pestillo a la puerta.

Parece que estamos en un sótano debajo de un edificio derrumbado. La única luz proviene de las rendijas de la puerta de la escotilla, y está demasiado oscuro para ver si hay otra salida.

El suelo vibra. Pedazos grandes y pesados de escombros caen contra la escotilla.

Me tenso y me preparo, me aferro a mi espada con ambas manos. Una sensación de fatalidad surge de Beliel mientras pega el oído a la escotilla, como si hubiera estado aquí mil veces antes y hubiera perdido la batalla cada vez. Viendo lo mutilados y maltrechos que están él y los otros Vigilantes, no me resulta descabellado.

La escotilla vibra y se sacude mientras las cabezas la atacan con sus dientes. Roen y se estrellan contra la escotilla durante lo que parece una eternidad, hasta que finalmente se detienen.

Luego, el ruido de los azotes se escucha más lejos. Los demonios no deben haber visto dónde desaparecimos, aunque las cabezas de sus látigos sí nos vieron.

El traqueteo del carro se desvanece en la distancia.

Dejo escapar el aire con cuidado y miro a mi alrededor. Estamos en algún tipo de choza subterránea. Hay ropa de cama vieja tirada entre las sombras, un banco hecho de barro, los restos carbonizados de una chimenea antigua.

—¿Sabes lo que te habrían hecho? —me pregunta Beliel en un susurro ronco a mi lado.

Casi salto al escucharlo, sorprendida. No me había dado cuenta de que estaba tan cerca.

—Las cabezas —dice—, ¿sabes por qué gritan?

Niego con la cabeza, y luego recuerdo que no me puede ver.

—Un nuevo cuerpo. Están desesperadas por conseguirlo —se recarga contra la pared de la choza con sus cuencas vacías dirigidas hacia mí—. Bienvenida a la Fosa. Nos guste o no, acabas de unirte a la iniciación de los recién Caídos.

—¿Hasta cuándo dura la iniciación?

—Hasta que te transformas en un Consumido, o algo igualmente horrible. O es posible que los amos de la Fosa tengan ganas de promoverte fuera de la condición de gusano.

Pero he escuchado que eso sólo ocurre en algún momento después de que tus alas cambian por completo. Entonces comienza la verdadera diversión.

—¿Se pone peor después de que te promueven?

—Escuché que es mucho peor.

Algo golpea la escotilla en el exterior. Me quedo callada hasta que lo que golpeaba la escotilla se va.

—¿Qué hay de las cabezas gritonas de los látigos? ¿También ellas están en proceso de iniciación?

—Son los Consumidos. Son los que no consiguieron sobrevivir la iniciación. Los amos de la Fosa tienen un banquete legendario. Los Consumidos son los que fueron sacrificados para la fiesta —sacude la cabeza—. Podemos curarnos de un montón de cosas, pero no podemos regenerar un cuerpo entero, o incluso partes muy grandes.

Se frota las cuencas vacías de los ojos.

—Pero cuando estás en la Fosa, hay oportunidades infinitas para causarte más miseria. Los miles de Consumidos claman por ser incluidos en uno de los látigos, por la oportunidad que les representa de reclamar un nuevo cuerpo —nunca había conocido a Beliel tan hablador. Me costará trabajo acostumbrarme a esta versión anterior de él—. Si consiguen hincar sus dientes en tu cuerpo, excavarán en tu interior más rápido de lo que puedes parpadear. Excavarán hasta llegar a tu cabeza, y ahí roerán hasta que tu cabeza caiga al suelo. Entonces se plantarán a sí mismas en tu cuello. A veces, se pelean entre ellas, y dos o tres se plantan y compiten por el mismo cuello. Es un espectáculo que te hace desear que te hubieran arrancado los ojos.

Lo miro para ver si acaba de decir un chiste, pero no hay ningún cambio en su expresión.

—El cuerpo de un Caído es lo mejor que les puede pasar, pero aceptarían cualquier cosa con extremidades. Incluso poseen cuerpos de ratas con la esperanza de avanzar poco a poco en la cadena alimenticia, siempre que puedan encontrar su próxima víctima. Así que cuidado con lo que pisas —se desliza por la pared y se sienta en el suelo recargado contra ella—. Se dice que algunos de los señores más poderosos de la Fosa en algún momento fueron Consumidos. Es obvio que para cuando llegan al grado de amos de la Fosa ya perdieron la razón desde mucho tiempo atrás. Están completamente locos.

Me gusta pensar que puedo manejar bastante bien la locura, pero éste es un nivel completamente nuevo para mí.

—Así que siempre debes estar en guardia —me dice—. Podrías llegar a perder más aquí de lo que puedes imaginar.

¿Beliel realmente está tratando de cuidarme? Tiene que haber un motivo ulterior, pero no se me ocurre ninguno ahora mismo.

—¿Por qué me estás diciendo todo esto? —tal vez no es Beliel, sino alguien que se parece mucho a él. No suena nada como él.

—Me salvaste la vida allá afuera —dice—. Yo pago mis deudas, buenas o malas. Además, tengo una debilidad por las Hijas del Hombre. Mi esposa era una de ustedes —su voz se apaga, y apenas alcanzo a escuchar su última frase.

—¿Estás ofreciéndome protección? —la incredulidad se nota claramente en mi voz.

—Nadie puede protegerte, niña, menos que nadie un recién Caído cuyos ojos no han vuelto a crecer todavía. Cualquiera que diga que puede protegerte está mintiendo. Es sólo una cuestión de amigos o enemigos. Eso es todo.

—¿Y me estás diciendo que eres mi amigo?

—No soy tu enemigo.

—¿En qué clase de mundo bizarro estoy? —me susurro a mí misma.

No espero que Beliel me responda, pero lo hace.

—En las ruinas del mundo de las sombras.

Pienso en eso durante unos momentos. ¿El mundo de las sombras? ¿No es el mundo de los Caídos? Las sombras y los Caídos tienen un aspecto muy diferente.

—No son de la misma especie, ¿verdad?

—¿Los Caídos y las sombras? —resopla—. No dejes que nadie te oiga siquiera sugerirlo. Ambas partes te despedazarían para alimentar con tus pedazos a los Consumidos.

—¿Éste era el mundo de las sombras antes de que llegaran los ángeles Caídos? ¿Las sombras son nativas de la Fosa?

—Dudo que fueran mucho antes de que llegaran los Caídos. Sólo son buenas para torturarnos y causarnos dolor. Asquerosas ratas. Son incluso peores que los Consumidos, quienes jamás tratarían de poseerlas porque, aun sin un cuerpo, un Caído se negaría a caer tan bajo.

Recuerdo cómo los infernales torturaron a Beliel y a su mujer, y puedo entender por qué los odia. Pero puede haber dos lados en esta historia.

Miro alrededor del oscuro sótano de nuevo.

Hay restos de utensilios de cerámica, pedazos de tela desteñida, metal y madera rota. Alguien vivía aquí. Una familia, tal vez. Hace mucho, mucho tiempo.

37

Beliel inclina la cabeza para escuchar.

—Abre la escotilla. Los otros Vigilantes están llegando.

No quiero dejar que los demás sepan dónde estamos. No me interesa que me maten antes de que Raffe pueda reclutarlos de nuevo en su equipo.

Raffe. Tendría que haber aterrizado cerca de Beliel, igual que yo. ¿Qué significa que no haya llegado?

—Hazlo, niña. Son nuestra única esperanza de sobrevivir.

Dudo un momento más. Podría tener razón. O podría estarme tendiendo una trampa.

Beliel elije por mí.

—¡Estamos aquí!

Deslizo mi espada de nuevo en su funda y coloco el oso de peluche encima de ella. De todos modos no puedo luchar contra tantos Vigilantes, así que lo mejor es tratar de mantener oculto a Pooky por ahora.

Alguien golpea la escotilla.

—Sabíamos que sobrevivirías, Gran B. Abre. No seas tímido.

La madera vibra de nuevo.

—¿Quieres vivir, pequeña asesina de ángeles? —Beliel señala la escotilla con la cabeza—. Ellos son tu mejor oportunidad.

Podría ponerme terca y esperar a que la abran a la fuerza. Pero ¿para qué? Subo las escaleras de piedra y abro la escotilla de mala gana.

Los Vigilantes entran uno a uno hasta llenar por completo la pequeña choza.

—Buen hallazgo —dice Thermo mientras mira a su alrededor.

—Tal vez podamos relajarnos aquí durante unos segundos —dice Pequeño B.

—Y se acabó el tiempo —dice Howler, golpeando el hombro de Pequeño B con el puño—. Es hora de estar tensos y asustados de nuevo.

El resto hace caso omiso de la broma y simplemente estudia la habitación. Observan todo en silencio cuando entran en la choza.

Más de una docena de Vigilantes se agolpan en el espacio. Algunos se sientan en el suelo, otros se recargan contra la pared y cierran los ojos como si no hubieran descansado en años. Nadie habla. Nadie se mueve. Simplemente descansan como si estuvieran seguros de que no van a tener otra oportunidad de hacerlo en muchos años más.

Un golpe seco en la escotilla interrumpe el silencio.

Todo el mundo se tensa y se vuelve hacia la puerta.

Una sombra que aletea se estrella y cae justo fuera de la escotilla abierta. Un ángel cae después de ella en un revoltijo de plumas blancas y maldiciones.

—¡Raffe! —subo por las escaleras hacia donde está él—. ¿Dónde has estado?

Me mira desde el suelo con ojos desorientados. El demonio manchado vuela fuera de su alcance. En su pánico, vuela al interior de la casucha, y los Vigilantes lo golpean y patean hasta que vuela frenéticamente fuera de la escotilla otra vez.

Raffe parpadea un par de veces mientras se levanta lentamente.

—¿Estás bien? —nunca lo había visto tan desorientado. Así debo haber estado yo cuando llegué aquí, hace unas horas.

Y entonces se me ocurre que tal vez acaba de llegar. Al principio, me parece que sería una gran coincidencia que aterrizara cerca de mí, pero luego recuerdo que nuestra conexión con el lugar es Beliel. Venimos a través de él, así que tenemos que llegar cerca de él en el otro lado.

—¿Acabas de llegar? —pregunto.

Pero no me está poniendo atención. Él y sus Vigilantes se están mirando unos a otros cuando cada uno sale por la escotilla. Ellos se quedan parados y forman un círculo a su alrededor, como si se tratara de un sueño.

—Sí, bueno —digo yo, aunque nadie me está escuchando—. Creo que ustedes se conocen —retrocedo unos pasos, me siento fuera de lugar.

—No puede ser —dice Flyer.

—¿Comandante? —pregunta Hawk con voz vacilante—. ¿Eres tú?

—¿Qué quieres decir con *Comandante*? —pregunta Beliel, mientras vuelve sus cuencas vacías hacia Raffe.

—Es el Arcángel Raphael —dice Thermo.

—¿Qué diablos hiciste para que te trajeran aquí? —pregunta Ciclón.

—Tus alas… —dice Howler—. ¿Cómo lograste que sigan intactas?

Es irónico que ahora que Raffe finalmente recuperó sus alas de ángel esté de visita en la tierra de los demonios.

—¿Estás en una misión con Uriel? —pregunta Thermo, con algo de escepticismo—. Pensé que él era el único Arcángel que podía venir aquí. No te has convertido en un diplomático, ¿verdad?

—Tal vez es un truco —dice Hawk—. Tal vez no es él en realidad.

—¿Cuál es el demonio más grande que has matado? —pregunta Ciclón.

—Era un metro más alto y más ancho que el demonio más grande que has matado tú, Ciclón —Raffe se incorpora y se sacude el polvo.

—Realmente eres tú —dice Ciclón.

—¿Qué pasó? —pregunta Flyer—. ¿Por qué estás aquí?

—Es una larga historia —dice Raffe—. Tenemos mucho que platicar.

—¡Traidor! —Beliel está furioso. Choca su cuerpo contra Raffe. Ambos caen al suelo y luchan un poco mientras Beliel intenta golpear a Raffe.

Los otros lo atrapan y lo quitan de encima de Raffe.

—¡Lo juraste! —grita Beliel mientras lucha contra sus amigos—. ¡La dejé en tus manos! ¿Sabes lo que le hicieron? ¿Lo sabes?

Los Vigilantes subyugan a Beliel, le ponen una mano sobre la boca y le susurran al oído para calmarlo.

—Tenemos que hablar —dice Raffe mientras se levanta—. ¿Dónde es un buen lugar?

—No hay buenos lugares en la Fosa —dice Hawk.

—Deberíamos ir a algún lugar donde tengamos vías de escape accesibles —dice Thermo—. Cualquier cosa que esté rondando esta zona buscando algo de comer acaba de escuchar la campana de la cena.

En la distancia, algo grita. Es difícil saber qué tan lejos está.

Beliel deja de luchar, pero está respirando fuerte y rápido. Puede estar ciego, pero sus oídos funcionan muy bien.

—Salgamos de aquí —dice Ciclón. Toma la iniciativa. Lo seguimos.

Aunque Beliel obviamente sigue furioso con Raffe, camina de espaldas a él sin preocuparse, como si no fueran archienemigos. También sigue al resto del grupo como si nunca se le hubiera ocurrido no cooperar. Sus músculos se relajan y la tensión en sus hombros se suaviza mientras camina.

El odio absoluto contra todo lo que estoy acostumbrada a ver en Beliel no está allí, incluso en este horrible lugar. Por lo visto, lo que sea que le haya sucedido para hacerlo así no ha pasado todavía.

Seguimos a los Vigilantes lejos de la escotilla mientras los gritos de las cabezas de los Consumidos llenan el aire de nuevo.

Raffe me toma en sus brazos y salta al aire.

38

—V uela bajo —dice uno de los Vigilantes—, donde no puedan verte.

Raffe pierde altura y comienza a volar casi a ras de suelo junto con los Vigilantes. Nos movemos de lado a lado, apenas logramos evitar ruedas rotas, montones de escombros y restos quemados de cosas irreconocibles.

Detrás de nosotros, uno de los demonios con alas de fuego viene rugiendo. Azota su bastón de cabezas contra un grupo de recién Caídos que tratan de volar tan rápido como pueden. La sombra que llegó con Raffe vuela a un lado del amo de la Fosa como una rata alada gigante, y nos señala.

Volamos por la calle destruida hasta que damos vuelta en una esquina y nos encontramos cara a cara con un conjunto de cabezas gritando.

Raffe me cambia de postura de modo que ahora me sostiene por detrás. Sin que tenga que hablar, entiendo lo que quiere que yo haga. No puede cargarme y pelear al mismo tiempo. Saco mi espada.

Raffe se mueve a la izquierda, y yo golpeo con la espada a los Consumidos. Sus dientes y cabello caen al suelo cuando la hoja de metal los atraviesa de lado a lado.

Detrás, los Vigilantes se abren en una formación de cuña con nosotros a la cabeza. Yo soy la única que tiene un arma, por lo que mi trabajo es cortar lo que sea que se interponga en nuestro camino. Los Vigilantes golpean y patean para abrirse camino detrás de nosotros.

Nunca antes había peleado con un equipo de verdad fuera de Raffe, pero todos adoptamos un ritmo que no requiere de palabras para que nos coordinemos.

Alguien grita detrás de nosotros.

Todos nos volvemos a mirar. El señor de la Fosa ha atrapado a Flyer, quien volaba al final de nuestra formación. Flyer está de espaldas sobre el borde de la carroza y el demonio gigante está aplastándolo de los lados de modo que su espalda está a punto de romperse por la mitad.

Todo el mundo intercambia una mirada rápida, la formación completa se da la vuelta y volvemos para rescatar a Flyer.

El aire está lleno de los gritos de los Consumidos en busca de cuerpos.

Hawk y Ciclón lideran la carga hacia Flyer con un grito de guerra feroz. Son los primeros en encontrarse con las cabezas que gritan. En lugar de tratar de evitarlas, las atacan directamente, pero cada uno es golpeado por media docena.

Tan pronto como aterrizan en Hawk y Ciclón, las cabezas comienzan a morder y excavar en su carne.

Hawk y Ciclón agarran el cabello de un par de cabezas con una mano y las arrancan de su piel. Las utilizan como hondas para alejar a las demás. Sus manos gotean sangre cuando el cabello de los Consumidos les corta los dedos, pero no parece importarles.

Otro grupo de Consumidos converge en Hawk y Ciclón.

Cuatro Vigilantes llegan a arrancar y aplastar las cabezas que atacaron a los dos Vigilantes kamikazes, para mantenerlos con vida. Los demás volamos hacia el demonio mientras Hawk y Ciclón distraen a los Consumidos.

En lugar de esperarnos, el demonio suelta a Flyer y salta hacia nosotros.

Sus alas ardientes al barrer el aire le prenden fuego. Parece como si estuviera disparando una bola de fuego contra nosotros.

Sus alas de fuego no nos dejan atacarlo en ninguna dirección que no sea de frente. Y Raffe y yo estamos justo frente a él.

Cuando el demonio bate sus alas ardientes hacia nosotros, un Vigilante lo ataca. Se interpone entre nosotros, para protegernos con su cuerpo mientras golpea al demonio. En vez de golpearlo de vuelta, el amo de la Fosa lo atrapa por el cuello y cierra sus alas. Durante un momento, no podemos ver nada más que una gigantesca bola de fuego mientras sus alas cubren tanto al demonio como al Vigilante.

Cuando abre sus alas de nuevo, el Vigilante se está quemando. Las pocas plumas que le quedan y cada pelo de su cuerpo están en llamas.

El demonio lo deja caer, y el Vigilante ruge mientras cae. Aterriza con fuerza y rueda por el suelo en su intento por apagar las llamas.

El amo de la Fosa vuelve hacia nosotros. Raffe mantiene su posición mientras los otros Vigilantes rescatan a Flyer.

Raffe hace una señal a uno de los Vigilantes, que de inmediato se posiciona debajo de nosotros. Supongo que está ahí para atraparme si me caigo.

—No te atrevas a soltarme —le digo.

—No voy a dejar que te queme —dice.

El demonio nos ataca entre un halo de llamas.

Raffe vira rápidamente hacia abajo para evitar el fuego.

El demonio gigante nos persigue. Me doy cuenta de que Raffe no quiere atacarlo de frente, porque eso me pondría al alcance del fuego.

—Toma la espada —le digo. No hemos probado si Pooky estaría dispuesta a aceptarlo de nuevo. Pero mientras Raffe hace sus maniobras para evitar el ataque del amo de la Fosa, decido que quizá no es el mejor momento para comprobarlo.

Raffe hace un giro en el aire. Un muro de fuego viene hacia nosotros cuando el demonio bate sus enormes alas en nuestra dirección.

Golpeo con mi espada con toda mi fuerza. Puedo sentir la emoción que emana a través de ella cuando Pooky ve la oportunidad de herir a un amo de la Fosa.

La hoja corta a través del fuego. Un pedazo de las llamas se escinde y se derrumba hacia el vacío.

El demonio ruge mientras mira atónito cómo un pedazo de su ala cae al suelo y esparce brasas en todas direcciones.

Bate sus alas frenéticamente mientras trata de mantenerse en el aire, pero sus alas ya no son simétricas, y comienza a caer en una espiral. Raffe ve la oportunidad y vuela hacia él.

Yo vuelvo a atacar con la espada, sin mirar lo que estoy cortando. Otro pedazo del ala del amo de la Fosa se separa de su cuerpo.

Y el demonio cae del cielo.

39

En cuanto aterrizamos, empiezo a sudar por el calor recalcitrante. No puedo dejar de cubrir mi nariz, a pesar de que no ayuda a ocultar el hedor a huevos podridos.

El demonio cayó rodando. El fuego en sus alas ya se apagó y dejó un par de cáscaras carbonizadas que parecen muertas. Sus dos alas están sangrando.

Grita una orden y las sombras y los Consumidos se reúnen a su alrededor. Las sombras miran a su amo con temor, y parecen estar listas para salir huyendo en cualquier momento, mientras las cabezas de los Consumidos parecen increíblemente emocionadas ante la perspectiva de nuevos cuerpos.

Los Vigilantes aterrizan junto a nosotros y forman un círculo de protección a nuestro alrededor.

Los Vigilantes no tienen armas. Casi todos están heridos, algunos de gravedad, pero eso no les resta ferocidad. Para mi sorpresa, Beliel es uno de ellos. Está parado en postura defensiva, mirando al vacío, dispuesto a luchar por Raffe.

Miro a nuestro equipo y los comparo con el pequeño ejército del amo de la Fosa. Tenemos una buena oportunidad de vencer a los demonios, asumiendo que ninguno de sus amigos venga a unirse a la lucha pronto.

—Extraño mi espada —dice Ciclón, mirando la mía con anhelo—. Imaginen el daño que podríamos hacer aquí si tan sólo hubiéramos podido conservar nuestras espadas.

—Es justo por eso que nuestras espadas tienen que rechazarnos, mi hermano —dice Howler—. Nadie querría un grupo de amos de la Fosa causando estragos con un ejército de Caídos armados con sus espadas.

—Puedes pensar que eres más fuerte ahora, Arcángel —dice el demonio—. Pero mis hermanos están en camino hacia aquí ahora mismo. Todos nos vieron peleando en el cielo.

—No llegarán a tiempo para salvarte —dice Ciclón.

El amo de la fosa hace un ruido como el de mil serpientes deslizándose sobre hojas muertas.

—Pero si se toman el tiempo para quedarse a pelear en vez de huir, mis hermanos los matarán a todos —dice el demonio—. Así que estaremos a mano.

Bate sus alas quemadas hacia adelante y hacia atrás, como si las estuviera probando. Sus heridas sangran profusamente y manchan el suelo de sangre oscura.

—Me parece que necesito un nuevo par de alas.

Mira las alas de Raffe, que se ven especialmente magníficas al lado de las alas sarnosas de los Vigilantes.

—Las tuyas me gustan. Un señor de la Fosa con un par de alas de Arcángel sería muy respetado y temido. Habría mucha especulación acerca de cómo llegó a poseerlas. ¿Te interesa hacer un trato?

Raffe ríe.

—Piénsalo. Ningún ángel se convierte en un Arcángel sin ambición. La ambición a veces requiere del engaño. A veces, requiere de un ejército. Puedo ofrecerte ambos.

—El engaño se puede encontrar en todas partes —dice Raffe—. Y es gratis.

—Pero un ejército vale mucho. Tengo varios en alquiler. Por el precio correcto. ¿Estás interesado?

—No a cambio de mis alas. Nadie puede quitarme mis alas —no agrega *otra vez*.

—Quizá tengas algo más que pueda interesarme algún un día —el demonio me mira fijamente—. Si alguna vez estás interesado en algo que yo pueda ofrecerte a cambio de... —se encoge de hombros— algo que yo quiera, sólo muerde esto.

Lanza un objeto pequeño y redondo ensartado en una correa. Raffe no se molesta en atraparlo, y cae a sus pies. Parece una manzana seca. Oscura y arrugada. No creo que me la comiera ni aunque me estuviera muriendo de hambre.

—Cuando la muerdas, me llevará a donde quiera que estés para que podamos discutir los detalles —dice el amo de la Fosa mientras sube a su carro.

Ciclón da un paso hacia el carro. Las sombras y los Consumidos del amo de la Fosa le muestran los dientes, gruñendo.

Raffe levanta una mano para detenerlo.

—No estamos aquí para pelear.

—Sólo te está ofreciendo un intercambio para salvar su orgullo —dice Ciclón—. No puede ganarnos, y lo sabe.

—Nosotros tampoco —Raffe señala al cielo. Tres carros más vuelan hacia nosotros. Detrás de ellos, una nube de sombras.

El demonio frente a nosotros agita su látigo y golpea a los ángeles que jalan de su carro. Los Consumidos muerden a los ángeles, empapados de sudor sangriento que escurre por sus cuerpos duros. Se elevan en el aire.

Tan pronto como el carro se aleja, los Vigilantes rodean a Flyer, que está tendido en el suelo. Su espalda está rota. Hay una curva poco natural en su cuerpo.

Su cabeza se mueve de un lado al otro en el suelo, así que supongo que está vivo. Pero cuando nos acercamos a ayudarlo, el movimiento de su cabeza se torna más y más extraño.

Su cuello se desgarra, burbujea sangre.

Salto hacia atrás.

Unos dientes roen desde el interior del cuello de Flyer y terminan de desgarrarlo. La cabeza de un Consumido cubierto de sangre emerge del cuello y se planta en él.

Aparto la mirada, deseo borrar de mis recuerdos lo que acabo de ver. Por el rabillo de un ojo, apenas alcanzo a ver a Ciclón levantar una piedra por encima de su cabeza. Luego oigo el crujido húmedo de un cráneo que se rompe bajo su peso.

Los hombros de todos se desploman al mismo tiempo.

—Tienes que sacarnos de aquí, Comandante —dice Hawk con tristeza en la voz—. No estamos destinados a morir de esta manera.

40

Nos alejamos de la zona antes de que lleguen los otros demonios. Algunos caminamos, otros vuelan bajo y vigilan el terreno.

Estoy esperando que alguien me pregunte sobre mi espada, pero nadie lo hace. Los Vigilantes parecen estar conmocionados después de presenciar la muerte de Flyer. Es como si la tragedia los visitara demasiado a menudo, pero todavía no pudieran aceptarlo.

La calle sobre la que vamos termina abruptamente cuando las ruinas de la ciudad se desintegran en un desierto rocoso. Estoy alerta por si encontramos sombras en el camino, pero no hay ninguna a la vista. Deben haber huido, o fueron reclutadas para luchar en el pequeño ejército de los amos de la Fosa cuando se preparaban para atacarnos.

El cielo está cambiando. Supongo que esto es el equivalente a la luz del día aquí. En vez del negro púrpura que había visto antes, ahora hay un resplandor rojo, que le da un tinte diabólico al desierto. No parece ni de noche ni de día.

Uno de los Vigilantes suspira a mi lado.

—La mayoría de nosotros logró sobrevivir otra noche.

—Vamos a esa calle de nuevo esta noche —dice otro—. Es más seguro allí.

Yo les lanzo una mirada de soslayo. Tienen heridas frescas en el rostro y los brazos. Uno de ellos está cojeando y sangra mucho de un agujero en la pierna.

—¿Cuánto tiempo han estado aquí? —les pregunto.

Me miran con ojos cansados, como para responder que desde siempre.

—No tengo idea —dice uno—. Desde antes de nacer, creo.

Caminamos hacia un conjunto de rocas. El desierto está lleno de extrañas torres de roca que surgen desde la arena en espiral hacia el cielo rojo. A la distancia, alcanzo a vislumbrar lo que parece ciudades en ruinas. Una de ellas se está quemando. Columnas de humo negro se elevan hacia el cielo.

—¿Qué es eso? —pregunto—. ¿Son ciudades?

—Solían serlo —dice Thermo—. Ahora sólo son trampas mortales. Alguna vez fueron ciudades de las sombras.

Me dirijo a Beliel.

—¿No me dijiste que las sombras no eran gran cosa antes de que llegaran los Caídos a su mundo?

Beliel resopla.

—¿Crees que el hecho de que hayan tenido ciudades justifica que torturen a personas inocentes?

—Quizás habían construido una pequeña sociedad primitiva aquí —dice Thermo—. Sin embargo, Lucifer y su ejército los pusieron en su lugar rápidamente.

Empiezo a entender muchas cosas.

—¿Por eso les gusta torturar a los recién Caídos?

—¿Quién sabe por qué hacen lo que hacen? —dice Beliel—. Deben ser exterminados, no analizados.

—Lo que hayan sido antes, ahora se han degenerado en criaturas ruines y primitivas —dice Thermo—. No creo que tengan más motivo que su instinto.

—Pero los recién Caídos son los únicos ángeles o demonios a los que pueden atormentar, ¿no es así? —pregunto—. Tienen miedo de los Caídos que llevan más tiempo aquí, ¿no es así?

—Tendrían miedo de nosotros también si los amos de la Fosa no los usaran para torturarnos. El único placer que los amos de la Fosa les permiten es el trabajo de atormentarnos durante la iniciación.

Asiento lentamente. Tal vez las sombras parecían tan felices torturando a Beliel porque lastimar a los recién Caídos es la única venganza que pueden obtener por la destrucción de su mundo.

Si sigo así, voy a terminar como Paige. Empezaré a abogar por el respeto a todos los seres vivos, incluso criaturas tan crueles y horribles como las sombras.

La vieja Paige, quiero decir.

Miro el humo que se eleva por encima de la ciudad en ruinas de las sombras y me pregunto cómo estará mi hermana. Y mi madre, ¿estará a salvo? ¿Seguirá en pie el campamento de la Resistencia? ¿Volveré a verlos algún día?

Los Vigilantes se miran unos a otros en la tenue luz del día y examinan sus heridas y lesiones. Observan más cuidadosamente a Raffe, pero no para ver si está herido. Sólo parecen estar preguntándose qué hace aquí.

Raffe es el único de ellos que está completo, ileso, y con alas prístinas. Es alto y musculoso, sin cicatrices ni costras en su poderoso cuerpo.

La única cosa que estropea su aspecto es el collar del fruto seco que le entregó el amo de la Fosa. Uno de los Vigilantes lo recogió del suelo y le dijo a Raffe que podría usarlo para demostrar que un amo de la Fosa lo favoreció. A mí me parece que se ve como un ratón muerto colgando de su cuello.

—Pensamos que nunca te volveríamos a ver, Comandante —dice Thermo—. Pensamos que te habías olvidado de nosotros.

—Siempre supimos que estábamos destinados a Caer por lo que hicimos —dice Howler—, pero es diferente cuando sucede de verdad.

—¿Qué está pasando arriba? —pregunta Thermo.

Raffe les cuenta sobre la muerte del Mensajero Gabriel, que Uriel organizó una elección apócrifa mediante la creación de un falso apocalipsis, la invasión de nuestro mundo y lo que pasó con sus alas.

Mientras Raffe habla con ellos, observo a Beliel. Al igual que los demás, es guapo, masculino, y está herido. Pero a diferencia de los otros, mira hacia Raffe con una mezcla contradictoria de esperanza y enojo.

—Viniste para sacarnos de aquí, ¿verdad? —le pregunta Beliel—. Todavía no estamos completamente Caídos. Todavía tenemos algunas de nuestras plumas —algunos de los otros ríen como si se tratara de una broma.

Beliel acaricia los parches restantes de plumas color atardecer de sus alas.

—Volverán a crecer una vez que puedan ver la luz del Sol de nuevo. ¿No creen?

—Déjanos ayudar —dice Hawk—. Danos una misión.

—Déjanos ganarnos el derecho a volver, Comandante —pide Ciclón—. Somos un desperdicio aquí abajo.

Raffe los observa con cuidado. Mira sus parches de plumas y los huesos astillados que sobresalen de sus alas en ángulos extraños. Mira sus piernas y brazos heridos y llenos de cicatrices. Puedo ver en sus ojos que le duele ver así a sus leales soldados.

—¿Dónde están los demás? —pregunta Raffe. Mira a la docena de Vigilantes que nos rodean.

—Ellos tienen sus propios viajes que hacer ahora —la voz de Thermo esconde un mundo de tristeza.

Así que si logramos llevarlos de vuelta, sería una docena de Vigilantes contra un centenar de ángeles de Uriel.

—¿Dónde están las sombras ahora? —pregunto.

—Son la menor de nuestras preocupaciones —dice Beliel.

Miro el paisaje estéril a mi alrededor. No hay sombras a la vista.

—Las necesito. Puedo usarlas para sacarnos de aquí.

Todos me miran como si estuviera loca.

—Llevas poco tiempo aquí para haber perdido la razón, ¿no crees? —dice Pequeño B.

—Así llegamos hasta aquí Raffe y yo —le digo—. Las sombras pueden usar mi espada como un portal para salir y entrar de este mundo, y las utilizamos como un taxi para venir —me encojo de hombros—. Supongo que ustedes nunca tocaron a un demonio con una espada durante suficiente tiempo para descubrir que era posible hacerlo.

—Sólo necesitamos tocarlos un segundo para matarlos —dice Raffe—. Nunca tuvimos razón para desperdiciar tiempo.

Todos guardan silencio por un momento, me miran fijamente y luego se miran unos a otros.

Me preparo para un aluvión de preguntas, pero la única que escucho es:

—¿Nosotros también podemos ir con ustedes?

Echo un vistazo a Raffe. Él asiente. No me sorprendería que a sus ojos esto se haya convertido en una misión de rescate tanto como una misión para salvar a los ángeles que quedan en nuestro mundo.

—No creen que la chica esté diciendo la verdad, ¿o sí? —pregunta Pequeño B.

—¿Tienes algo mejor que hacer que escucharla? —pregunta Howler.

—No sé si funcionará —les digo—. Pero si me ayudan a encontrar unas sombras y convencerlas de saltar hacia mi mundo, entonces podemos tratar de salir de aquí juntos.

—Está tan loca como las cabezas de los Consumidos —dice Pequeño B—. Nadie ha escapado nunca de la Fosa sin permiso de alguien más arriba. Nunca.

—La Hija del Hombre está diciendo la verdad —dice Raffe—. Venimos de una época diferente, y llegamos a través de… uno de ustedes.

Todos nos miran con la boca abierta.

Raffe me hace una señal con la cabeza, y yo cuento mi historia. Les cuento una versión diplomática, una en la que no menciono cuál de ellos es la puerta de entrada, ni en qué estado se encontraba cuando lo usamos como portal. Cuando termino de contarles cómo llegamos hasta aquí, todos guardan silencio.

—Si uno de nosotros es la puerta de entrada —dice Beliel—, eso quiere decir que el Vigilante de la puerta en el otro mundo no puede salir de aquí, ¿no es cierto?

Miro al suelo con tristeza, a mi pesar. Si logramos salir de aquí, tendremos que dejar atrás a Beliel hasta que consiga salir de la Fosa hacia la tierra por sus propios méritos. No tengo idea de cuánto tiempo sea. Pero, obviamente, el tiempo suficiente para matar toda la decencia que hay en él.

41

Uno pensaría que, puesto que estamos en su hábitat natural, el lugar estaría repleto de sombras. Pero todas deben estar escondidas, porque no podemos encontrar ninguna. He visto más sombras en Palo Alto que aquí.

Una columna de humo negro se eleva en el horizonte del infierno por encima de las ruinas de una ciudad. Camino hacia las rocas cerca de la arena del desierto y me pregunto qué tan lejos estará la ciudad más cercana. Siento una extraña necesidad de ver las ruinas. Me parece que podrían ser una muestra de lo que será mi mundo un día si los ángeles no se van.

—¡Detente! —me grita uno de los Vigilantes justo cuando estoy a punto de pisar la arena.

Una mano surge de la arena y me atrapa por el tobillo.

Grito e intento liberar mi pie. Pateo la mano con fuerza, pero me hace perder el equilibrio.

Más manos salen de la arena buscando alcanzarme.

Trato de alejarme, pero la mano me jala de vuelta hacia la arena.

Saco mi espada y las corto, aterrada.

Unos brazos fuertes se envuelven alrededor de mi cintura, y una bota quita la mano de mi tobillo de una patada. Queda un rastro de gusanos en mi pierna.

Cierro los ojos y trato de no gritar.

—¡Quítame los gusanos de encima!

Raffe los sacude de mi pierna, pero siento que todavía están arrastrándose en mi piel.

—Ja. Gritas como una niñita —dice Raffe con cierta satisfacción en la voz. Abro los ojos un segundo antes de tiempo y todavía alcanzo a verlo lanzando la mano cortada hacia la arena.

Un bosque de manos brota de la arena para agarrarla y romperla en mil pedazos, luchando por las migajas.

Me alejo de los gusanos que se retuercen en las rocas. Raffe nota mi disgusto y los lanza a la arena.

—Los gusanos son asquerosos —digo mientras me levanto. Trato de salvaguardar un poco de mi dignidad, pero no puedo dejar de temblar y agitar las manos en el aire. Es un impulso instintivo, y en este momento no tengo fuerzas para resistirlo.

—Has luchado contra pandillas de hombres del doble de tu tamaño, mataste a un ángel guerrero, enfrentaste a un Arcángel, y tienes una espada de ángel en las manos —Raffe ladea la cabeza—, ¿pero gritas como un bebé cuando ves un gusano?

—No son sólo los gusanos —le digo—. Una mano salió de la tierra y me agarró del tobillo. Y los gusanos salieron de ella y trataron de meterse en mi piel. Tú también gritarías como un bebé si eso te pasara a ti.

—Los gusanos no trataron de meterse en tu piel. Solamente estaban arrastrándose. Eso hacen los gusanos. Se arrastran.

—Cállate. No sabes nada.

—Es difícil discutir con eso, Comandante —dice Howler, con una risa en su voz.

—Ése es el Mar de Manos Asesinas —dice Thermo—. No quieres acercarte a él, créeme.

Entiendo por qué lo llaman mar. La arena se mueve como olas marinas. Supongo que es por las manos, o lo que sea que se mueve debajo de ella. No puedo dejar de encontrar similitudes entre la Fosa y mi mundo ahora que Uriel y su falso apocalipsis han creado cosas como muertos vivientes que se arrastran de las profundidades de la tierra.

—Oh, ella hubiera enfrentado a las manos asesinas como un verdadero guerrero —dice Raffe con orgullo—. Pero los pequeños gusanos la ponen a temblar.

—Tal vez deberíamos apodarla la asesina de gusanos —dice Howler. Los otros se ríen.

Yo suspiro. Seguramente me merezco las burlas, pero no quiere decir que me gusten. Ahora sé cómo se siente Osito Pooky.

Veo una sombra volando sobre la arena del desierto, y la señalo a mis compañeros, emocionada. Pero vuela demasiado cerca de la arena, y tres manos salen disparadas y la atrapan. Los brazos no tienen la longitud de un brazo normal. Suben por lo menos tres metros para atrapar al demonio. El pobre grita todo el camino hasta que lo arrastran con ellas debajo de la arena.

Uno de los Vigilantes señala hacia un conjunto de rocas.

La sombra que fue capturada por las manos debe haber sido un vigía, porque un grupo de sombras ahora vuela hacia nosotros.

Preparo mi espada, lista para pelear.

—No las maten. Las necesitamos vivas.

Las sombras vienen hacia nosotros mostrando todos los dientes y las garras. Son tan grandes, o incluso más, que las que salieron conmigo de la Fosa la última vez. Hay cuatro.

A mi lado, Raffe abre sus alas y se lanza al aire sobre el Mar de Manos Asesinas. Los otros hacen lo mismo. Beliel y yo somos los únicos que quedamos en el suelo.

Acorralan a las sombras y las obligan a volar hacia Hawk y Ciclón, que las capturan.

Cuando aterrizan, han atrapado a las cuatro sombras. Atan a los demonios con tiras de cuero que algunos traían envueltas alrededor de las muñecas. Al parecer, Raffe los había entrenado para recoger y guardar objetos útiles del medio local siempre que estaban en alguna misión.

—En realidad eres más inteligente de lo que pareces —le digo a Raffe.

—Pero no tan inteligente como él piensa —dice Howler.

—Puedo ver que la disciplina se ha relajado durante sus pequeñas vacaciones —dice Raffe.

—Sí, es lo que pasa después de siglos de descansar en la playa sin nada que hacer más que beber y mirar mujeres.

Ante la palabra *mujeres*, los Vigilantes se avergüenzan y guardan silencio.

—Tengo que preguntarlo —dice Thermo—. Sé que los otros también quieren saberlo. ¿La chica es tu Hija del Hombre? —me señala con la cabeza.

Miro a Raffe de reojo.

¿Lo soy?

Raffe lo piensa un segundo antes de responder.

—Ella es *una* Hija del Hombre. Y está viajando conmigo. Pero no es *mi* Hija del Hombre.

¿Qué clase de respuesta es ésa?

—Ah. ¿Entonces está disponible? —pregunta Howler.

Raffe le lanza una mirada helada.

—Todos estamos solteros ahora, como bien sabes —dice Hawk.

—No nos pueden castigar dos veces por el mismo delito —dice Ciclón.

—Y ahora que sabemos que no estás en la competencia, Comandante, yo soy el segundo más guapo en la fila —dice Howler.

—Basta —a Raffe no le parece gracioso—. Ninguno de ustedes es su tipo.

Los Vigilantes sonríen con complicidad.

—¿Cómo lo sabes? —pregunto.

Raffe me mira.

—Lo sé porque los ángeles no son tu tipo. Los odias, ¿no lo recuerdas?

—Pero estos chicos ya no son ángeles.

Raffe arquea una ceja, molesto.

—Deberías estar con un chico humano. Uno que acepte tus órdenes y cumpla con tus demandas. Alguien que dedique su vida a mantenerte a salvo y bien alimentada. Alguien que pueda hacerte feliz. Alguien de quien puedas estar orgullosa —me muestra a los Vigilantes con una mano—. No hay nadie así entre esta pandilla de gañanes.

Le lanzo una mirada asesina.

—Me aseguraré de pedirte tu opinión antes de —*conforme*— elegirlo.

—Hazlo. Le haré saber lo que se espera de él.

—Suponiendo que logre sobrevivir a tu interrogatorio —dice Howler.

—Ése es un gran supuesto —dice Ciclón.

—Me gustaría estar allí para verlo —dice Hawk—. Sería interesante.

—No te preocupes, Comandante —dice Howler—. Todos hemos llegado a nuestras propias conclusiones. Todos sabemos de lo que se trata.

De repente, un silencio triste y sombrío domina al grupo. Thermo se aclara la garganta.

—Hablando de…

—Algunas sobrevivieron —dice Raffe.

—¿Cuáles?

—¿Los haría sentir mejor saberlo? —dice Raffe—. Es mejor que sepan que logré rescatar a algunas, y que sobrevivieron.

—¿Y nuestros hijos? —no hay esperanza en la voz de Thermo cuando lo pregunta.

Raffe suspira.

—Tenían razón. Salí a cazar a los monstruosos Nephilim sólo para descubrir que eran niños normales. Gabriel había dicho que el engendro de un ángel y una Hija de Hombre eventualmente se transformaría en un monstruo. No quise matarlos mientras siguieran siendo inofensivos, así que esperé. Y esperé. Generación tras generación, para acabar con el mal del que me habían advertido —niega con la cabeza—. Pero nunca llegó. Busqué por todas partes a los monstruosos Nephilim, pero eran sólo gente. Algunos eran personas particularmente grandes, y solían tener menos hijos que la mayoría. Los hijos que tenían a veces poseían algún talento especial y eran muy hermosos, pero no había nada monstruoso en ellos. Poco a poco, su sangre se mezcló con la de los seres humanos hasta el punto en que no resultaba extraño que hubiera al menos una o dos gotas de sangre angelical en una población entera.

—Yo sabía que era una mentira —dice Ciclón.

—Gracias, Arcángel —dice un Vigilante con algunas plumas moteadas en las alas—. Gracias por salvarles la vida.

—Mis órdenes específicas eran matar a los *Nephilim* monstruo —dice Raffe—. Ésas fueron exactamente las palabras de Gabriel. Encontré a los Nephilim. Pero ninguno de ellos era un monstruo, así que no había nada que hacer. Yo cumplí con mi deber.

—Pero te quedaste mucho tiempo, ¿no es así? —pregunto.

Raffe asiente.

—Si hubiera vuelto demasiado pronto para informarle sobre mi misión, Gabriel podría haber aclarado sus órdenes y simplemente me hubiera pedido que matara a todos los Nephilim.

Ahora entiendo.

—¿Estabas esperando hasta que la sangre de los Nephilim estuviera tan mezclada que nadie pudiera identificarlos?

Raffe se encoge de hombros.

—O hasta que uno de ellos se volviera un monstruo. O preferiblemente dos de ellos. Entonces podría haber vuelto a casa y dicho que había matado a los monstruosos Nephilim según lo ordenado por el Mensajero.

—Pero eso no sucedió —le digo.

Niega con la cabeza.

Parece que los Vigilantes necesitan un momento para asimilar lo que acaban de escuchar. Algunos buscan una roca para sentarse, mientras que otros sólo miran hacia otro lado o cierran los ojos un instante.

—¿Por qué mentiría Gabriel e inventaría la regla de que los ángeles que se casaran con Hija del Hombre tenían que Caer? —pregunta uno de los Vigilantes.

—Tal vez no quería manchar el linaje angelical con nuestra sangre humana —le digo—. La mayoría de los ángeles piensa que somos animales —me encojo de hombros.

—¿Cuánto tiempo hemos estado aquí? —pregunta Thermo—. ¿Nuestros hijos ahora tienen tatara-tatara-nietos?

—Desde su punto de vista, no creo que haya pasado mucho tiempo desde que cayeron —dice Raffe—, pero nosotros venimos de un tiempo diferente. En nuestro mundo, su Caída es historia antigua.

Los Vigilantes se miran unos a otros, alarmados.

—Tienes que sacarnos de aquí —dice el Vigilante con el mechón de plumas moteadas—. Por favor, Comandante. ¿Quién sabe cuándo vendrá el día del Juicio Final? —su voz se quiebra al final.

Hay desesperación en sus rostros.

—Una cosa es morir en una batalla —dice Beliel—, pero morir en la Fosa o, peor aún, vivir eternamente en la Fosa… —sacude la cabeza— es incomprensible. Estamos siendo castigados por nada.

—Uriel dice que Gabriel se volvió loco —dice Raffe—, que no había hablado con Dios en eones. Tal vez nunca lo hizo.

La mayoría de los Vigilantes lo mira con la boca abierta. Un par de ellos, sin embargo, asienten como si lo hubieran sospechado durante algún tiempo.

—No tengo idea si es verdad —dice Raffe—. Nadie lo sabe, a excepción de Gabriel. Pero estaba equivocado sobre los Nephilim. Traté de convencerme a mí mismo que sólo se trataba de un error. Pero ahora… ¿quién sabe sobre qué otras cosas estaba equivocado? —me mira al decir esto.

—Al final, a nosotros no nos importa —dice Hawk—. Nuestras lealtades están contigo, Comandante, pase lo que pase.

—¿Tienes un plan, Comandante? —pregunta Thermo.

—Claro —dice Raffe—. El plan es sacarlos de aquí de alguna manera, y luego derrotar a Uriel todos juntos.

El rostro de todos se transforma. No sé si se trata de asombro o incredulidad. Tal vez un poco de ambos.

—No se emocionen —dice Raffe—. No sabemos si todos lograremos salir. Incluso si podemos hacerlo, no sabemos qué nos está esperando en el otro lado.

Mira con pesar a Beliel, quien parece entusiasmado ante la idea de salir de la Fosa.

—Tendremos que hacer algunos sacrificios.

42

Los Vigilantes están seguros de que hay más sombras en la dirección de donde nos atacaron las primeras. Decidimos dividirnos para aumentar nuestras posibilidades de encontrarlas.

—Howler y Ciclón, vienen conmigo —dice Raffe—. El resto de ustedes, divídanse en pequeños grupos y vuelen en una dirección cada uno. Nos encontraremos de nuevo aquí —mira al cielo—. ¿Cómo saben qué hora es aquí?

—Se calienta más el ambiente —dice Thermo—. Podemos encontrarnos aquí cuando sintamos que estamos a punto de cocinarnos.

—Eso sería ahora mismo —dice Howler.

—Nos reuniremos aquí cuando Howler sienta que se está quemando y el resto de nosotros sintamos que estamos a punto de cocinarnos —dice Raffe—. ¿Están listos?

—Mmm, ¿puedo ir con Thermo? —pregunta Howler.

—¿Con Thermo? —pregunta Raffe—. La última vez que te asigné una misión con él me dijiste que era peligroso que te emparejara con Thermo porque tenías miedo de quedarte dormido en la misión de tan aburrido que es.

—Sí, por eso nadie va a querer ir con él, y si yo me voy con él, no tendré que ir contigo y tu Hija del Hombre.

—Buen punto —dice Ciclón—. ¿Puedo ir con Howler y Thermo? No son nada sin mí.

Howler resopla.

—¿Por qué nadie quiere ir conmigo? —pregunto.

—Nadie quiere ser la tercera rueda entre los enamorados —Howler sacude la cabeza.

—Es incómodo para todos —dice Ciclón, quien ya camina hacia Thermo.

—¿En serio creen que haría algo que me pusiera en riesgo de Caer? —pregunta Raffe.

—No puedes Caer por nada que hagas aquí, Comandante —dice Thermo—. Ya estás en la Fosa, así que técnicamente eres un Caído, durante el tiempo que estés aquí.

Siento que se me encienden las mejillas y quiero arrastrarme detrás de una roca por la vergüenza.

Por un momento parece que Raffe va a ponerse terco, pero dice finalmente:

—Está bien, pero más vale que traigas un montón de sombras de vuelta, Howler.

—Cuenta con ello, jefe —Howler nos hace un guiño juguetón, y se lanza al aire. Ciclón y Thermo despegan detrás de él.

El resto de los Vigilantes despega en pequeños grupos, y cada uno se va en diferente dirección. Es un milagro que todavía puedan volar con esas alas sarnosas. Supongo que sus alas no tienen un problema funcional, puesto que vuelan como expertos. Es sólo que no son muy agradables a la vista.

Raffe los mira alejarse, luego se acerca a mí.

—¿Vamos a dar un paseo para estudiar el terreno?

Asiento y trato de no mostrarme avergonzada.

Doy un paso hacia Raffe, me siento incómoda. Nunca me acostumbraré a que me envuelva en su brazos.

En vez de colocar su brazo debajo de mis rodillas, me sostiene con los brazos alrededor de la cintura, de modo que vamos abrazados uno frente al otro. Con un par de golpes de sus alas, estamos en el aire.

Llevo los brazos alrededor de su cuello, pero mis piernas están colgando. No me siento tan segura como cuando me sostiene con los brazos detrás de mi espalda y por debajo de mis rodillas. Instintivamente deslizo mis rodillas alrededor de su torso y me aprieto contra su cuerpo para ir más segura.

Pero no es suficiente. A medida que volamos más alto, puedo sentir que me deslizo un poco hacia abajo. Sus brazos alrededor de mi cintura son firmes, pero cuando nos elevamos sobre el Mar de Manos Asesinas, siento una mezcla igual de excitación y miedo.

—No me dejes caer —me aferro a él con más fuerza y pego mi cuerpo aún más contra el suyo.

—Nunca —su voz destila confianza y seguridad—. Te tengo. Estás más segura que nunca.

Qué demonios… Envuelvo mis piernas completamente alrededor de su cadera y engancho mis pies sobre su trasero.

Él inclina un poco su cuerpo hacia adelante mientras una sonrisa se extiende por su rostro. Mis mejillas se encienden de nuevo.

Ahora estoy colgando de su cuerpo como un mono mientras volamos sobre la Fosa. No puedo ver tan bien como en otras ocasiones, cuando me llevaba en su brazos de la otra manera. En vez de mirar por encima de su hombro, desde donde sólo alcanzo a ver sus enormes alas, vuelvo la cabeza hacia un lado para ver el paisaje debajo de nosotros. Eso coloca mi rostro casi boca con boca contra el suyo.

Trato de concentrarme en la ciudad humeante delante de nosotros, pero mi cabeza se llena con el calor de su aliento y el cosquilleo eléctrico de su mejilla contra la mía.

Volar no es un movimiento tan suave como parece desde la tierra. Nuestros cuerpos se mueven hacia adelante y hacia atrás cuando sus alas baten el aire con fuerza. Me estoy aferrando a él con tanta fuerza que empiezo a notar que su cuerpo se frota contra el mío con cada movimiento de sus alas.

El calor en la Fosa es cada vez más intenso. La arena del Mar de Manos se mueve como corrientes de lava que fluyen una sobre la otra.

El roce me está provocando una sensación tibia y cosquilleante, como si toda mi sangre se estuviera acumulando en las partes de mi cuerpo que se frotan contra él. Empiezo a sentir la cabeza ligera. Mi respiración se acelera.

Su respiración también se acelera hasta coincidir con la mía. O tal vez, es al revés. De pronto, Raffe acaricia su frente contra mi mejilla. Un gemido escapa de sus labios.

Me muevo sin pensarlo, aprieto mis piernas alrededor de sus caderas y presiono más mi cuerpo contra el suyo. Raffe acaricia la curva de mi espalda, me acerca a su calor. Me maravillo ante la sensación cuando Raffe presiona sutilmente su cadera contra la mía.

Baja la cabeza mientras volamos y toca sus labios con los míos. Su beso es caliente y húmedo, y se intensifica poco a poco.

Siento que la cabeza me retumba. Entonces me doy cuenta de que es el cielo. Es un trueno. De pronto, gruesas gotas de agua caliente comienzan a caer sobre nosotros y nos mojan hasta que estamos completamente empapados.

Raffe hace caso omiso de la lluvia y continúa besándome. Nos abrazamos. Apretamos nuestros cuerpos cada vez más fuerte, más cerca uno del otro.

Volamos entrelazados bajo la lluvia sobre un infierno ardiente.

43

Cuando volvemos a encontrarnos con el grupo, los Vigilantes ya atraparon todas las sombras que necesitamos. Una docena de sombras están atadas en el suelo y se debaten frenéticamente contra las correas que las mantienen prisioneras, mientras tratan de roerlas con sus dientes.

Los Vigilantes nos miran con complicidad, como si supieran lo que estuvimos haciendo. Tan pronto como aterrizamos, me alejo de Raffe. Me alegro de que haga tanto calor porque así no tengo que explicar por qué mi rostro está tan rojo.

Raffe inmediatamente se pone a trabajar. Les explica a los Vigilantes lo que hay que hacer para llevar a una sombra fuera de la Fosa, y lo que vamos a encontrar en el otro lado. No parece avergonzado en absoluto de que sus Vigilantes sospechen que nos hemos estado besando.

Luego se dirige a las sombras.

—Llévennos al otro lado —hace un gesto a lo largo de la hoja de Pooky y luego apunta hacia el cielo.

Una de las sombras le gruñe y le muestra los dientes con odio.

Ciclón da un paso adelante.

—Necesitan una mano firme, Comandante. Se cierne sobre los infernales.

—Hagan lo que les pedimos, o morirán —se pasa un dedo por el cuello dramáticamente, con gesto sombrío.

Un demonio comienza a orinar en su dirección. Chorrea un fétido líquido de color verde amarillento que Ciclón apenas logra esquivar.

Las otras sombras parecen reírse. Ciclón se lanza contra ellas con ganas de estrangularlas, pero Raffe lo detiene.

Doy un paso hacia delante. Veamos cómo responden si las trato como me gustaría que me trataran si estuviera en su lugar.

—Libertad —les digo.

Las sombras me miran de reojo.

—Huir —me agacho para mirarlas a los ojos desde su nivel. Me miran con recelo, pero están escuchando—. No más amos de la Fosa. No más esclavitud. Libertad —hago el mismo gesto a lo largo de mi espada que Raffe hizo antes.

Las sombras comienzan a hablar entre ellas, como si discutieran.

—Llévennos con ustedes —me señalo a mí y al resto del grupo—. Queremos ser libres —señalo el cielo con mi espada—. Con ustedes —las señalo a ellas.

Más discusión.

Luego guardan silencio.

La que está en el centro asiente una vez.

Abro los ojos, sorprendida. Funcionó. Uno por uno, los Vigilantes me miran a los ojos y asienten, y veo respeto en sus ojos.

Raffe no cuenta los detalles de la participación de Beliel con Uriel o con el asunto de sus alas. De hecho, ni siquiera delata qué Vigilante es el portal. Sólo les dice que es uno de ellos.

—Piensen largo y tendido acerca de esto —dice Raffe—. Siempre hemos tenido el orgullo de no dejar a uno de los nuestros detrás. Pueden quedarse aquí juntos y yo encontraré otra manera de vencer a Uriel. O pueden venir con nosotros, pero uno de ustedes debe quedarse atrás. Estar solo es lo peor que le puede pasar a un ángel. ¿Creen que la están pasando mal ahora? Será cien veces peor cuando estén solos, sabiendo que todos sus compañeros lograron salir y los dejaron aquí abandonados a su suerte. Quien tenga que quedarse se tornará retorcido, enojado, vengativo. Se convertirá en alguien que ninguno de ustedes reconocería —se queda mirando a las sombras que se retuercen atadas en el suelo—. Y por eso, lo siento de verdad. Ahora entiendo mi papel en el asunto.

Mira a los ojos a cada Vigilante a su alrededor.

—Para el resto de ustedes, recuerden que sus familias ya no estarán ahí. Sus Hijas del Hombre, los hijos que tuvieron con ellas, todos, desaparecieron hace mucho tiempo. Si logramos salir de aquí, llegaremos a una era diferente, a un lugar diferente. Llegaremos en medio de una guerra. Y es una guerra donde algunos de los combatientes podrían tener su propia sangre en sus venas.

Los Vigilantes se miran uno a otro, como tratando de procesar la información. Yo misma tengo problemas para entenderlo todo. Algunos podríamos ser descendientes de estos ángeles guerreros.

Se miran a los ojos con intensidad. Entienden que el Vigilante que funciona como portal de enlace con el otro mundo podría ser cualquiera de ellos.

Beliel es el primero en asentir. Veo esperanza cruda en su rostro.

—Haría cualquier cosa, arriesgaría lo que fuera con tal de tener la oportunidad de sentir el sol amarillo en el rostro de nuevo.

Arranco de un tajo la simpatía que florece en mi pecho por él. Repito mentalmente la letanía de sus crímenes: mi hermana, los asesinatos, las alas de Raffe, su papel en convertir a los humanos en monstruos. Enumero todos los nombres y recuerdo todas las caras de la gente que conocí en Alcatraz.

Uno por uno, los Vigilantes asienten con gravedad. Cada uno está dispuesto a tomar el riesgo.

No le decimos a Beliel que él es el portal hasta el último segundo.

Cuando Beliel descubre que se trata de él, su rostro se congela. Me resulta perturbador pensar en alguien mirando a la nada cuando no tiene ojos. La única señal de vida es su pecho que se levanta agitado con cada respiración.

Los Vigilantes guardan un silencio apesadumbrado. Cada uno de ellos toca el hombro de Beliel, hasta que aquél se quita la mano de Thermo de encima de un golpe. Después de eso, cada uno toma el brazo de una sombra en silencio.

Beliel se queda solo alrededor de los únicos amigos que tenía en el mundo. Da un brinco cuando lo toco con mi espada.

Raffe le ordena a las sombras que se muevan.

Las sombras saltan hacia Beliel. Él se queda muy quieto, como si estuviera congelado, mientras las sombras chocan contra él.

Raffe es el primero en ir para recibir a los Vigilantes en el otro lado, pues seguramente llegarán desorientados e indefensos. Yo seré la última, porque tengo que sostener la espada y mantener la puerta abierta hasta que todos hayamos atravesado a salvo.

Al final, Beliel está de rodillas en el suelo, con las cuencas vacías de los ojos fuertemente cerradas y los dientes apretados. Veo la conmoción en su rostro, pero también angustia, a pesar de que se ofreció como voluntario. Todos se ofrecieron como voluntarios.

Supongo que es un pobre consuelo. Todos los demás van a salir de la Fosa y lo van a dejar atrás. A sufrir a solas lo que parecerá una eternidad.

Solo y abandonado.

Por primera vez en su vida.

Repito la letanía de sus crímenes de nuevo cuando mi sombra salta hacia el portal que es Beliel.

44

Entrar en la Fosa fue como caer. Salir de la Fosa, en cambio, es como ser arrastrado por un tubo lleno de vaselina. Es como si el aire mismo estuviera tratando de obligarme a retroceder. Me aferro a mi sombra tan fuerte como puedo. Ni siquiera quiero pensar en lo que pasaría si no logro sostenerme.

Salgo a un sitio completamente hacinado y me siento cubierta de algo viscoso, aunque no hay nada físicamente en mi cuerpo. Debería estar de vuelta en mi propio mundo y en mi propia época, si todo salió según lo previsto. Raffe les dejó claro a las sombras que sólo las dejaría libres si nos traían de vuelta al momento y al lugar correctos, pero nunca se sabe.

En lugar de saltar a través del portal y llegar a tierra firme, termino chocando contra algo duro. Todavía hay luz suficiente para ver que choqué contra el tablero de un auto.

El auto vira con violencia, y estoy tan desorientada que podría estar de cabeza dentro de una pecera. Sólo alcanzo a ver a la sombra que usé de taxi revoloteando en pánico dentro de la cabina del auto. Por suerte, es una cabina muy grande, pero hay demasiadas personas y criaturas hacinadas dentro de ella.

Logro serenarme lo suficiente para darme cuenta de que el auto en el que vamos es una camioneta pick-up, y que estoy sentada en el regazo de Beliel.

Pero no es el mismo Beliel que dejamos atrás en la Fosa. Parece más delgado, herido y cansado. Por no hablar de su piel seca, sus alas mutiladas, y sus heridas sangrando. Jadea lenta y dolorosamente.

Observo mi entorno de una manera que mi mente no puede comprender en este momento. Una mano blanca entra a la cabina a través de una ventanilla trasera que está abierta. Atrapa a la sombra que aletea sobre nosotros y la saca de un jalón por la ventana.

Detrás de nosotros, la caja de la pick-up va llena de Vigilantes confundidos y desorientados. Varios parecen mareados mientras la pick-up rebota y esquiva los escombros en el camino.

Más allá de la caja, un grupo de ángeles nos persigue entre la columna de polvo que levantamos en el cielo del amanecer. ¿Y acaso ésa es mi hermana con sus tres escorpiones volando junto a nosotros?

Alejándose a la distancia, alcanzo a percibir la sombra oscura del nido de los ángeles y sus edificios aledaños. Antes de que pueda comprender lo que estoy viendo, las ventanas de uno de los edificios aledaños estallan en una explosión de fuego y cristales rotos.

Los ángeles que nos estaban persiguiendo se detienen y miran el fuego. Luego se dan la vuelta para volver al nido y defender su base de lo que sea que la está atacando.

La camioneta vira a la izquierda, luego a la derecha, como si el conductor estuviera ebrio.

A mi lado, oigo una carcajada llena de genuina alegría. Mi madre está detrás del volante. Tiene una sonrisa triunfante en el rostro cuando voltea a mirarme.

Regresa los ojos al camino apenas a tiempo para esquivar un auto abandonado. Debe estar conduciendo a cien kilómetros por hora. Es una velocidad suicida en estos caminos.

Me alejo de Beliel. Me había acostumbrado a verlo con su rostro fresco, esperanzado. Ahora está sangrando por el pecho, los oídos, la boca y la nariz. No me gusta verlo así, y mucho menos sentarme en su regazo.

Es incómodo y peligroso sostener mi espada en un lugar tan estrecho. Guardo la hoja de nuevo en su funda con mucho cuidado dentro del vehículo en movimiento.

—Ten cuidado, mamá —le digo cuando vira de nuevo.

Me arrastro a través de la ventanilla trasera y aterrizo en la caja trasera de la camioneta, entre los Vigilantes. Apenas hay espacio suficiente para mí, pero soy tan pequeña como para deslizarme entre dos grandes guerreros.

Cuando veo sus rostros desorientados y pálidos, no necesito preguntarme por qué no están volando. Incluso los pocos que sí lo hacen van aferrados a la barra superior de la caja de la camioneta, con rostros descompuestos. Estos pobres chicos claramente necesitan un minuto para ajustarse a su nueva realidad.

A esta velocidad, el nido desaparece rápidamente detrás de nosotros.

—¿Están listos para volver a pelear? —es Josiah, el albino. Los Vigilantes contestan con un gemido general. Si soy optimista, suena vagamente como un "Bueno, está bien", o como un "Por ningún motivo", si soy pesimista.

Mi impresión general es que están enfermos, desorientados y en malas condiciones para luchar. Yo también estoy desorientada, pero no me siento enferma. Seguro que nunca se habían subido a un auto con mi madre. Bueno, seguro que nunca se habían subido a un auto. Punto.

—Se sentirán mejor una vez que nos detengamos— golpeo en la ventanilla—. Mamá, baja la velocidad. Puedes detener el auto.

Mi madre acelera.

Golpeo en la ventanilla de nuevo y meto mi cabeza en la cabina.

—Mamá, todo está bien. Confía en mí.

La camioneta baja la velocidad y finalmente se detiene. Paige y sus langostas nos pasan volando, luego regresan a donde nos detuvimos.

Los Vigilantes bajan de la camioneta con piernas temblorosas. Abren sus alas y las extienden, probándolas. Los demás aterrizan junto a nosotros, pero no tienen mejor aspecto.

El polvo se asienta detrás de nosotros y sobre los Vigilantes. Son todo un espectáculo. Sus alas parcialmente emplumadas con sus bordes astillados y sus cuerpos llenos de cicatrices deben resultar monstruosos incluso en la imaginación de mi madre. Miro a mamá a través de la ventanilla y me pregunto qué piensa de todo esto.

Mi hermana y sus langostas hacen bucles de felicidad en el aire. Paige me saluda con una mano.

—Dame tu reporte, Josiah —ordena Raffe.

Josiah se queda mirando a los Vigilantes con los ojos muy abiertos.

—Después de que se marcharon, un guardia me vio, y comenzamos a discutir porque quería meter a Beliel de nuevo en su jaula. Pero yo no podía permitir que eso sucediera. Si las cosas iban de acuerdo con el plan, y no puedo creer que haya sido así, ustedes habrían regresado dentro de una jaula pequeña y hubieran muerto aplastados.

—¡Penryn! —la puerta de la camioneta se abre y mi madre corre hacia mí. Me envuelve en un abrazo demasiado apretado.

—Hola, mamá.

—Este ángel fantasma me dijo que estabas dentro de ese demonio de allí —ella apunta hacia Beliel, quien parece estar a punto de perder el conocimiento en el asiento del copiloto—. Dijo que podrías salir en cualquier momento. Yo no le creí, por supuesto. Sonaba como una locura. Pero aún así, nunca se sabe —se encoge de hombros—. Y mira lo que pasó —luego me mira con suspicacia—. Sí eres tú, ¿verdad?

—Sí, soy yo, mamá.

—¿Cómo lograste sacarnos del nido? —pregunta Raffe.

Josiah se frota la cara.

—Después de mi pequeña *discusión* con el guardia, me robé a Beliel. Pero Beliel es grande y pesado, incluso ahora que parece que le hubieran succionado todo el líquido vital. No podía volar con él, pero tenía que guardarlo en algún lugar seguro hasta que ustedes volvieran. No lo hubiera logrado sin ella —señala a mi madre—. O sin ella —señala con la cabeza a mi hermana, que aterriza entre las copas de los árboles con sus langostas.

—¿Y cómo las encontraste? —pregunto.

—Tu madre se enteró de que la gente del culto te traicionó —dice Josiah—. Y ella y tu hermana viajaron hasta aquí para rescatarte.

Miro a mi madre, quien está asintiendo como para decir "Pues claro que lo hicimos". Una franja gris le surca el cabello oscuro. ¿Cuándo ocurrió eso? Por un segundo, la observo con los ojos de un extraño y veo a una mujer frágil y vulnerable que se ve diminuta al lado del grupo de ángeles musculosos.

Miro a mi hermana entre los árboles. Una langosta la carga del mismo modo que yo solía cargarla en su silla de ruedas hace sólo un par de meses.

—¿Fueron por mí al nido? —mi voz titubea un poco cuando miro a mi madre y a mi hermana—. ¿Arriesgaron sus vidas para rescatarme?

Mi madre me da otro abrazo demasiado apretado. Las comisuras de los labios de mi hermana se tuercen en una sonrisa, a pesar del dolor que debe causarle mover las puntadas de sus mejillas.

Mis ojos se llenan de lágrimas al pensar en el peligro que enfrentaron al tratar de rescatarme.

—Paige tiene tres grandes mascotas con aguijones de escorpión que podían salir huyendo con ella en cualquier momento —dice mamá—. Les dije que estarían en serios problemas si algo le sucedía a Paige.

—Vaya —miro a Raffe con una sonrisa acuosa—. Hasta las langostas le tienen miedo a mi madre.

—Entiendo por qué —dice Josiah—. Llegó con un grupo de humanos con la cabeza afeitada que estaban solicitando que les pusieran una marca en la frente para estar a salvo de los ángeles para siempre.

—¿Amnistía? —pregunta Raffe—. ¿Uriel les estaba ofreciendo amnistía a algunos de los humanos?

—Sólo a los que la traicionaron —Josiah me señala. Los músculos de la mandíbula de Raffe parecen a punto de reventar cuando aprieta los dientes.

Josiah se encoge de hombros.

—De alguna manera, tu madre convenció a los miembros del culto de dar un paseo por el nido después de recibir sus marcas de amnistía. Uriel tuvo que perseguirlos como ratas.

Tu hermana también distrajo a los ángeles haciendo sobrevuelos con sus tres langostas. Todos estábamos nerviosos, buscando al resto del enjambre en el cielo. Mientras todo el mundo estaba distraído, tu madre le prendió fuego al lugar. Es una mujer feroz.

—¿Le prendió fuego al nido?

—¿Qué crees que causó esa explosión? —Josiah asiente con admiración—. Nunca hubiera logrado sacar de ahí a Beliel si no fuera por todas las distracciones que causó tu familia.

Josiah señala la camioneta.

—Una vez que conseguí convencer a tu madre de que estabas dentro de Beliel, ella me convenció de que teníamos que viajar en ese vehículo. Logró sacarnos de ahí, pero nunca volveré a subirme en uno de esos ataúdes metálicos en mi vida.

—Amén —dice Thermo, quien todavía parece mareado.

Mamá tiene una marca en la frente. Parece una mancha de ceniza, pero sé que es una de las marcas de amnistía. Es idéntica a las que el sirviente de Uriel le puso a los miembros de la secta que me traicionaron.

—No estás en un culto, ¿verdad, mamá?

—Por supuesto que no —me mira como si la hubiera insultado—. Todas esas personas están locas. Lamentarán haberte traicionado. Me aseguraré de ello. Si Paige se come a alguien, será alguien que no pertenezca a su culto. Es el peor castigo que se pueden imaginar.

45

Escuchamos un gemido proveniente del asiento del copiloto de la camioneta. Caminamos de vuelta hacia donde está Beliel y abrimos la puerta del auto.

El demonio está muy mal. Hay sangre por todas partes.

Abre los ojos lentamente y me mira. Es un alivio volver a verlo con los ojos en sus órbitas. Me pregunto cuánto tiempo tardaron en crecer de nuevo.

—Sabía que reconocía tu voz de alguna parte —tose. Burbujas de sangre brotan de su boca—. Ha pasado mucho tiempo. Tanto que llegué a pensar que era un sueño de tortura.

¿Cuánto tiempo pasó en la Fosa, aguantando el castigo de todo un escuadrón de recién Caídos?

—Incluso pensé... Incluso pensé, alguna vez, que había esperanza —dice Beliel—, que volverían y encontrarían la manera de rescatarme a mí también.

Los Vigilantes se reúnen detrás de mí.

Beliel levanta los ojos para mirarlos.

—Son justo como los recuerdo. No han cambiado en absoluto. Como si acabara de suceder esta mañana —tose de nuevo, y su rostro se arruga a causa del dolor—. Debería haberlos obligado a esperar conmigo en la Fosa.

Sus ojos se cierran.

Respira con dificultad, tiembla y deja escapar el aire poco a poco. Su pecho deja de moverse.

Levanto la vista hacia Raffe, luego hacia Josiah.

Josiah mueve la cabeza.

—Fue demasiado para él. No iba bien cuando lo usaron para viajar a la Fosa. Su curación se volvió más lenta, casi se detuvo por completo. No estaba en condiciones de sobrevivir el paso de tantos ángeles. No creo que los seres biológicos estemos pensados para funcionar como portales —suspira—. Pero si tuviera que pasarle a alguien, qué bueno que fue a Beliel —se da la vuelta y se aleja del cuerpo destrozado—. Nadie lo echará de menos. No tenía un solo amigo en el mundo.

46

Los Vigilantes deciden realizar una ceremonia adecuada para despedir a Beliel. Conducimos hasta que el nido está muy lejos, antes de detenernos a enterrarlo.

—¿Tenemos palas? —pregunto.

—No es un animal —dice Hawk—. No lo vamos a enterrar.

Hay un silencio incómodo mientras los Vigilantes sacan cuidadosamente el cuerpo de Beliel del auto. Evitan los ojos de los demás, como si cada uno insistiera obstinada y silenciosamente en algo que pensara que los otros pudieran objetar.

Finalmente, Ciclón se decide.

—Yo seré su portador.

—Yo también —dice Howler.

Eso libera la avalancha y todos los demás Vigilantes hablan al mismo tiempo, ofreciendo ser portadores de su viejo compañero.

Todos miran a Raffe, en espera de su aprobación. Raffe asiente.

—¿Qué? —pregunta Josiah, desconcertado—. Después de todo lo que ha hecho, van a hacerle un funeral honorable como si...

—Todos sabemos lo que hizo por nosotros —dice Hawk—. Lo que haya hecho desde entonces no es de nuestra incumbencia. De todos modos, parece que ha pagado con creces el precio de sus pecados. Era uno de nosotros. Tenemos que darle la despedida que no pudimos darle a nuestros hermanos en la Fosa.

Josiah mira uno a uno, y luego a Raffe, quien asiente nuevamente.

—Necesitamos algo que sirva como combustible —dice Thermo.

—Tenemos gasolina, pero el fantasma me dijo que no puedo usar más —dice mi madre, señalando a Josiah.

—Y no puedes —dice Josiah—. Pero ellos sí. Necesitan un poco para la ceremonia —camina hacia la camioneta y se sube a la caja trasera.

—¿Trajiste gasolina? —pregunto.

—Para quemar el nido de los ángeles —dice mamá—. Pensé que ya que te hubiéramos rescatado, podíamos quemarlo todo. Pero él no me dejó hacerlo.

Josiah vuelve con un bote de gasolina.

—Logró hacer bastante daño. Pero la hubieran atrapado si se quedaba a quemar todo el nido —sacude la cabeza mientras nos entrega el bote—. Todavía no sé cómo pudo hacer tanto daño sin que la descubrieran. O cómo la convencí de que estabas dentro de Beliel. Ni siquiera estoy seguro de que yo mismo lo haya creído.

—¿Por qué no? —pregunta mi madre—. ¿Pensaste que estaba escondida en el interior de otra persona?

—Por favor mamá, ya olvídalo —la tomo de la mano y la alejo de los Vigilantes—. Vamos, dejemos que hagan su entierro.

Josiah deja caer la gasolina sobre el cuerpo de Beliel.

—¿Están seguros de que quieren hacer esto?

—Se lo ha ganado —dice Howler.

Josiah asiente y da un paso hacia atrás.

Mamá se acerca con un encendedor y prende un pedazo de tela.

Thermo la toma y la deja caer sobre el cuerpo empapado de Beliel.

Beliel se cubre de llamas.

Su cabello se quema rápidamente, brilla como una bengala y desaparece de inmediato. Su piel arrugada y sus pantalones se encienden cuando las llamas se extienden por todo su cuerpo. Oleadas de calor distorsionan nuestros rostros y figuras, y me calientan el cuello y el rostro. El aire se llena con el olor de la gasolina quemada, mezclada con el débil olor de la carne que comienza a carbonizarse.

Cinco de los Vigilantes dan un paso hacia adelante y lo levantan por los brazos, las piernas y los hombros.

Me muevo para detenerlos, pero Raffe no me deja avanzar hacia ellos.

—¿Qué están haciendo? —le pregunto—. Se van a quemar.

—Será doloroso. Pero sanarán pronto —dice.

Todos los Vigilantes se lanzan al aire. Extienden las alas y las baten al unísono contra el sol saliente.

Justo cuando me parece que el cuerpo en llamas que cargan entre ellos debe estar a punto de carbonizarlos, un nuevo grupo de Vigilantes los releva y se hace cargo de Beliel. Los demás vuelan debajo del cuerpo, entrecruzándose entre sí como una red. Caen pequeños pedazos de ceniza, que ya se han apagado antes de caer sobre ellos. Los Vigilantes capturan, uno por uno, cada uno de los pedazos que caen.

—No van a dejar que ninguna parte de él toque el suelo—, me explica Raffe en voz baja—. Sus hermanos evitarán que caiga.

A lo lejos, los Vigilantes tejen una bella danza en el cielo del amanecer bajo la lluvia de fuego de Beliel.

47

Estoy parada bajo un árbol a un lado del camino y observo el cielo por encima de nosotros. Los Vigilantes ya terminaron su ceremonia y vuelan de regreso hacia donde estamos.

—Tenemos que volver —dice Josiah—. El anuncio del concurso será pronto. Y entonces comenzará en serio la búsqueda de reclutas para cada equipo —mira a los Vigilantes, y me puedo imaginar qué es lo que está pensando. Será difícil convencer a los demás ángeles de creer en estos Vigilantes heridos y desplumados.

—Tenemos que tratar de convencer a algunos de unirse a nosotros —dice Raffe—. Y haremos lo mejor que podamos con lo que tenemos. No podemos dejar que todos Caigan, y no podemos permitir que empiece una guerra civil.

Por mi parte, no voy a derramar una sola lágrima por los ángeles de Uriel si llegan a Caer. Se lo merecen, desde mi punto de vista.

Raffe me mira.

—La Tierra se convertiría en un campo de batalla si hay una guerra civil entre los ángeles. El mundo entero quedaría destruido, independientemente de quién gane.

Justo como en la Fosa. Los humanos seríamos las sombras, medio muertos de hambre y completamente locos, escondidos en la oscuridad, aterrorizados de nuestros amos, los ángeles.

Tengo que aclararme la garganta antes de poder hablar.

—¿No es lo mismo que están haciendo ahora?

—Tu civilización fue destruida, pero la humanidad sobrevivirá, al menos en algunos lugares en el mundo. El apocalipsis nunca tuvo la intención de aniquilar a toda una raza. Es sólo un gran evento antes del día del Juicio Final. Pero si seguimos el camino que Uriel está trazando... —sacude la cabeza— si alguien logra sobrevivir a eso, no estoy seguro de que lo reconocerías como humano nunca más.

¿Cómo eran las sombras antes de que invadieran su mundo?

He tratado de no pensar mucho en el futuro, pero en los instantes en los que me he permitido hacerlo, siempre supuse que algún día los ángeles acabarían con sus asuntos en la Tierra. Nuestro mundo tendría que ser reconstruido, pero la gente todavía existiría en alguna parte, ¿no es así?

Las langostas, los resucitados, los falsos Nephilim. Nos han empujado más allá de los límites de la humanidad. Si esto continúa, la Tierra será la nueva Fosa.

—Tienes que irte —me dice Raffe—. Éste no es lugar para un ser humano.

—¿No soy tu segundo para el concurso?

—Nadie lo recordará cuando vean a los Vigilantes.

—¿Estás seguro de que no estás tratando de evitar volver a la camioneta conmigo y con mi madre?

Raffe casi sonríe.

Me acompaña de vuelta a la camioneta.

—¿A dónde irás? —pregunta.

—No lo sé —cada paso se siente como un adiós—. No hay lugares seguros. El único lugar que podría acercarse a eso es el campamento de la Resistencia.

Frunce el ceño.

—Por lo que Obi me mostró, esas personas están llenas de miedo y rabia. Es una mala combinación, Penryn. Matarían a cada uno de nosotros si pudieran —con *nosotros*, está claro que se refiere a los ángeles—. No les importaría matarnos con una peste, o en mesas de disección.

—Es lo único que hay en este momento —le digo—. Además, tú sabes dónde está, por si luego quieres encontrarme y contarme cómo salió todo. Si quieres.

Sus ojos miran mi rostro y mi cabello durante unos instantes. Luego asiente.

—Vas a ganar este juicio por concurso, ¿verdad?

—Por supuesto —me aprieta la mano. Su toque es firme y cálido.

Luego me deja ir.

—Más te vale. Y recuerda tu promesa. Saca a los ángeles de nuestro mundo cuando hayas triunfado.

Sin ganas, paso la funda de mi espada por encima de mi cabeza. La sostengo durante un momento y siento su peso en mis manos.

Ahora que recuperó sus alas, debe recuperar su espada también. Me sorprende que no lo hayamos hecho antes. Se echaban tanto de menos. Además, no puede participar en un juicio por concurso sin su espada.

Pero Osito Pooky me hacía sentir especial. Yo era más que una chica con él. Era una asesina de ángeles.

—Te ha extrañado mucho —le digo.

Duda un instante, mirando la espada. No la ha tocado una sola vez desde que recuperó sus alas.

Cuando la toma, su tacto es suave. La sostiene en las palmas de sus manos por un momento. Ambos esperamos a ver si la espada lo aceptará de vuelta.

Cuando Pooky no cae al suelo, Raffe cierra los ojos con alivio. Su expresión me hace pensar que no había intentado recuperarla porque no estaba seguro de que ella lo aceptaría.

Todos esos años que pasó solo en la Tierra, la única compañía que tenía era su espada. No había comprendido plenamente lo difícil que debió haber sido para él perderla.

Me gusta verlo feliz, pero es una sensación agridulce.

—Adiós, Osito Pooky —acaricio con mis dedos la funda por última vez.

Raffe le quita el oso de peluche y su envoltura hecha de un velo de novia.

—Estoy seguro de que ella querría que conservaras esto —sonríe.

Tomo las cosas y abrazo al osito de peluche. Su pelaje es muy suave, pero no se siente igual sin su corazón de acero entre mis manos.

Llegamos a la camioneta y me deslizo en el asiento del conductor. Raffe se asoma por mi ventanilla abierta como si tuviera algo más que decir. La fruta seca que el amo de la Fosa le regaló cuelga en ese espacio vulnerable entre los huesos de su cuello mientras se inclina hacia mí.

Me da un beso.

Es lento y sedoso, y siento que me derrito por dentro. Me acaricia una mejilla, y yo inclino la cabeza para dejarla descansar en sus manos.

Luego se aleja de mí.

Abre sus hermosas alas de nieve y se lanza al aire para encontrarse con sus Vigilantes.

48

Veo a Raffe y a sus soldados volar hacia el nido por el cielo azul y me pregunto qué va a pasar allí. Una parte de mí quiere ver el concurso, mientras otra quiere correr y esconderse lo más lejos posible. Seguramente será violento. Y no sé si me gustaría verlo sabiendo que el equipo de Raffe es el más débil.

Tomo el volante, pero sigo preocupada. Cuando estoy por encender el motor, mamá se acurruca en el asiento como una niña pequeña y apoya su cabeza en mi regazo. Me frota una pierna como para asegurarse a sí misma de que estoy realmente aquí.

Su respiración se vuelve profunda y constante cuando se queda dormida. ¿Cuánto tiempo habrá pasado desde que durmió por última vez? Preocuparse por Paige y por mí le quita tanto tiempo que no ha tenido mucha oportunidad de descansar. Yo estuve tan obsesionada con la idea de encontrar a Paige y mantenerla a salvo que no le he prestado mucha atención a mamá.

Coloco mi mano en su cabello y comienzo a acariciarlo. Tarareo su canción de disculpa. Es inquietante y me provoca toda clase de sentimientos complicados, pero es la única canción de cuna que conozco.

Mi madre no me ha hecho todas las preguntas que una persona normal haría en las mismas circunstancias, y me siento agradecida por ello. Es como si el mundo se hubiera vuelto tan loco que por fin tiene sentido para ella.

Enciendo el motor y nos alejamos de ahí.

—Gracias, mamá, por venir a rescatarme —se me quiebra un poco la voz. Me aclaro la garganta—, no todas las mamás lo harían en un mundo como éste.

No sé si puede escucharme.

Me vio en los brazos de un demonio, o lo que ella pensó que era un demonio. Me vio surgir del cuerpo de Beliel, montando a una criatura infernal. Me vio en compañía de un grupo de ángeles Caídos con cuerpos torturados y aspecto feroz. Y me vio besar a un ángel hace unos momentos.

No podría culpar incluso a una persona racional de creer que estoy profundamente involucrada con el diablo, o por lo menos con nuestros enemigos ángeles. No puedo ni imaginar lo que debe estar pasando en su cabeza. Es un escenario que siempre ha temido, del que siempre me ha advertido. Y ahora se hizo realidad.

—Gracias, mamá —repito. Hay mucho más qué decir. Y en una relación sana de madre e hija, seguramente diríamos más cosas.

Pero no sé ni cómo empezar. Así que sólo sigo tarareando la inquietante canción de cuna que ella solía cantarnos cuando salía de un arranque particularmente grave de locura.

49

El camino está vacío. Mientras conduzco, no veo nada más que un mundo desierto de coches abandonados, un paisaje dañado por los terremotos y edificios destripados por el fuego.

Las similitudes entre nuestro paisaje y el de la Fosa me resultan cada vez más inquietantes.

Estamos a mitad de camino hacia el campamento de la Resistencia cuando distingo un punto que crece en el cielo detrás de nosotros. Es un ángel.

Me debato entre acelerar o detenerme. Decido detenerme y me escondo entre los autos muertos en el camino. Mi madre y yo nos escondemos debajo de nuestros asientos. Paige nos rebasó hace un momento.

Miro por el espejo retrovisor mientras el ángel se acerca. Tiene las alas de un blanco brillante con un torso del mismo color. Es Josiah.

Me aseguro de que está solo antes de salir y hacerle señas para que me vea.

—Raphael me envió para decirte que no debes ir al campamento de la Resistencia —dice Josiah cuando aterriza. No logra recuperar el aliento.

—¿Por qué? ¿Qué está pasando?

—Tienes que mantenerte alejada de cualquier concentración importante de personas. El juicio por el concurso será una caza de sangre.

—¿Qué es un caza de sangre? —sólo pronunciar las palabras me provoca terror.

—Dos equipos cazan tantas presas como les sea posible —dice Josiah—. La caza empieza al atardecer y termina al amanecer. Al final, el que mata al mayor número de presas gana.

—¿De qué clase de presas estamos hablando? —mis labios están entumecidos, y estoy un poco sorprendida de que las palabras logren salir de mi boca.

Josiah tiene la decencia de parecer incómodo.

—Uriel insiste en que sólo hay una presa que vale la pena cazar. La única que se ha defendido y nos ha atacado de vuelta.

—No —niego con la cabeza—. Raffe nunca haría eso.

—No tiene otra opción. Nadie se retira de una caza de sangre.

Tengo que apoyarme en la puerta de la camioneta.

—¿Así que Raffe va a asesinar a todos los seres humanos que pueda? ¿Tú también?

—Quien gane el concurso gana el juicio. Si Raphael gana el juicio, quedará a cargo de los ángeles, y todos los que sobrevivan a la caza de sangre estarán a salvo.

Mi estómago se está convirtiendo en un volcán de ácido, y trago con fuerza para no vomitar.

—Pero falta mucho para la victoria —dice—. Una caza de sangre incluye a todos los que quieran unirse. Todos los ángeles de Uriel se unirán a su equipo. Un Vigilante puede matar tres veces más presas que un soldado normal, pero tendremos que ir a las zonas más pobladas si queremos tener alguna oportunidad de vencer al equipo de Uriel.

—Te das cuenta de que estás hablando de matar personas, ¿verdad? No somos presas, y no somos un juego —no puedo dejar de pensar que ayudé a Raffe a juntar a su equipo.

La mirada de Josiah se suaviza.

—Sus órdenes son que debes sobrevivir. Aléjate lo más posible de las zonas pobladas. Escóndete en el lugar más seguro y oculto que puedas encontrar. Tendrás hasta el atardecer.

Sólo hay un lugar densamente poblado en la zona ahora. El campamento de la Resistencia.

Y Raffe sabe dónde está.

Porque yo se lo mostré.

Siento como si el ácido en mi estómago estuviera hirviendo, a punto de hacer erupción por mi garganta. Siento que no me llega suficiente aire a los pulmones.

—Él no haría eso —me atraganto con mis palabras—. Él no es así.

Josiah sólo me lanza una mirada llena de compasión.

—Raphael quiere que huyas lo más lejos que puedas. Tú y tu familia. Vete. Sobrevive.

Entonces salta al aire y vuela de regreso hacia el nido.

Respiro profundo para tratar de calmarme.

Raffe no lo haría.

No cazaría personas, no las masacraría como si fueran cerdos salvajes. Él no lo haría.

Pero no importa lo que me diga a mí misma, no puedo olvidar la nostalgia de Raffe cuando miraba a los ángeles volando en formación. Una voz en mi cabeza me repite que los ángeles no están destinados a estar solos. La razón principal por la que necesitaba recuperar sus alas con tanta desesperación era volver a integrarse a su pueblo, ¿no es así? Volver a ser uno de ellos. Retomar su legítimo lugar entre sus filas como un Arcángel.

Raffe quiere ser aceptado de nuevo en el mundo de los ángeles tanto como yo quiero mantener a mi familia viva y a salvo. Si tuviera que matar a un par de ángeles para salvar a mi familia, ¿acaso no lo haría en un instante?

Absolutamente. Sin pensarlo.

Entonces recuerdo la mirada de horror en su rostro cuando me habló de las mesas de disección en el campamento de la Resistencia. Por supuesto que no *querría* acabar con el campamento ni matar a nadie. Estoy segura de eso. ¿Pero si tuviera que hacerlo? ¿Si fuera la única forma de retomar su legítimo lugar como un Arcángel y salvar a sus ángeles de Caer en la Fosa?

Me deslizo por la puerta de la camioneta hasta sentarme en el suelo y me abrazo las rodillas.

Yo misma llevé a Raffe al campamento de la Resistencia. Sabiendo que era un ángel, le mostré dónde se escondía el grupo más grande de sobrevivientes en el área.

El recuerdo de las ciudades en ruinas en la Fosa me asalta la mente. ¿Y si las sombras también cayeron por culpa de una adolescente enamorada que los traicionó? La idea de un ángel perfecto enamorándose de una sombra es risible. Pero apuesto a que la sombra adolescente no lo creía así.

Cierro los ojos.

Estoy a punto de vomitar.

Las palabras de Beliel después de mostrarme lo que le pasó a su esposa hacen eco en mi cabeza.

—Yo también alguna vez pensé que era mi amigo. Pero ahora sabes lo que pasa con las personas que confían en él.

Me subo de nuevo en la camioneta y me quedo sentada con las manos aferradas al volante. Respiro profundo y trato de poner en orden mis pensamientos.

Mi madre me mira con ojos llenos de confianza. No sé qué tanto alcanzó a escuchar, pero de todos modos no creería nada de lo que Josiah dijera. Incluso si la ayudó a rescatarme, mamá nunca confiaría en él. Tal vez debería ser más como ella.

Más adelante, a un lado del camino, mi hermana está encaramada sobre la rama de un árbol, lista para seguirme a donde vaya.

Mi familia está aquí conmigo, y lo único que tenemos que hacer es conducir lejos de aquí. Al norte, al sur, a donde vayamos, podríamos estar muy lejos de la masacre si conducimos todo el día. Estamos tan seguras ahora mismo como se puede estar en el mundo durante el Fin de los Tiempos.

Sólo tenemos que conducir lejos de donde los ángeles estarán cazando gente.

Eso es todo.

Enciendo el motor. Conduzco hacia el este. Hacia el campamento de la Resistencia.

50

Vemos humo en la distancia mucho antes de llegar a Palo Alto. Paige se adelanta con sus langostas mientras nosotras continuamos esquivando autos muertos por el camino.

Los ángeles no iban a atacar hasta el anochecer. La gente debería estar bien. Pero cuando llegamos al campamento de la Resistencia, me doy cuenta de que me estoy contando cuentos de hadas a mí misma.

Estaciono la camioneta en el camino y salgo de la cabina. Los edificios están intactos a excepción de uno, que está en llamas.

Hay decenas de cuerpos tirados por la calle. Los autos y las paredes de la escuela están salpicados de sangre. Espero que no sea sangre humana, pero no quiero ser optimista.

—Quédate aquí, mamá. Voy a ver qué está pasando —reviso el cielo cuando salgo de la camioneta para asegurarme de que Paige esté escondida entre los árboles, como le pedí que hiciera cuando llegáramos. Ella y sus langostas no están a la vista. La Resistencia seguramente la habría visto venir si no estuvieran tan preocupados.

Camino hacia la escuela, trato de ver si alguien está vivo. Doy unos cuantos pasos hacia la masacre antes de detenerme.

Me da miedo encontrar entre los cuerpos a alguien que conozca.

El viento sopla y levanta hojas muertas y pedazos de basura. El cabello de la gente se mueve con el viento, a algunos les cubre el rostro. Un trozo de papel vuela y aterriza sobre un cuerpo que está mirando hacia el cielo lleno de humo.

El papel se queda pegado en el cuerpo, justo a un lado de su rostro pálido y muerto, con la mirada perdida en el cielo. Es un volante para el concurso de talentos de Dee y Dum.

¡No puedes fallar, no puedes faltar
al espectáculo más grande de todos!

Un concurso de talentos. Ese par de locos realmente pensó que podríamos organizar algo tan tonto y frívolo como un concurso de talentos.

Exploro las caras de los cuerpos tirados sobre los autos, en la calle, en el patio del colegio, esperando no encontrarme a Dee o a Dum. Camino despacio por el estacionamiento. Algunas personas gimen suavemente, se abrazan las rodillas y lloran en el asfalto.

En la escuela, las ventanas están rotas, las puertas están destruidas, los escritorios y las sillas están tirados sobre la hierba amarilla de los patios. Encuentro más vida y movimiento aquí, sin embargo. La gente llora sobre los cuerpos, se abrazan, caminan aturdidos y en estado de *shock*.

Me detengo a ayudar a una chica que está tratando de detener la hemorragia del brazo cercenado de un hombre.

—¿Qué pasó? —pregunto. Me preparo para escuchar una historia de terror sobre ángeles y monstruos.

—Los muertos vivientes —dice ella, llorando—. Llegaron arrastrándose cuando la mayoría de nuestros soldados se había ido a una misión. Apenas había gente suficiente para tratar de defendernos. Todo el mundo entró en pánico. Fue una masacre. Pensamos que todo había terminado. Y debe haber comenzado el rumor de que nos habían atacado y estábamos indefensos, porque luego llegaron las pandillas.

¿Seres humanos hicieron esto? No fueron monstruos, ni ángeles, ni los amos de la Fosa. Fueron personas atacando personas.

Cierro los ojos. Podría culpar a los ángeles de convertirnos en esto, pero ya estábamos haciendo este tipo de cosas mucho antes de que llegaran a atacarnos, ¿no es cierto?

—¿Qué querían las pandillas? —pregunto, abriendo los ojos a mi pesar, para enfrentar de nuevo el mundo.

—Lo que pudieran conseguir —la chica envuelve una camisa rasgada alrededor del brazo cortado del hombre inconsciente—. Algunos gritaban que querían que les regresáramos su comida. Todo lo que les quitamos cuando nos apropiamos de su tienda.

Me vuelve a la mente la imagen de una sangrienta huella de mano sobre la puerta de un supermercado cercano. Me había imaginado que la Resistencia se lo había quitado a una pandilla.

Cuando un hombre mayor se acerca a ayudarnos, me acerco a otro grupo que transporta a los heridos hacia el edificio principal.

Había venido aquí para advertirlos rápidamente sobre el peligro y luego dirigirme a toda velocidad hacia el norte o hacia el sur con mi familia. Pero me quedo a ayudar mientras busco a Obi. Nadie sabe dónde está.

Mi madre corre a nuestro viejo salón de clases por su arsenal de huevos podridos. No me sorprende que sigan ahí. Supongo que nadie quiso limpiar ese desastre. Empieza a repartir cartones de huevos negros y verdes por si nos atacaran las sombras. La gente se arremolina alrededor de ella para llevarlos.

—¡Ahí vienen de nuevo! —grita alguien.

A la orilla de la arboleda, un grupo de figuras oscuras se tambalea hacia nosotros.

Todos los que pueden moverse corren hacia el edificio más cercano. Algunos se quedan junto a los heridos, apuntando hacia los árboles con sus armas o levantando palas y cuchillos mientras se preparan para defender a sus seres queridos.

Son las víctimas de las langostas que Uriel llamó Resucitados. Sus cuerpos marchitos y arrugados se mueven hacia nosotros arrastrando los pies, como zombis. Parece como si estuvieran tan convencidos de que están muertos y resucitados que ahora desempeñan ese papel. Creo que el hecho de ser tratados como monstruos los convenció de que deben comportarse como monstruos.

Pero antes de que puedan acercarse lo suficiente para comenzar una pelea, mi hermana los sobrevuela con sus langostas. Sólo son tres, pero si algo en el mundo aterroriza a las víctimas de las langostas, son las langostas.

Tan pronto como las ven los Resucitados, se dispersan de nuevo en el bosque y desaparecen. Noto que ya no arrastran los pies como zombis al huir.

La gente de la Resistencia observa cómo huyen, y luego miran a Paige y a sus mascotas sobrevolando la arboleda. Algunas de las personas abandonan a sus heridos y corren a ponerse a cubierto. Al parecer, les tienen más miedo a las langostas que a los Resucitados.

El resto, sin embargo, se mantiene firme y apunta con sus armas a Paige.

Uno de ellos es el tipo que estaba en el cuarto de reuniones con Obi la última vez que estuve aquí. Es el que trató de linchar a Paige como un aldeano enojado persiguiendo a Frankenstein. Creo que Obi lo llamó Martin.

—Ella está aquí para ayudarnos —levanto los brazos para tratar de calmar a todos—. Está bien. Ella está de nuestro lado. Miren, incluso ahuyentó a los atacantes.

Nadie baja sus armas, pero nadie dispara. Seguramente es porque no quieren atraer a los ángeles con el ruido, y no porque estén escuchando lo que digo.

—Martin —le digo—. ¿Recuerdas lo que dijo Obi? Que mi hermana podría ser la esperanza de la humanidad —señalo a Paige—. Ella es mi hermana. ¿La recuerdas?

—Sí, la recuerdo bien —dice Martin. Su arma apunta directamente a Paige. Otros dos hombres a su lado que me resultan conocidos hacen lo mismo. También formaban parte del grupo que lazó a Paige con cuerdas y trató de lincharla—. Recuerdo que ella tiene un gusto por la carne humana.

—Ella está de nuestro lado —le digo—. Salió de su escondite para protegerlos. Obi cree en ella. Ya lo has oído.

Todo el mundo mira a Martin para ver lo que va a hacer. Si Martin dispara, todos lo harán.

Él sigue apuntándole a Paige, como si fantaseara sobre dispararle.

—¡Oye! —le grita a Paige—. Las pandillas que nos atacaron se fueron hacia allá —apunta hacia el norte, por el Camino Real, con su rifle—. Les disparé a muchos de los pandilleros. Deben ser fáciles de atrapar para ti y tus mascotas.

Martin baja su rifle y lo recarga sobre su hombro.

—Que no se diga que no alimentamos a nuestros invitados de honor.

Durante un momento, todos observan a Martin. Luego, uno por uno, bajan sus armas y se relajan.

Paige me mira desde el cielo mientras sus langostas vuelan por encima de nosotros dando vueltas como buitres. Parece emocionada y confundida, como si no estuviera segura de lo que tiene que hacer.

Me mira a mí en busca de respuestas, pero tampoco sé qué hacer.

—¡Sí! —grita mi madre mientras corre hacia Paige, agitando los brazos en la dirección que Martin señaló—. Vuela, bebé, vuela. ¡Es hora de comer!

Es todo el permiso que necesitan. Las langostas vuelan a toda velocidad hacia el norte con mi hermana en sus brazos.

—Ten cuidado —grito detrás de ella.

Estoy horrorizada. Aliviada. Asustada. Confundida. Nada es lo que debería ser.

51

Sigo esperando que Obi aparezca y se haga cargo de todo, pero no puedo encontrarlo por ninguna parte. Sin saber qué más hacer, sigo ayudando a transportar a los heridos mientras lo busco.

Los heridos a veces gritan, y otras veces guardan un silencio inquietante mientras los llevamos al edificio principal. Ni siquiera sé si hay un médico allí, pero transportamos heridos como si hubiera un hospital completo funcionando dentro.

Actuamos como si el edificio de la escuela estuviera lleno de médicos. Les decimos a los pacientes que van a estar bien, que el médico estará con ellos pronto. Sospecho que algunos morirán mientras esperan que alguien los atienda, pero no me quedo a confirmarlo cuando acuesto a los heridos y salgo a buscar más.

Hay un ritmo en la tarea de transportar a los heridos. Nos da a todos algo que hacer, nos hace sentir organizados y útiles. Apago mi cerebro fuera y comienzo a moverme como un robot, transportando un herido tras otro.

Sorprendentemente, todos los demás también se comportan como si hubiera orden. Algunos llevan agua a las personas que la necesitan, otros reúnen a los niños que están llorando y los tranquilizan, mientras que otros apagan el fuego que seguía encendido en uno de los edificios. Algunas personas montan guardia con sus rifles apuntando al cielo, para protegernos al resto de nosotros.

Todo el mundo asume un papel para ayudar sin que nadie tenga que decirles qué hacer.

Esa sensación de organización y comunidad se derrumba, sin embargo, cuando por fin encontramos a Obi.

Está en mal estado. Apenas puede respirar, y sus manos están heladas. Tiene una herida en el pecho que le ha empapado toda la camisa de sangre.

Corro hacia él y le tapo la herida con las manos.

—Te tenemos, Obi. Vas a estar bien —pero no parece que vaya a estar bien. Sus ojos me dicen que sabe que estoy mintiendo.

Tose y lucha por aspirar aire.

Ha estado aquí tumbado todo el rato, viendo el drama con mi hermana, y esperando pacientemente que lo encontráramos mientras acarreábamos a los demás heridos.

—Ayúdalos —me dice, mirándome a los ojos.

—Estoy haciendo mi mejor esfuerzo, Obi —no tengo fuerza suficiente para detener la hemorragia.

—Conoces a los ángeles mejor que nadie —respira con dificultad—. Conoces sus fortalezas, sus debilidades. Sabes cómo matarlos.

—Hablaremos de eso más tarde —no importa qué tan fuerte presiono su herida, la sangre sigue filtrándose entre mis dedos y por los lados de mis manos—. Ahora descansa.

—Haz que tu hermana nos ayude con sus monstruos —cierra los ojos y los abre de nuevo lentamente—. Ella te escucha —respira—. La gente te seguirá —respira—. Sé su líder.

Sacudo la cabeza.

—No puedo. Mi familia me necesita…

—Nosotros también somos tu familia —su respiración se ralentiza. Sus párpados se entrecierran—. Te necesitamos —apenas logra sacar las palabras entre respiraciones—. La humanidad te necesita —ahora su voz es apenas un susurro—. No los dejes morir —respira—. Por favor… —aliento—. Por favor, no los dejes morir…

Se queda quieto mirándome fijamente a los ojos.

—¿Obi?

Busco algún indicio de pulso o aliento en su pecho, pero no hay ninguna señal de vida.

Retiro mis manos temblorosas de su cuerpo. Están cubiertas de sangre.

Ni siquiera era mi amigo, pero de todos modos mis ojos se llenan de lágrimas.

Siento como si la última pieza clave de la civilización se acabara de romper.

Miro a mi alrededor, noto por primera vez que todo el mundo se había detenido para ver a Obi. Todos tienen lágrimas en los ojos. Quizá no todos lo querían, pero todos lo respetaban.

Nadie se había dado cuenta de que estaba entre los otros heridos hasta que lo encontramos. Ahora, las personas que llevan a los heridos, las que dan agua a los sedientos, las que reparten mantas, todas se detienen y miran a Obi, que está acostado en el césped manchado de sangre, con sus ojos vacíos mirando al cielo.

Una mujer deja caer su montón de mantas. Se da la vuelta, su rostro se arruga con el llanto y se aleja, encorvada y arrastrando los pies como una persona sin esperanza.

Un hombre coloca suavemente a una mujer lesionada sobre los escalones del edificio principal, hacia donde la estaba llevando. Se da la vuelta y camina aturdido lejos de la escena.

Un muchacho de mi edad le quita la botella de agua que le estaba ofreciendo a un hombre herido, apoyado contra una pared del edificio. Vuelve a tapar la botella de agua mientras mira pensativo al siguiente hombre herido, sentado a un lado del primero. Se aleja de ahí mientras el segundo hombre extiende un brazo pidiéndole agua.

Tan pronto como los primeros dejan de ayudar a los demás, los otros suspenden lo que estaban haciendo y comienzan a marcharse. Algunos lloran, otros parecen asustados y solitarios mientras caminan lejos del campamento.

La Resistencia se está desmoronando.

Recuerdo algo que Obi me dijo cuando lo conocí. Me dijo que no quería atacar a los ángeles para vencerlos. Lo hacía para ganarse los corazones y los espíritus de las personas. Quería hacerles saber que todavía había esperanza para nosotros.

Ahora que se ha ido, es como si la esperanza se hubiera ido con él.

52

No me hace sentir mejor el hecho de tener que decirles que deben evacuar la zona. Había asumido que sólo tendría que decírselo a Obi y él les diría qué hacer. Pero ahora es mi responsabilidad.

Logro reunir a todos en el patio de la escuela con la ayuda de unas cuantas personas. Por primera vez, no me preocupa estar al aire libre ni hacer ruido, porque sé que la caza no comenzará hasta el atardecer. A pesar del número de personas que abandonaron el campamento, el patio está lleno. Alcanzamos a varias personas cuando se preparaban para irse.

Podría haberles avisado a algunas personas y dejar que se esparciera el rumor, pero no quiero correr el riesgo de que haya un pánico masivo y la gente se confunda sobre lo que va a suceder. Me parece que vale la pena tomarme veinte minutos más para tener una última reunión civilizada y hacerles saber lo que está pasando.

Me subo lentamente sobre un escritorio, aunque sé que deberíamos apurarnos lo más posible. Decirle a la gente que está a punto de morir entumece los músculos. La mitad, tal vez más, de la gente que está aquí no estará viva por la mañana.

No me ayuda que aún haya cadáveres en el patio. Pero esto no me tomará mucho tiempo, y es inútil pretender que no murió un montón de gente ya.

Me aclaro la garganta, tratando de pensar qué decir.

Antes de que pueda empezar, un nuevo grupo de personas camina hacia nosotros desde el estacionamiento. Son Dee, Dum y una docena de soldados, todos manchados de hollín, que miran a su alrededor a los cuerpos repartidos por el suelo.

—¿Qué está pasando? —pregunta Dee, arrugando la frente—. ¿Qué pasó? ¿Dónde está Obi? Tenemos que hablar con él.

Nadie dice nada. Supongo que todo el mundo espera que yo conteste.

—El campamento fue atacado mientras ustedes estaban fuera —trato de encontrar la manera de contarles lo que pasó con Obi. Me mojo los labios con la lengua—. Obi… —tengo la garganta seca.

—¿Qué pasa con él? —Dum me mira con recelo, como si supiera lo que estoy a punto de decir.

—No logró sobrevivir —le digo.

—¿Qué? —pregunta Dee.

Los soldados miran hacia la multitud, como pidiéndoles que confirmen la noticia.

Dee niega con la cabeza lentamente.

—No —dice otro soldado, retrocediendo—. No.

—Obi no —dice otro soldado y se cubre el rostro con las manos manchadas de hollín—. Él no.

Se ven aturdidos y abrumados.

—Él iba a sacarnos de este lío —dice el primer soldado—. Ese hijo de puta no se puede morir —suena enojado, pero su

316

rostro se arruga por el llanto como el de un niño pequeño—. No puede hacerlo.

Sus reacciones me ponen a temblar.

—Cálmense —les digo—. No pueden ayudar a nadie si...

—Exacto —dice—. No podemos ayudar a nadie, ni siquiera a nosotros mismos. No podemos salvar a la humanidad. Sin Obi, se acabó.

Está diciendo las palabras que me he estado repitiendo en la cabeza. Me enoja escuchar la derrota en su voz.

—Tenemos una cadena de mando —dice Martin—. El que está debajo de Obi tiene que hacerse cargo.

—Obi dijo que Penryn tiene que hacerse cargo —dice una mujer que me ayudó a transportar heridos—. Yo lo escuché. Lo dijo con su último aliento.

—Pero el segundo en la cadena de mando es...

—No tenemos tiempo para esto —digo yo—. Los ángeles vienen en camino. Al ponerse el sol esta noche, llevarán a cabo una cacería que es un concurso para ver quién puede matar a más de nosotros.

Espero una respuesta, pero nadie parece sorprendido. Han sido golpeados, abusados y traumatizados. Están vestidos con harapos, flacos y desnutridos, sucios y golpeados, esperando que yo les diga qué hacer.

Contrastan tanto con mi recuerdo de los cuerpos perfectos y el oro y el glamour de las reuniones y las fiestas de los ángeles. Muchas personas aquí están heridas, vendadas, cojeando, y llenas de cicatrices. Sus ojos abiertos son una ventana a su desesperación.

Una ola de rabia me golpea de pronto. Los ángeles perfectos, con su lugar perfecto en el universo. ¿Por qué no nos dejan en paz? El hecho de que sean más hermosos, y tengan mejor oído, mejor vista, mejor todo que nosotros no los hace más valiosos que los seres humanos.

—¿Van a salir de caza? —pregunta Dee. Mira a su hermano cubierto de hollín—. Entonces por eso lo hicieron.

—¿Qué hicieron? —pregunto.

—Prendieron una línea de fuego hasta el extremo sur de la península. La única salida es a través de la bahía, o volando.

—Lo vimos en las cámaras de vigilancia —dice Dum—. Fuimos a tratar de apagar el fuego, pero pasamos la mitad del tiempo intentando escondernos de los ángeles. El fuego está completamente fuera de control ahora. Veníamos de regreso para avisarle a Obi.

Me doy cuenta de lo que esto significa.

Los puentes están destruidos a causa de los terremotos. Incluso si logramos reunir todas las embarcaciones y aviones que todavía funcionan, sólo una pequeña fracción de las personas que están reunidas aquí podría salir de la península antes de la puesta del sol.

Había asumido que tendríamos hasta el atardecer para huir libremente en todas las direcciones.

—El fuego se está moviendo hacia el norte —dice Dee—. Es como si nos estuvieran acorralando.

—Es exactamente lo que están haciendo —le digo—. Nos están juntando para su cacería.

—Así que estamos jodidos —dice alguien en la multitud—. ¿Quiere decir que aquí termina todo?

—¿Qué podemos hacer? ¿Correr y escondernos y esperar que no nos encuentren? —detecto rabia en sus voces.

Todos empiezan a hablar al mismo tiempo.

Una voz ansiosa se eleva por encima del ruido.

—¿Alguien puede llevarse a esta niña?

Todos miramos al hombre en la multitud que gritó su pregunta. Es un hombre delgado con vendajes que le cubren los hombros y un brazo. Dos niñas de unos diez años están de pie junto a él.

Empuja a una de las niñas detrás de él y a la otra enfrente.

—No puedo alimentarla y protegerla si tenemos que volver al camino.

Las dos niñas comienzan a llorar. La niña que se asoma por detrás de él se ve tan asustada como la que está parada al frente.

Algunos de nosotros miramos a las niñas con empatía, mientras otros observan la escena con horror. Pero incluso los de corazón más compasivo dudan ante la idea de asumir la responsabilidad de alimentar y proteger a una niña indefensa cuando todos están a punto de convertirse en depredadores o presas.

Pero no todos tienen el corazón roto. Algunos miran a la niña con ojos fríos y calculadores. En cualquier momento, uno de ellos dará un paso adelante para reclamarla.

—¿Estás regalando a tu propia hija? —pregunto, aturdida.

El hombre niega con vehemencia.

—Nunca haría eso. Ella es una amiga de mi hija, vino con nosotros de vacaciones a California justo antes de que los ángeles nos invadieran.

—Entonces ella es parte de tu familia ahora —le digo con los dientes apretados.

El hombre mira a su alrededor, a los rostros que lo rodean.

—No sé qué más hacer. No puedo protegerla. No puedo alimentarla. Estará mejor con alguien más. Mi única otra opción es simplemente abandonarla. No puedo mantener viva a mi familia y cuidarla a ella también —con su brazo sano rodea a la niña que llora detrás de él, como si deseara haberla escondido antes de llamar la atención de todos los presentes.

—Ella es tu familia también —le digo. Estoy tan enojada que mi cuerpo comienza a temblar.

—Oye, la he mantenido con vida durante todo este tiempo —grita el padre—. Pero no puedo hacerlo más. Ni siquiera sé cómo voy a sobrevivir yo, ni cómo mantendré a mi hija a salvo. Estoy desesperado y haciendo lo que tengo que hacer para tratar de protegerme a mí y a los míos.

A mí y a los míos.

Pienso en el hombre moribundo que Paige encontró en la tienda departamental hace unos días. ¿Qué fue de su gente? Si nos dispersamos ahora, ¿acabaremos todos muriendo solos en un lugar oscuro, sin nadie que se preocupe de dónde acaben nuestros cuerpos, ni lo que pase con ellos?

Lo único que le quedaba en el mundo a ese hombre de la tienda departamental era un dibujo hecho por un niño al que amaba. Me doy cuenta de que ese niño del dibujo, Paige y el hombre moribundo forman parte de una red que simboliza la familia. Eso es lo que salvó al hombre de ser comido vivo por Paige. Eso es lo que le recordó a Paige que tenía que luchar por su propia humanidad.

Finalmente entiendo lo que Obi estaba tratando de decirme todo este tiempo. Estas personas, estas personas vulnerables, bulliciosas, imperfectas, son mi familia también. Quiero maldecir a Obi por hacerme sentir así. Ha sido bastante difícil proteger a mi hermana y a mi madre durante la crisis. Pero no puedo aceptar que mi propia gente se separe y muera, y quizás incluso mate a otras personas presa de la desesperación.

—Todos somos familia aquí —repito las palabras de Obi—. No estás solo. Ella tampoco lo está —señalo con la cabeza a la niña que está parada temblando en medio del patio, completamente sola.

—Respiren profundo —les digo. Intento sonar como mi padre cuando trataba de tranquilizarme—. Cálmense. Vamos a sobrevivir a esta nueva crisis.

La gente me mira y luego observa a su alrededor, a lo que queda de la Resistencia. Un mundo de emociones contradictorias se arremolinan en la multitud.

—¿Sí? —pregunta uno de los soldados—. ¿Quién va a salvarnos? ¿Quién está lo suficientemente loco y es lo suficientemente fuerte como para mantenernos juntos mientras nos rompemos la cabeza contra este enemigo imposible?

El viento agita la ropa de los muertos a nuestro alrededor.

—Yo.

No lo hubiera creído, hasta que lo escucho salir de mi propia boca.

Por lo menos no se ríen. Pero me miran durante tanto tiempo que empiezo a sentirme incómoda.

Me encojo de hombros. Es difícil hablar de mí.

—Sé más acerca de los ángeles que nadie. Tengo una… —recuerdo que ya no tengo a Osito Pooky—. Soy amiga de… —¿de quién? ¿De Raffe? ¿De los Vigilantes? Ellos nos van a cazar como animales—. En fin. Tengo una familia muy especial.

—Tienes información y tienes una familia —dice un hombre con una herida en la cabeza—. ¿Esos son tus superpoderes?

—Podemos irnos por caminos separados y morir a solas —mi voz es firme y trato de inyectarle acero—. O podemos quedarnos juntos y luchar hasta el final.

Lo quiera o no, voy a liderar lo que queda de la Resistencia de Obi.

—En vez de separarnos y escondernos, vamos a trabajar juntos. Los que están fuertes y saludables ayudarán a cualquiera que tenga problemas para moverse. Juntaremos tantos barcos y aviones como podamos, y comenzaremos a transportar gente a través de la bahía lo más pronto posible. Necesitaremos voluntarios para conducir las embarcaciones y ayudar a llevar a todos a salvo.

Dudo que haya aviones disponibles y, si acaso existen, nadie se atrevería a volar mientras haya ángeles en el aire. Pero quizás algunas de estas personas saben cómo navegar un barco.

—No podemos transportar a todos a través de la bahía antes de la puesta del sol —dice alguien en la multitud.

—Tienes razón —le digo—. Pero lo seguiremos haciendo durante el tiempo que sea necesario, mientras algunos de nosotros creamos una distracción para mantener a los ángeles ocupados en otra parte.

—¿Quién va a hacer eso?

Lo pienso un instante antes de contestar.

—Héroes.

53

La gente no necesita de mucho tiempo para decidir si quiere quedarse a ayudar o marcharse y tratar de sobrevivir por su lado. Un tercio de las personas se van después de escucharme hablar en el patio. Pero los demás se quedan, y veo que hay varias personas sanas y fuertes que se podrían haber marchado a buscar su propia suerte, pero no lo hicieron.

Los que se quedan ayudan a distribuir a los heridos entre los autos. Aunque no podamos llevarlos muy lejos, tenemos que sacarlos de aquí, porque éste es el primer lugar que los ángeles atacarán esta noche.

Tendremos que dejar los muertos atrás. Eso me molesta más de lo que me gustaría admitir. Hasta los Caídos se tomaron el tiempo de darle a Beliel una ceremonia de despedida.

—¿Qué tan cerca está el fuego? —le pregunto a los gemelos mientras caminamos hacia el edificio de adobe que Obi utilizaba como cuartel general.

—El extremo sur de Mountain View estaba empezando a quemarse cuando nos fuimos —dice Dee—. Podemos ver los videos de vigilancia y ver hasta qué punto se ha extendido.

Los videos de vigilancia.

—¿Podríamos hacer un anuncio a través del sistema de vigilancia?

Los gemelos se encogen de hombros.

—Seguramente podríamos hacerlo mediante las computadoras portátiles y los teléfonos celulares que usamos como cámaras. Tendríamos que hablar con los ingenieros para asegurarnos de que es posible.

—¿Alguno de ellos sigue aquí?

—Ninguno ha dejado el edificio —dice Dee.

—¿Creen que puedan conseguirlo? Tenemos que correr la voz —les digo mientras caminamos por el pasillo hacia la sala de cómputo—. La gente que está fuera del campamento tiene que saber lo que está pasando.

La sala de cómputo está llena de montañas de paneles solares portátiles, cables, teléfonos celulares, tabletas, computadoras portátiles y baterías de todos los tamaños y formas. El bote de basura está lleno de paquetes de fideos instantáneos vacíos y envoltorios de barritas de cereales. Media docena de ingenieros miran a Dee-Dum cuando comienzan a explicarles lo que sucedió en el patio de la escuela.

—Ya lo sabíamos —dice un hombre con cara de sueño que lleva puesta una camiseta con una imagen de Godzilla destruyendo Tokio—. Lo vimos a través de las cámaras de vigilancia. Dos ingenieros decidieron irse, pero los demás preferimos quedarnos a ayudar. ¿Qué podemos hacer?

—Son lo máximo, chicos —dice Dee.

No hace falta mucho tiempo para que los ingenieros consigan que yo pueda hacer un anuncio a través de nuestra red de vigilancia. Mientras las últimas personas abandonan el campamento, nosotros grabamos mi discurso de modo que podamos repetir el mensaje cuantas veces sea necesario.

—Los ángeles llegarán hoy al atardecer —digo en el micrófono—. Cazarán a tantas personas como les sea posible. El extremo sur de la península se está incendiando. Repito, el extremo sur de la península se está incendiando. No se puede huir por ahí. Ve al puente Golden Gate. Habrá gente ahí para ayudarte a cruzar. Si estás dispuesto y eres capaz, ven al puente de East Bay para distraer a los ángeles y darles a los demás una oportunidad de sobrevivir. Necesitamos a todos los soldados que podamos conseguir —respiro profundo—. A todos los pandilleros que rondan las calles, ¿cuánto tiempo creen que puedan sobrevivir por su cuenta? Nos servirían mucho algunos buenos soldados callejeros —me impresiona ver que sueno exactamente como Obi—. Todos estamos en el mismo equipo. ¿De qué les sirve sobrevivir hoy si mañana vendrán a matarlos a todos? ¿Por qué no nos unimos para tener una oportunidad real? En todo caso, podemos caer luchando y mostrarles de lo que estamos hechos. Vengan y únanse a la lucha en el puente de East Bay.

Endurezco la voz y continúo:

—Y a los ángeles, si nos están escuchando, todo el mundo sabrá que son unos cobardes si atacan a la gente indefensa en el Golden Gate. No hay ninguna gloria en eso, y sólo se avergonzarán a sí mismos durante la caza de sangre. La verdadera pelea estará en el puente de East Bay. Todos nuestros guerreros estarán allí, y les prometo que tendremos un buen espectáculo preparado. Los reto a venir por nosotros.

Me detengo un instante, sin saber cómo terminar el mensaje.

—Les habla Penryn Young, Hija del Hombre, Asesina de Ángeles.

Esa frase, Hija del Hombre, siempre me recordará el tiempo que pasé con Raffe. Raffe, quien nos estará cazando esta noche junto con sus amigos, los que pensé que podrían ser mis amigos también. Pero eso es ridículo, como un niño que espera que un león hambriento sea su mascota cariñosa en vez de su asesino.

Mi voz suena firme y llena de confianza, pero siento el cuerpo frío y mi respiración es temblorosa.

—Vaya, me gusta el título de asesina de ángeles —dice Dum, asintiendo.

—¿Estás segura de que esto va a funcionar? —pregunta Dee con el ceño fruncido—. Si van por la gente en el Golden Gate...

—No lo harán —digo—. Los conozco bien. Irán a donde haya pelea.

—Ella los conoce bien, hermano —dice Dum—. Todo estará bien. Los ángeles vendrán por nosotros al puente de East Bay —Dum asiente sonriendo, y luego frunce el ceño cuando comprende las implicaciones de lo que acaba de decir—. Espera un minuto...

—¿Estás seguro de que la gente se enterará? —pregunto.

—Seguro que se enterarán —dice Dee—. Si hay algo en lo que los seres humanos somos buenos, es el chisme. La voz se está corriendo rápidamente, y todo el mundo ha oído hablar de ti.

—También han escuchado sobre tu madre y tu hermana —dice Dum—. Pero eso es otra historia.

—Vendrán. Todos vendrán —dice Dee—. Eres el único líder que tenemos ahora.

54

Me meto en una camioneta lujosa tan grande que tiene dos hileras de asientos traseros. Me deslizo hacia la parte posterior. Estoy maravillada por la piel suave de los asientos. Noto los vidrios polarizados, el equipo de música de excelente calidad. Tantas cosas que tomábamos por sentado y que nunca volveremos a tener.

Afuera, Paige va volando en los brazos de una de sus tres langostas, mientras mamá va en un autobús lleno de miembros de la secta que juran que no tuvieron nada que ver con mi secuestro. No sé qué pensar de ellos, pero si tuviera que preocuparme por la seguridad de cualquier persona viajando en ese autobús, sería por la de los miembros de la secta, no la de mamá.

El mensaje que grabé hace un momento le dice a la gente que tenemos un plan. Pero no es verdad, no realmente. Lo único que tenemos seguro es que algunos de nosotros vamos a distraer a los ángeles en el puente de East Bay mientras todos los demás cruzan el canal debajo del Golden Gate.

Me acomodo en el asiento trasero con los pocos miembros que quedan del antiguo consejo que Obi había logrado juntar. Una es la mujer que se encargaba de la distribución mundial de la famosa compañía Apple, y el otro es un exmilitar que se hace llamar el Coronel.

El Coronel me sigue mirando con sospecha. Me ha dejado muy claro que no cree una sola palabra de las historias imposibles que rondan sobre mí. Y aunque alguna de ellas resultara cierta, está seguro de que soy parte de una "alucinación colectiva y que me aprovecho de las esperanzas desesperadas de la gente".

Pero está aquí para ayudar en lo que pueda, y eso es más de lo que puedo pedir. Sólo desearía que dejara de lanzarme esas miradas que me recuerdan que podría estar en lo cierto.

Doc y Sanjay se instalan en los asientos detrás de nosotros. No me sorprende que los dos se lleven tan bien, pues ambos son investigadores. A Sanjay no parece preocuparle ser visto con Doc.

Los dos miembros del consejo no querían que Doc estuviera aquí, pero nadie sabe más sobre ángeles y monstruos que él. Los moretones en su rostro están tan mal como la última vez que lo vi, pero por lo menos no tiene golpes nuevos. La gente está demasiado ocupada tratando de sobrevivir para meterse con él ahora mismo.

Los gemelos se acomodan en los asientos del conductor y del copiloto delante de nosotros. Acaban de teñirse el cabello de azul. Pero no quedó azul del todo, sino que tiene rayas y manchas rubias en algunas partes de su cabeza, como si no hubieran tenido tiempo suficiente de pintarlo bien.

—¿Qué les pasó en el cabello? —pregunto—. ¿No les preocupa que los ángeles los distingan desde el cielo con todo ese azul?

—Pintura de guerra —dice Dee, mientras se abrocha el cinturón de seguridad.

—Excepto que la llevamos en nuestro cabello en vez de la cara —dice Dum y enciende el motor—. Porque somos muy originales.

—Además, ¿acaso las ranas venenosas se preocupan por ser descubiertas por los pájaros? —pregunta Dee—. ¿O las serpientes venenosas? Todas ellas son de colores brillantes.

—Ah, ¿así que ahora son ranas venenosas? —pregunto.

—Croac, croac —se vuelve y me saca la lengua. Es azul. Abro los ojos, sorprendida—. ¿Se tiñeron la lengua también?

Dee sonríe.

—Nah. Sólo es Gatorade —me muestra una botella medio llena de líquido azul—. Te engañé —me guiña un ojo.

—"Hidratarse o morir", hermano —dice Dum mientras comienza a conducir por El Camino Real.

—Ése no es el eslogan oficial de Gatorade —dice Dee—. Es de alguna otra marca.

—Nunca pensé que diría esto —dice Dum—, pero de verdad extraño los anuncios. ¿Sabes? Como *"Just Do It"*. Nunca me había dado cuenta de que muchos de los mejores consejos de la vida provenían de los anuncios. Lo que realmente necesitamos ahora es que algún alma industriosa lance un producto nuevo al mercado e invente un buen eslogan para venderlo. Algo así como "Mata a todos los hombres alados".

—Eso no parece un eslogan de publicidad —digo.

—Sólo lo dices porque no hubiera resultado un buen consejo en el Mundo de Antes —dice Dum—. Pero podría ser un buen consejo ahora. Úsalo con un buen producto, y podrías hacerte rico —se vuelve y le arquea una ceja a su hermano, quien se vuelve y le arquea una ceja idéntica de vuelta.

—Bueno, y ¿alguien tiene una buena estrategia de supervivencia, o no tenemos esperanza alguna de salir de esta pesadilla? —pregunta el Coronel.

—No se nos ha ocurrido ningún plan. Cero. No sé cómo vamos a sobrevivir a la caza de sangre —dice Dee.

—Ésa no era la pesadilla a la que me refería —dice el Coronel—. Una muerte lenta y dolorosa causada por comentarios estúpidos es lo que me preocupa ahora.

Los gemelos se miran entre sí y forman una O con la boca, como niños pequeños que se avisan entre ellos que ya los atraparon en una travesura.

Sonrío a pesar de todo. Es bueno saber que todavía puedo sonreír, aunque sea por un momento.

Pero es hora de trabajar.

—¿Qué hay de esa plaga angelical en la que estabas trabajando, Doc? ¿No podríamos atacarlos con una pandemia que les patee el trasero? —pregunta Dee.

Doc niega lentamente.

—Nos tomaría al menos un año perfeccionarla, suponiendo que logramos ponerla en marcha. No sabemos nada acerca de su fisiología y no tenemos un ángel para probarla. Pero si tenemos suerte, de todos modos pronto matará a algunos de ellos.

—¿A qué te refieres? —pregunta el Coronel.

—Los ángeles estaban creando una nueva bestia del apocalipsis —dice Doc—. Las instrucciones eran muy específicas. Tenía que tener siete cabezas que fueran una mezcla de varios animales.

—¿El Seis? —pregunto—. Sí, tuve el gusto de conocerlo en persona.

—Si tiene siete cabezas, ¿por qué lo llamas "el Seis"? —pregunta Sanjay.

—Tiene el número seis-seis-seis tatuado en cada una de sus frentes.

Dum me mira con una expresión de horror.

—Los ángeles lo llaman la bestia —dice Doc—, pero me gusta más el apodo de "Seis".

—La séptima cabeza era humana, y estaba muerta —le digo.

—¿Pero la bestia estaba viva? —me pregunta Doc— ¿Alguno de los ángeles a su alrededor se puso enfermo?

—La bestia estaba viva, sin lugar a dudas. Pero no me di cuenta de que nadie se enfermara. Aunque la verdad no le estaba poniendo mucha atención a los ángeles en ese momento. ¿Por qué lo preguntas?

—Creamos tres.

—¿Hay tres de esas cosas?

—Todas son variaciones de la misma. Con esa cantidad de animales mezclados en un solo cuerpo, algo tiene que salir mal. Mientras los creaban, Laylah, la jefa del laboratorio, estaba trabajando en una plaga apocalíptica. Se suponía que tenía que infectarnos a nosotros, los seres humanos, pero estaban haciendo varios experimentos al mismo tiempo para conseguir que fuera tan horripilante como fuera posible. En algún momento, una de las cepas contagió a los Seises.

Recuerdo a Uriel hablando con Laylah en su suite antes de la última fiesta en el nido. La estaba presionando mucho para que se saltara varios de los procesos y consiguiera que el apocalipsis ocurriera más rápido. Supongo que empezó a tener menos cuidado y a apurarse más para lograr satisfacer sus demandas.

—Las bestias infectaron a todos los científicos ángeles. Primero enfermaron, y un día o dos más tarde fueron expuestos a las bestias de nuevo, y eso aceleró enormemente la enfermedad. Murieron desangrados de la manera más horrible. Parecía muy doloroso también. Era lo mismo que estaban tratando de hacer para infectar a los humanos, pero la plaga mató a los ángeles y a las langostas esta vez. Los humanos que trabajábamos en el laboratorio no nos infectamos, ni tampoco las bestias. No fuimos más que portadores de la enfermedad.

—¿Y tienes un Seis guardado en una jaula en alguna parte? —pregunto.

—Los Seises infectados fueron sacrificados. Me ordenaron que me deshiciera de los cuerpos. Los ángeles no hacen ningún tipo de trabajo sucio. Antes de quemarlos, sin embargo, me las arreglé para conseguir dos frascos llenos de su sangre. Usé uno para infectar a los nuevos Seises que crearon. Tenía la esperanza de que causaría algún daño al azar.

—¿Y lo conseguiste? —pregunto. Estoy preocupada por Raffe incluso ahora.

—No lo sé. Después del accidente, separaron los proyectos para evitar una nueva contaminación, así que les perdí el rastro.

—¿Qué hiciste con el segundo frasco de sangre?

—Lo guardé para estudiarlo. Es lo que hemos estado usando para tratar de crear una plaga angelical.

—¿Pero no han tenido suerte? —pregunto.

—Todavía no —dice Doc—. Nos falta mucho trabajo, mucho tiempo.

—Pero no tenemos tiempo —dice el Coronel—. ¿Qué más?

Nuestro objetivo es fácil de identificar: tenemos que encontrar la forma de sobrevivir a la embestida de esta noche. Pero sólo le damos vueltas al asunto, tratando de averiguar cómo hacerlo. Ni siquiera sabemos con cuánta gente contamos. Podríamos ser los únicos combatientes que se dirigen al puente de East Bay.

Mientras conducimos a lo largo de la península, hablamos.

Y hablamos.

Y hablamos un poco más.

Estoy intentando no bostezar, pero no me resulta fácil. Siento como si hubiera pasado una semana desde que dormí por última vez.

—Los ángeles quizá ni siquiera saben cuál es el puente de East Bay —dice el Coronel—. Necesitamos un señuelo o algo que los atraiga hacia nosotros y los aleje del Golden Gate.

—¿Qué clase de señuelo? —pregunta Dee.

—¿Algo como colgar bebitos desde el puente? —pregunta Dum.

—Tristemente, eso no es gracioso —dice Doc.

Me froto la frente. Normalmente no soy propensa a los dolores de cabeza, pero estos intentos desesperados por trazar un plan me están matando. Nunca he sido buena planeando.

Mis ojos se desvían hacia la ventana, y el zumbido de las voces de los adultos en el coche y mi propio sueño me hipnotizan por completo. Conducimos a lo largo de la bahía hacia el norte de San Francisco. El agua del mar lanza destellos como un campo de diamantes a la espera de ser recogidos, si tan sólo pudieran ser alcanzados por unas manos mágicas.

El viento cobra fuerza, levanta hojas y basura al lado del camino. No recuerdo haber visto basura a lo largo de la autopista en el Mundo de Antes, pero muchas cosas han cambiado desde entonces.

Mis ojos siguen perezosamente un pedazo de papel mientras revolotea a lo largo del camino. Baila en la brisa, flota hacia arriba y hacia abajo, hace piruetas en el viento. Aterriza en el agua, provoca una onda que brilla a su alrededor.

En mi estado semisonámbulo, me recuerda a uno de los volantes del concurso de talentos de los gemelos.

"No puedes fallar, no puedes faltar al espectáculo más grande de todos", ¿no decía eso el volante?

Me imagino a los gemelos de pie sobre una caja de madera, con trajes a rayas y sombreros enormes, como pregoneros en un carnaval. Están llamando a los refugiados harapientos.

—Acérquense, acérquense, amigos. Éste será el mayor espectáculo de fuegos artificiales en la historia. ¡Habrá golpes, habrá gritos, habrá palomitas! ¡Ésta es su última oportunidad de presumir sus talentos increíbles!

La idea me golpea como un relámpago.

Me incorporo, tan despierta como si me hubieran electrocutado con la picana de mi madre. Parpadeo dos veces y sintonizo de nuevo la conversación.

Sanjay está diciendo algo sobre cuánto le gustaría saber más sobre la fisiología de los ángeles.

—¡El concurso de talentos! —miro a los gemelos con los ojos muy abiertos. —¿Quién podría resistirse a un concurso de talentos?

Todo el mundo me mira como si estuviera loca. Eso me dibuja una gran sonrisa en el rostro.

55

Cuando por fin llegamos al Golden Gate, son casi las doce. Tenemos unas seis horas antes de la puesta de sol.

El famoso puente está en ruinas, como todos los demás puentes de la bahía. Varios de los cables de suspensión están colgados en el aire, sujetos solamente en la parte superior. Está roto en cuatro secciones, y le falta un pedazo grande justo a la mitad. Una de las secciones está muy inclinada, y me pregunto cuánto tiempo pasará antes de que también caiga al agua.

La última vez que vi el Golden Gate, estaba volando en los brazos de Raffe.

El viento helado me golpea en cuanto bajo de la camioneta, y el aire salado me sabe a lágrimas.

Un grupo exiguo de gente se arremolina cerca de la orilla del agua bajo el puente, esperando que alguien les diga qué hacer. No esperaba encontrar a miles de personas, pero sí un poco más de gente.

—Nosotros rescatamos a la gente que estaba atrapada en Alcatraz —grita Dee. Actúa como si hubiera cientos de personas aquí—. Seguramente escucharon hablar de eso, ¿no es así? Los mismos barcos vienen en camino a salvarlos. Cuando lleguen, hagan su mejor esfuerzo por ayudar a los demás. Eso es lo correcto.

—Pero en caso de que no tengan ganas de hacer lo correcto —dice Dum—, vengan con nosotros al otro puente. ¡Vamos a mostrarles a los ángeles que se metieron con la raza equivocada!

Miro a mi alrededor y veo que hay más gente de la que había visto al principio. Veo destellos de ropa, sombreros, mochilas y armas moviéndose a nuestro alrededor entre los árboles, detrás de los autos y entre los restos de los barcos encallados en la banqueta.

La gente está escondida a nuestro alrededor, escucha, observa, lista para desaparecer a la menor señal. Algunas personas nos gritan preguntas desde sus escondites.

—¿Es verdad que los muertos se están levantando?

—¿Es cierto que unos demonios monstruosos vienen por nosotros?

Respondo las preguntas lo mejor que puedo.

—¿Tú eres Penryn? —pregunta alguien detrás de unos árboles.

—¿En serio mataste a un ángel?

—¡Por supuesto que sí! —grita Dum—. Ven a verlo por ti mismo esta noche. Tú también podrás convertirte en un asesino de ángeles.

Dum señala nuestro auto con la cabeza.

—Vamos —nos dice.

—Voy a difundir el evangelio sobre el concurso de talentos aquí y luego los alcanzo —Dee sonríe—. ¿Tienes idea de lo buena que será la tanda de apuestas esta noche?

—Va a ser *épica* —dice Dum mientras se pavonea entre la multitud.

Sigo a Dee de regreso a la camioneta. La mujer de Apple y el Coronel se quedarán a supervisar la evacuación, mientras que el resto de nosotros se dirige al puente de East Bay para prepararnos para la batalla.

—¿Creen que exista la posibilidad de que nuestros hombres sólo tomen los barcos y se vayan? —pregunto. Se me encoge el estómago ante la idea mientras conducimos por la ciudad.

—Yo creo que por lo menos la mitad de ellos hará lo correcto. Escogimos gente con familia entre la multitud —me señala con la cabeza a la gente que espera los barcos junto al agua. Dum ya está circulando entre ellos y corre la voz sobre el concurso de talentos.

—Por pura suerte —dice Dee mientras evita un poste eléctrico caído—, dejamos estacionado el gran premio del otro lado del Golden Gate.

—¿Qué gran premio?

—El premio del concurso de talentos.

—Ah —dice Sanjay, interesándose en la plática.

—Queríamos guardarla lejos de todos los que supieran de su existencia —dice Dee—. Pero no lo podíamos haber planeado mejor si hubiéramos sabido lo que iba a pasar después.

—¿Cuál es el premio?

—¿No lo sabes? —dice Dee, genuinamente sorprendido.

—Es una casa rodante —dice Sanjay sin entusiasmo.

—¿¡Qué!? —Dee mira a Sanjay a través de su espejo retrovisor.

—No es sólo una casa rodante. Es un vehículo superlujoso, completamente a prueba de balas, hecho a la medida, lleno de los víveres y medicamentos necesarios para sobrevivir todo el apocalipsis, y más. Lo que se imaginen se queda corto.

Levanto las cejas y trato de parecer interesada.

—No temas, mi pequeña aprendiz padawan. Algún día entenderás lo increíbles que son los Mellizos Tweedle.

—Sea lo que sea, estoy segura de que será entretenido, por lo menos —ahora, en vez de sonar como Obi, sueno como una madre tratando de ser paciente. Arrugo la nariz, molesta conmigo misma.

Dee sostiene un juego de llaves.

—Claro está, el ganador tendrá que sobrevivir el concurso de talentos y luego tendría que arrancar las llaves de las manos frías de mi cadáver —lanza las llaves al aire, las atrapa con una mano y las hace desparecer.

—Seguro que valdrá la pena —le digo.

—¿Lo ves? —dice Dee—. Es por eso que Penryn es nuestra líder. La chica sabe de lo que está hablando.

Pero no es cierto. Cuando llegamos al puente de East Bay, no hay nadie allí.

Se me hunde el ánimo cuando veo las calles vacías y el agua desierta. Mi mensaje está sonando por toda la península, y todos los que estaban en el campamento de la Resistencia saben que deben venir aquí si están dispuestos a luchar. No esperaba encontrar un grupo muy grande, pero me siento devastada al descubrir que nadie ha venido.

—No hay tiempo para descansar —me dice Dee al salir del auto—. Los chicos ya han empezado a traer los suministros —miro hacia donde está señalando. Hay un montón de tablones de madera esperándonos junto al agua—. Y ése debe ser nuestro taxi.

Dee señala a un ferry que se mueve hacia nosotros. Parece que fue blanco alguna vez, pero alguien le arrojó pintura oscura por encima para intentar camuflarlo.

—Bueno, al menos habrá cuatro de nosotros peleando contra ellos —trato de sonar alegre.

—Tres —dice Sanjay—. Yo estoy aquí sólo en calidad de experto. Los tipos como yo somos amantes, no soldados.

—Me temo que hoy serás un soldado —le digo, mientras lo empujo hacia el agua.

A eso de las dos de la tarde, Dum vuelve con una sonrisa satisfecha, pavoneándose como si acabara de lograr algo importante. Mucha gente ha llegado poco a poco, surgiendo de la nada. Ahora tenemos un equipo de trabajo de verdad. Madera, martillos y clavos, equipo de música e iluminación están siendo transportados, construidos y armados en el pedazo de isla del puente East Bay que elegimos para nuestra batalla final.

Cerca de las tres, las primeras pandillas llegan a la orilla. Ahora tenemos un número respetable de refugiados y soldados. Incluso le dimos la bienvenida a algunos de los viejos soldados de Obi que escucharon nuestro mensaje.

—Mejor morir como un hombre que huir como una cucaracha —dice un hombre barbudo que lidera a un gran grupo de gente con tatuajes de pandilleros, cuando se incorpora al equipo.

Si los otros refugiados no estaban un poco asustados antes, seguro que tienen un poco de miedo ahora. Éstos son los tipos que el resto de nosotros evitábamos a toda costa en las calles.

Aunque los pandilleros decidieron unirse a los buenos, en cuanto llegan su interés está más puesto en dejar claro quién es el jefe. Empujan a los demás, los obligan a ceder los lugares sombreados, les arrebatan sus alimentos y bebidas.

Todos están agotados y asustados, y ahora parece que sólo quieren pelear entre sí. Sinceramente, no sé cómo Obi manejaba todo esto. Me gustaría encontrar la manera de que todos pudiéramos huir y escondernos, pero no podemos hacerlo con tantas personas heridas. Así que, una vez más, no tengo más remedio que recurrir al concepto de la última batalla.

No me gusta el sonido de esa frase, "última batalla". ¿Heredé a la Resistencia sólo para ver cómo es aniquilada?

Cuando más pandillas se juntan en el puente, empiezan a chocar con las demás. Si no es por el color de sus camisetas o los dibujos en sus tatuajes, es cualquier otra cosa que se les ocurre conforme crece la población de pandilleros. Algunos están divididos por fronteras raciales, mientras que otros se dividen por fronteras geográficas: las pandillas del barrio de Tenderloin contra las de Palo Alto, y etcétera.

—Ésta es una combinación explosiva. Te das cuenta, ¿verdad? —pregunta Doc, quien se ofreció para ser el médico del campo a pesar de que su brazo sigue reposando en un cabestrillo. Además, todos sabemos que habría sido rechazado por la multitud del Golden Gate si hubiera querido quedarse ahí. Hay demasiados refugiados de Alcatraz en ese grupo.

—No tenemos que soportarnos unos a otros por mucho tiempo —le digo—. Son guerreros sanos y fuertes, y vamos a necesitarlos esta noche.

—Cuando Obi te pidió que te hicieras cargo, creo que tenía en mente que te hicieras cargo por mucho más tiempo del que estás considerando —Doc me recuerda a uno de mis antiguos profesores, a pesar de que se parece más a un estudiante universitario.

—Obi sabía exactamente lo que estaba haciendo —le digo—. Me pidió que mantuviera a la gente con vida. Si pelean un poco entre ellos mientras trato de hacerlo, tendremos que aprender a vivir con eso.

Los gemelos asienten, impresionados con mi actitud ruda.

—Nosotros nos encargaremos de ello —dice Dee.

—¿Qué piensan hacer?

—Lo que siempre hacemos —dice Dum.

—Darle a las masas lo que quieren —dice Dee mientras caminan hacia el grupo de hombres que se están provocando.

Los gemelos caminan directamente al centro de la riña con las manos en el aire. Comienzan a hablar. La gente los escucha.

Un hombre grande de cada pandilla da un paso al frente. Uno de los gemelos habla con los dos hombres grandes, y el otro gemelo toma nota mientras la gente del público le grita cifras. Luego, todo el mundo forma un gran círculo y deja a los dos hombres grandes en el centro.

Como si hubiera visto una señal, la multitud empieza a gritar y a brincar para ver mejor lo que está pasando en el centro. Han cerrado el círculo, así que no puedo ver lo que está pasando en el interior, pero puedo adivinarlo. Los gemelos han organizado una pelea oficial y están tomando apuestas. Todo el mundo está feliz.

No me extraña que Obi prefiriera tener cerca a los gemelos y soportara todas sus payasadas.

A las cuatro de la tarde, tenemos tantos concursantes para el espectáculo de talentos como miembros de la audiencia y combatientes. Estoy tan ocupada que apenas tengo tiempo para pensar en Raffe. Sin embargo, siempre está en mi cabeza, a pesar de todo.

¿Lo hará? ¿Matará a seres humanos para ser aceptado de vuelta en la sociedad de los ángeles? Si tenemos que pelear uno contra el otro, ¿me cazará como a un animal?

El fin del mundo no ha sacado a relucir las mejores cualidades de la humanidad. Raffe ha visto a la gente comportarse de maneras horrendas y lastimarse entre sí. Ojalá pudiera mostrarle la otra cara, lo mejor que podemos ser. Pero ésa es sólo una fantasía, ¿no es cierto?

Veo caras conocidas entre los combatientes voluntarios. Tatoo y Alpha de Alcatraz están ahí. Sus nombres reales son Dwaine y Randall, pero ya me acostumbré a pensar en ellos como Tattoo y Alpha, por lo que sigo llamándolos así. Otras personas han comenzado a llamarlos por esos nombres, así que corren el riesgo de convertirse en sus apodos permanentes.

Parece que la mitad de nuestro grupo tiene un apodo. Es como si todo el mundo sintiera que es una persona diferente ahora, y quieren un nombre distinto al que tenían en el Mundo de Antes.

Levanto la vista cuando la gente se hace a un lado para dejar pasar a un hombre con traje y sombrero de chofer que se dirige hacia mí. Todo el mundo se queda mirándole las encías y los dientes descubiertos y la carne cruda donde su piel debería estar cubriendo la parte inferior de su rostro.

—Escuché tu mensaje —dice con la misma dificultad de antes—. Me alegra que hayas sobrevivido en el nido. Me gustaría mucho ayudar.

Le dedico una pequeña sonrisa.

—Gracias. Nos serviría mucho tu ayuda.

—Sí, ahora mismo, si es posible —dice Sanjay, tambaleándose y jadeando junto a nosotros, tratando de transportar un montón de tablones de madera. Mi exchofer se apresura a ayudarlo.

—Gracias —dice Sanjay con alivio.

Los veo cargar los tablones hasta un barco. Les ha sido fácil hacerse camaradas.

De pronto, siento como si tuviera un submarino de plomo en el estómago cuando pienso en todas las personas que seguramente van a morir porque me creyeron cuando les dije que valía la pena luchar.

56

El sol brilla en el agua oscura de la bahía a nuestro alrededor. A pesar de que todavía no anochece, el cielo comienza a oscurecerse poco a poco. A lo lejos, el fuego en el extremo sur de la península lanza gruesas columnas de humo negro al aire.

No es igual al resplandor rojizo de la Fosa, pero me lo recuerda. En vez de resultarme sofocante, sin embargo, nuestra civilización en llamas es irónicamente hermosa. El cielo está vivo y bailando con todos los colores del fuego: marrón, naranja, amarillo y rojo. Hay columnas de humo oscuro atravesando el cielo, pero en vez de opacar los colores, el cielo las mezcla y las absorbe. Oscurece algunos colores mientras contrasta con otros.

Aquí, sobre la isla de concreto que alguna vez formó parte del hermoso puente de East Bay, el entusiasmo es palpable. Se siente en toda la multitud, ahora es una multitud, cuando la gente se arremolina alrededor del puente roto entre San Francisco y la bahía del este.

Todo el mundo está ayudando a construir o arreglar algo. Pandilleros sin camisa presumen sus músculos tatuados mientras trepan a toda velocidad a los puntos más altos del puente suspendido. Facciones completas de pandillas diferentes compiten por colgar los altavoces y los focos gigantes. Además de la gloria de la victoria, el ganador de la carrera reclama algún premio que Dee y Dum han ofrecido.

Estamos construyendo un escenario improvisado. Mientras tanto, varias personas practican sus actuaciones alrededor. Amontonamos algunos cajones de madera unos sobre otros y los juntamos torpemente con clavos para formar las escaleras del escenario.

Un grupo de hombres vestidos con ropa de camuflaje gris caminan delante de mí con sus rifles. Llevan grandes audífonos alrededor del cuello, y gafas de visión nocturna en la cabeza. Yo también tengo audífonos colgando del cuello, pero no tengo gafas. Y en vez de un rifle, llevo un par de cuchillos como armas. Tenemos muchas armas de fuego, pero las balas están reservadas para los expertos. No podemos darnos el lujo de desperdiciarlas.

Un par de hombres lleva trajes de camuflaje muy elaborados. Parecen tiendas de campaña con cosas colgando por todas partes. Me recuerdan a unos monstruos del pantano.

—¿Qué traen puesto esos chicos? —pregunto.

—Trajes de Ghillie —me responde Dee-Dum, como si eso lo explicara todo.

—Ah, claro, sí —asiento rápidamente, como si tuviera idea de lo que eso significa.

Miro a mi alrededor para ver si puedo ser útil en algún lado, y veo que todos tienen algo que hacer, y lo están haciendo. Dee se está encargando de todos los detalles del espectáculo, mientras que Dum está organizando al público para practicar un simulacro del escape. El Coronel y la otra mujer del consejo, a quien me refiero en mi mente como la "señora logística", se pasean entre la multitud: dirigen proyectos y se aseguran de que todo mundo haga su tarea.

Doc está a cargo de nuestra clínica improvisada, que las personas evitan a toda costa, a menos de que realmente se hayan lastimado. Tengo que admitirlo, estoy bastante impresionada con la dedicación de Doc hacia nuestra gente, aunque siempre voy a pensar que es un monstruo por las cosas que hizo.

En la orilla rota del puente, donde la barra de refuerzo sobresale en el aire, mi hermana está sentada con las piernas colgando por el borde. Dos de sus mascotas con cola de escorpión están acurrucadas a su lado, mientras que la tercera vuela dando vueltas frente a ella. Quizás está tratando de atrapar algunos peces. Paige y sus langostas son las únicas que tienen un poco de espacio a su alrededor, pues todo el mundo las rodea para evitar acercarse a ellas.

No me gusta que esté aquí, tan cerca del peligro. Pero por más que intenté razonar con ellas, tanto mamá como Paige se negaron a dejarme. Me pone los pelos de punta que sean parte de la pelea, pero he aprendido que cuando te separas de tus seres queridos no hay garantía de que vuelvas a verlos alguna vez.

El rostro de Raffe me viene a la cabeza, como lo ha hecho mil veces hoy. En este recuerdo, tiene una sonrisa traviesa en los labios mientras se burla de mi ropa cuando estábamos en la casa de playa. Sacudo la cabeza para expulsar el recuerdo de mi mente. Dudo que tenga una sonrisa traviesa en los labios cuando esté masacrando a mi pueblo.

Veo a mi madre cerca de Paige, con un grupo de miembros del culto con sus ridículos vestidos de sábanas. Todos tienen las marcas de amnistía de los ángeles en sus cabezas afeitadas.

Mi madre me dice que se han comprometido a compensar su pecado de traicionarme, pero yo hubiera preferido que no estuvieran aquí. Aun así, si quieren demostrar su compromiso con nuestra causa, quedarse con mi madre es una buena manera de demostrarlo. Eso los mantiene fuera de mi camino. Y estoy bastante segura de que mi madre les está haciendo pagar su penitencia.

Parece que el único grupo que necesita un poco de ayuda es el equipo que trabaja en el escenario. Consigo un martillo y me pongo de rodillas para ayudar a construirlo.

El hombre a mi lado me dedica una sonrisa triste y me da unos clavos. Qué bella es la gloria del liderazgo.

No entiendo a las personas hambrientas de poder como Uriel. ¿Qué demonios están pensando? Hasta ahora, por lo que me ha tocado vivir, veo que un líder tiene que preocuparse por todo, y además tiene que mancharse las manos con el trabajo sucio.

Me pongo manos a la obra, trato de relajarme y de no ceder al pánico que quiere atraparme por la garganta.

El sol empieza a ponerse y le añade un brillo dorado al agua. Jirones de niebla comienzan a arrastrarse sobre la bahía. Debería ser una escena pacífica, pero yo siento que mi sangre se está congelando con cada segundo que pasa.

Mis manos se sienten frías y torpes, y mi aliento se condensa en una pequeña nube frente a mi rostro. Parecería que no tengo suficiente sangre en mi cuerpo y puedo sentir cómo mi rostro palidece poco a poco.

Tengo miedo.

Hasta ahora, realmente creía que podríamos sobrevivir a esto. El plan sonaba bien en mi cabeza. Pero ahora que el sol se pone y las cosas están casi listas, tengo miedo por toda esta gente que me creyó cuando le dije que tenía un buen plan. ¿Por qué alguien habría de escucharme *a mí*? ¿Qué no saben que no puedo planear ni mi vida amorosa?

Hay mucha más gente aquí de la que tendría que haber, y nuestras filas siguen creciendo mientras los barcos continúan transportando a más a nuestro puente roto. No necesitamos a tantos, sólo los suficientes para convencer a los ángeles de que venir aquí en vez de ir al puente Golden Gate es digno de su tiempo. Pero dejamos el mensaje repitiéndose por la ciudad, y más y más personas están llegando. Nunca se nos ocurrió poner un límite al tamaño del público, porque pensamos que sería un milagro si más de tres personas llegaban a ayudarnos.

Todos saben que los ángeles vendrán por nosotros. Todos saben que ésta puede ser nuestra última batalla. Todos saben que lo más probable es que sean masacrados.

Sin embargo, siguen llegando. En tropel.

No sólo llegan personas sanas, los heridos, los niños, los ancianos, los enfermos, todos han querido venir a llenar nuestra pequeña isla de concreto y acero. Hay demasiados.

Es una trampa mortal. Puedo sentirlo en mis huesos. El ruido, las luces, *un concurso de talentos*, por el amor de Dios, en el apocalíptico Fin de los Tiempos. ¿En qué estaba pensando?

A pesar de la falta de espacio, el público mantiene una distancia respetuosa de las cortinas y separadores que colocamos para formar un vestidor improvisado al lado del escenario.

Dee sube al escenario y rebota en él.

—Buen trabajo, chicos. Creo que nos sostendrá durante un par de horas al menos. No está mal. Pone las manos alrededor de su boca y grita a la multitud: ¡El espectáculo comienza en diez minutos, amigos!

Me resulta extraño que no grite el anuncio hacia la zona del vestidor, sino hacia el público en general. Pero supongo que tiene razón, todo el mundo aquí es parte del espectáculo esta noche.

Camino hacia el escenario improvisado. Siento el pánico que me recorre las venas. La última vez que estuve en un escenario, los ángeles se volvieron locos y decidieron que matarían a todos los humanos a su alrededor.

Esta vez, me encuentro delante de un público de humanos igualmente cargados de emociones. Pero la emoción que los aqueja aquí es miedo y pánico apenas contenido, no la sed de sangre que domina a los ángeles.

Delante de mí hay una multitud de pie, con apenas suficiente espacio para moverse. Lo único que limita el número de personas son las dimensiones de la isla de concreto que elegimos para nuestra última batalla.

La gente está demasiado cerca de la orilla del puente roto, donde las barras de refuerzo cuelgan como brazos muertos sobre el agua oscura. Algunas personas tienen niños sentados en sus hombros. Los adolescentes y los pandilleros se cuelgan de los cables de suspensión que se elevan hacia el cielo y desaparecen en la niebla que se está juntando poco a poco por encima de nosotros.

La niebla que se acerca, cubriendo todo con su manto blanco, me preocupa. Me preocupa mucho. Si no podemos verlos, ¿cómo vamos a luchar contra los ángeles?

57

Debe haber al menos mil personas aquí. Por sus expresiones, me doy cuenta que los gemelos tampoco esperaban que llegara tanta gente.

—No lo entiendo —digo cuando me reúno con los gemelos en el escenario. Los dos están vestidos con trajes llenos de parches, caras de payaso y cabello despeinado. Ambos tienen micrófonos que me hacen pensar en enormes conos de helado.

—¿Por qué hay tanta gente aquí? —los miro, desconcertada—. Pensé que les habíamos dejado claro que sería muy peligroso. ¿Qué no tienen una pizca de sentido común?

Dee revisa que su micrófono esté apagado.

—No es una cuestión de sentido común —Dee examina a la multitud con cierto orgullo.

Dum también comprueba que su micrófono esté apagado.

—No es una cuestión de lógica o de sentido práctico o de cualquier cosa que tenga una mínima cantidad de sentido —tiene una sonrisa grande en el rostro.

—Es la idea detrás de un concurso de talentos —dice Dee, mientras da una vuelta en el escenario—. Es ilógico, caótico, estúpido y absolutamente divertido —Dee le hace una seña a Dum—. Es lo que nos diferencia de los monos. ¿Qué otra especie organiza concursos de talentos?

—Sí, está bien, pero ¿qué hay del peligro? —pregunto.

—No tengo una respuesta para eso —dice Dum.

—Saben que es peligroso —Dee saluda a la multitud—, saben que sólo tienen veinticinco segundos para evacuar. Todos saben en lo que se están metiendo.

—Tal vez están hartos de no ser más que ratas hurgando entre la basura y huyendo por sus vidas —Dee les saca la lengua a los niños que están sentados sobre los hombros de sus padres—. Tal vez quieren sentirse humanos otra vez, aunque sólo sea por una hora.

Me quedo pensando en eso. Es cierto que nos hemos convertido en ratas y cucarachas desde que los ángeles llegaron a nuestro mundo. Todos, incluso los pandilleros más rudos, tiene miedo. Siempre estamos preocupados por tener suficiente comida y un techo y cubrir nuestras necesidades humanas más básicas. Preocupados por nuestros amigos y nuestra familia, sin saber si vamos a sobrevivir un día más, preocupados por los monstruos que nos atacan a media noche y nos comen vivos.

Y ahora tenemos esto. Un concurso de talentos. Tonto y sin sentido. Estúpido y divertido. Todos juntos. Riendo. Formando parte de la raza humana. Sabemos de los horrores que han sucedido, y de los que ocurrirán, pero de todos modos elegimos *vivir*. Tal vez el hecho de ser humano es un arte.

A veces me siento como una marciana en medio de tanta humanidad.

—O tal vez —dice Dum— están aquí porque quieren ganarse —enciende su micrófono— ¡la *increíble*, mágica, inigualable *casa rodante*! —hace un ademán teatral con el brazo y muestra el telón de fondo del escenario.

Hay mucha luz todavía, así que la imagen que se proyecta en el telón apenas logra distinguirse, pero es la foto de una casa rodante que parece vieja y sucia.

—Sí, pueden creerle a sus ojos, señoras y señores —dice Dee—. Ésta es una casa rodante de primera categoría. En los viejos tiempos, una belleza como ésta costaría qué, ¿unos cien mil dólares?

—O un millón —dice Dum.

—O diez millones, dependiendo de lo que quieran hacer con ella —dice Dee.

—Esta nena es completamente a prueba de balas —dice Dum. La multitud guarda silencio.

—Sí, escucharon bien —dice Dee.

—A prueba de balas —dice Dum.

—A prueba de explosiones —dice Dee.

—Y a prueba de zombis que atacan en mitad de la noche —dice Dum.

—Está equipada con un sistema de alarma contra intrusos, tres cámaras de video con rango de trescientos sesenta grados para vigilar los alrededores en todo momento, sensores de movimiento a distancia para que sepan si alguien o algo está cerca. Y lo mejor de todo… —la imagen que se proyecta detrás de ellos ahora muestra el interior de la casa rodante.

—Puro lujo del Mundo de Antes —dice Dee—. Asientos de piel, camas *king size*, una mesa de comedor, televisión, lavadora de ropa y su propio baño completo con regadera —dice Dum.

—Para aquellos que se preguntan de qué serviría la televisión, nos hemos asegurado de acondicionarla con una enorme colección de películas. ¿Quién necesita de cable o internet cuando tiene su propio generador integrado en su casa?

—Nos tomó una semana conseguir que la pintura pareciera tan sucia y vieja como la ven ahora. Y créanme, nos rompió el corazón tener que arruinar esta belleza, pero en estos días es mejor no llamar la atención cuando se va por los caminos.

—Hablando de los caminos —dice Dee—. Puede viajar cincuenta kilómetros con las cuatro llantas ponchadas. Puede subir colinas y rodar sobre otros autos si es necesario. Es un vehículo todoterreno sacado directamente de nuestros sueños húmedos, señoras y señores. Si alguna vez amamos algo tanto como amamos a esta casa rodante, seguro que le decíamos mamá.

—No pierdan sus boletos de la rifa —dice Dum—. Podrían valer más que su vida.

Ahora entiendo un poco mejor. Estoy segura de que algunas personas vinieron a luchar junto a otros seres humanos en nuestra batalla final por la supervivencia de nuestra raza, pero estoy igualmente segura de que algunos vinieron para tener una oportunidad de ganar la casa rodante del Mundo del Mañana.

La proyección de la casa rodante se apaga. Ahora se encienden unos reflectores enormes que hacen brillar el escenario. Me estremezco ante la cantidad de luz, visible a kilómetros a la redonda, pero luego recuerdo que debe ser llamativo.

Los altavoces retumban con un gemido que se convierte en un chillido estridente que resuena en todas las bocinas que conectamos a lo largo del puente roto.

Busco entre el cielo crepuscular y no veo nada más que la hermosa puesta de sol coloreando la bruma. Este cielo es un telón de fondo mágico para nuestro concurso, que parece milagroso en sí mismo.

Dee y Dum hacen un bailecito en el escenario, luego hacen una reverencia como si estuvieran esperando la respuesta de un espectáculo de Broadway de parte del público. Al principio, los aplausos son pocos y dispersos, tímidos y con miedo.

—¡Yuuupiiii! —grita Dee en el micrófono. Su grito resuena a través de toda la multitud—. Maldita sea, se siente bien hacer un poco de ruido. Tenemos que sacarlo de nuestro sistema, gente.

—Si vamos a rebelarnos, ¡mejor hacerlo con ruido y gusto! —dice Dum.

—Ahora todos, vamos a crear un momento de alegría gritando todo lo que han estado sintiendo estas últimas semanas. ¿Listos? ¡A gritar!

Los gemelos dejan escapar un grito en sus micrófonos que libera todo tipo de energía almacenada, desde el entusiasmo hasta la ira, desde la desesperación hasta la alegría.

Al principio, sólo uno o dos gritos hacen eco después del de los gemelos. Luego más personas se unen. Después más. Hasta que toda la gente está gritando con toda la fuerza de sus pulmones.

Es posible que sea la primera vez desde el Gran Ataque que alguien habla en voz alta sin preocuparse. Una ola de miedo y alegría recorre la multitud. Algunos comienzan a llorar. Otros empiezan a reír.

—Vaya —dice Dum—. Eso es lo más humano que he escuchado en meses.

—¡Gracias totales! —Dum golpea su puño contra el pecho y se inclina ante el público.

El ruido continúa durante un rato más, y luego se desvanece. La gente está nerviosa y ansiosa, pero también está emocionada. Algunas personas tienen una sonrisa en el rostro, otras tienen el ceño fruncido. Pero todos están aquí, vivos y en alerta.

Me instalo en mi lugar asignado en la esquina del escenario y miro a mi alrededor. Estoy en el equipo de tierra, lo que significa que esta noche soy una de las vigías hasta que la acción llegue al suelo. Exploro el horizonte. Cada vez me resulta más difícil ver entre la niebla, pero no alcanzo a distinguir ninguna formación de ángeles volando por el cielo.

Dos barcos tiran cubetas de vísceras picadas de pescado al agua alrededor de nuestro pedazo de puente. Un gran charco de sangre se extiende detrás de los barcos.

Los gemelos regresan al centro el escenario con sonrisas tontas en sus rostros.

—Señoras y señores, y los que no encajan en ninguna de las dos categorías, yo soy su maestro de ceremonias, Tweedledee —hace una reverencia—. Y éste es mi comaestro de ceremonias, mi hermano y mi perdición, ¡Tweedledum!

El público grita y aplaude. No sé si los gemelos son muy populares, o la gente realmente disfruta poder hacer ruido de nuevo. Los gemelos hacen reverencias profundas moviendo las manos teatralmente.

—Esta noche, tenemos el espectáculo de la vida listo para ustedes. ¡Es imperdible, imposible, innegablemente impresionante!

—No nos hacemos responsables de ninguna de las cosas malas que puedan suceder esta noche —dice Dum.

—Y asumimos todo el crédito por las cosas fabulosas, fantásticas y fenomenales que definitivamente van a suceder esta noche —dice Dee.

—Y sin más preámbulos —dice Dum—, permítannos presentarles a nuestros primeros participantes del concurso de talentos del Mundo del Mañana. ¡El Ballet de San Francisco!

Hay un silencio de asombro mientras todos se miran unos a otros, preguntándose si escucharon bien.

—Sí, escucharon bien, querido público —dice Dee—, el Ballet de San Francisco está aquí para bailar para ustedes esta noche.

—Les dije que había mucho talento en las calles —dice Dum.

Tres mujeres con tutús de ballet y cuatro hombres con medias de color rosa a juego salen al escenario. Caminan con la gracia de los bailarines profesionales de ballet. Una de las bailarinas se acerca a Dee mientras los demás se colocan en sus lugares. Ella toma el micrófono y se para en el centro de la escena hasta que el público se calma y guarda silencio.

—Somos lo que queda de la compañía de Ballet de San Francisco. Hace un par de meses, éramos más de setenta. Cuando el mundo se derrumbó, muchos no sabíamos qué hacer. Al igual que ustedes, nos quedamos con nuestras familias y tratamos de encontrar a nuestros seres queridos.

"Pero para nosotros, los bailarines, la compañía de ballet también es como nuestra familia, así que buscamos entre los escombros de nuestro teatro y estudio de danza para encontrar a aquellos de nosotros que habían caído. Al final, doce logramos encontrarnos, pero no todos sobrevivimos hasta ahora.

"Esta danza es la que estábamos practicando el día que el mundo terminó. Está dedicada a los miembros de nuestra familia que no están aquí hoy —su voz es clara y fuerte. Se escucha a través de la multitud como el viento que nos acaricia el cuello.

La bailarina le devuelve el micrófono a Dee y adopta su postura inicial. Los bailarines se colocan en lo que parecen lugares al azar en una fila. Casi podría rellenar el resto de la fila en mi mente con los demás bailarines que no pudieron estar aquí esta noche.

La música comienza y las luces siguen a los bailarines mientras saltan y hacen piruetas por el escenario. Es una extraña pero elegante danza posmoderna en la que faltan la mayoría de los artistas.

De pronto, una pareja de bailarines —un hombre y una mujer— caminan al centro del escenario y bailan juntos, mientras que el resto retrocede y flota en el aire sobre sus dedos de los pies. Sus movimientos son elegantes y románticos.

Luego, un bailarín camina hacia el centro del escenario para reemplazar a la pareja. Queda claro por el espacio vacío entre sus brazos y el movimiento triste de su cuerpo que le falta su pareja. Baila su parte del dúo con los brazos vacíos.

Después de él, el resto de los bailarines caminan al centro, uno por uno, a bailar con su pareja fantasma.

Acarician el aire donde habría estado el rostro de su pareja. Giran y aterrizan en el suelo con los brazos extendidos, anhelantes.

Solos en un mundo duro y miserable.

Observo la hermosa danza con una punzada en el pecho.

Entonces, justo cuando siento que ya no puedo soportar la tristeza, un bailarín se les une desde un lado del escenario. Es un hombre en harapos, sucio y medio muerto de hambre. Ni siquiera tiene puestas zapatillas de ballet. Lleva los pies descalzos cuando se desliza hacia el centro del escenario para tomar su lugar en la danza.

Los otros bailarines lo miran, y nos queda claro que es uno de ellos. Uno de los perdidos. Por la expresión de sorpresa en sus rostros, se nota que no lo estaban esperando. No es parte del espectáculo. Él debe haberlos visto en el escenario y decidió unírseles.

Sorprendentemente, el baile continúa sin perder un instante. El recién llegado simplemente se coloca en su lugar, y la última bailarina, que hubiera bailado con su pareja fantasma, baila con el recién llegado.

La danza ahora está llena de alegría, y la bailarina suelta una carcajada de felicidad. Su voz es clara y alta, y nos levanta el ánimo a todos.

58

Cuando termina la danza, la multitud se vuelve loca entre aplausos y vítores. No hay preocupación alguna en sus aplausos, silbidos y gritos de bravo.

Es maravilloso.

Nunca antes me había sentido tan conmovida por una actuación. No es que haya ido a muchos ballets u otros espectáculos en vivo. Pero el sentido de camaradería que se siente esta noche me deja sin aliento.

Como verdaderos profesionales, el grupo de danza hace una reverencia antes de que los bailarines corran hacia el recién llegado al escenario. Sus abrazos, sus lágrimas, sus gritos de alegría, es una dicha ser testigo.

De inmediato, los bailarines se extienden en una fila, se toman de las manos y hacen otra reverencia. Todos aplaudimos de pie, y nadie se preocupa por el ruido que estamos haciendo o lo que podría llegar a sucedernos.

Los gemelos tienen razón. Esto es *vida*.

Nadie podría superar la presentación de ballet, y me imagino que nadie va a intentarlo siquiera. Pero todo el mundo parece feliz de haber sido parte de esto.

Los gemelos suben de nuevo al escenario para hacer algunas payasadas y entretener al público. Supongo que le están dando a la gente tiempo para asimilar lo que acaban de presenciar mientras otra persona junta suficiente valor para concursar. Realizan un acto de magia que parece casi profesional. Lo echan a perder un par de veces, pero sé que lo hacen por el efecto cómico, porque he visto su trabajo y es increíble, tan bueno como el de cualquier mago profesional.

Después de eso, un hombre joven se acerca al escenario con una guitarra vieja y golpeada. Parece que no se ha bañado en varios días, tiene la barba crecida, y su camisa está salpicada de sangre seca.

—Ésta es una canción del gran Jeff Buckley, llamada "Aleluya" —comienza a tocar la guitarra en el escenario, y de repente se transforma en alguien que sin duda hubiera sido una celebridad en cualquier otro momento.

Los acordes agridulces de su guitarra recorren la bahía mientras su voz toma impulso cada vez más. Poco a poco, la gente empieza a cantar junto con él. Algunos de nosotros tenemos lágrimas en el rostro que se secan con el viento frío mientras cantamos "Aleluya" con voces quebradas.

Cuando termina, hay un momento de silencio. Nos quedamos pensando sobre la vida y el amor y otras cosas que duelen y están rotas, pero siguen siendo un triunfo.

Los aplausos son tenues al principio, pero rápidamente adoptan una alegría salvaje.

Después de eso, el cantante rasguea su guitarra sin rumbo hasta que encuentra una melodía familiar. Comienza a cantar una canción pop ligera y divertida y optimista. Todo el mundo baila y brinca y canta con él.

Estamos lejos de ser tan buenos como los ángeles que escuché cantando en el nido. Muchos cantamos fuera de tono. Nadie diría que somos buenos, mucho menos perfectos, como los ángeles. Pero cantamos juntos: los miembros del culto con sus feas marcas de amnistía, las pandillas rivales colgando de los cables de suspensión, los soldados enojados, los padres con sus hijos sobre sus hombros. Es una sensación que nunca olvidaré en lo que me quede de vida. El tiempo que sea.

Me aferro a la sensación y trato de guardarla en la bóveda en mi cabeza, donde sé que estará segura y conmigo para siempre. Nunca había metido nada bueno allí, pero quiero asegurarme de no perderlo. Es posible que éste sea el último gran espectáculo humano en la historia de la Tierra.

Y entonces, lo oigo.

Lo que me aterra. Lo que he estado esperando.

Un zumbido muy bajo. Y el aire comienza a moverse.

La niebla está en ebullición, demasiado cerca de nosotros. Ya vienen.

El cielo se oscurece con sus cuerpos, y la niebla se arremolina con el aire causado por mil alas. Nadie los vio venir entre la niebla, o tal vez todos estábamos demasiado hipnotizados por el espectáculo como para darnos cuenta de que venían en camino.

Una voz inicia la cuenta regresiva por el altavoz. Se supone que ésa es la señal para que el público corra a esconderse y que todo el mundo adopte su posición de ataque.

—Cinco…

¿Cinco? Se supone que la cuenta empezaba desde el veinticinco.

Todo el mundo pierde un segundo invaluable dándose cuenta de que no tenemos más tiempo.

—Cuatro…

Todo el mundo se pone en movimiento al mismo tiempo. La gente se empuja y trata de huir. Hay pánico. El público y los concursantes apenas tienen cuatro segundos para evacuar hacia la red escondida debajo del puente.

El concursante en el escenario sigue cantando, como si no le importara que el infierno se congelara, o que una bandada de ángeles apocalípticos descendieran sobre nosotros. Nada puede interrumpir el espectáculo más importante de su vida. Terminó su canción pop y ahora está cantando una canción de amor.

—Tres…

Tengo que ignorar el impulso de correr a esconderme como todos los demás. Mantengo mi posición y me coloco unos tapones dentro de los oídos, dejando mis pesados audífonos alrededor del cuello. Veo a los otros hacer lo mismo en la orilla del escenario, sobre las vigas y colgados desde los cables de suspensión.

—Dos…

Hay demasiadas personas corriendo en la misma dirección. La red que colocamos por debajo del puente sólo puede sostener a cierta cantidad. Es un caos total, con todo el mundo corriendo y gritando desesperadamente.

—Uno…

Cuando la multitud se dispersa, sólo quedan los hombres vestidos de camuflaje que se colocan en sus posiciones.

Una nube de langostas se acerca a nosotros desde la niebla, mucho más rápido de lo que hubiera esperado, en una ráfaga de aguijones y colmillos.

¿Langostas?

¿Dónde están los ángeles?

59

Varios disparos estallan contra el enjambre de langostas, pero podríamos estar disparándole a las nubes, pues no hace ninguna diferencia. Supongo que las langostas fueron atraídas por las luces y el ruido que estaban destinados a atraer a los ángeles.

Están aterrizando en cuatro patas por todas partes a nuestro alrededor. Escucho disparos por todos los sitios cuando el personal de tierra entra en acción.

Saco mis cuchillos justo cuando una langosta cae desde el cielo delante de mí. Su cola de escorpión se levanta sobre su cabeza y me ataca de repente.

Mis brazos entran en acción automáticamente. La apuñalo con mis cuchillos. Daría cualquier cosa por tener a Osito Pooky ahora mismo.

Ese pensamiento hace que me hierva la sangre. Le devolví su espada a Raffe voluntariamente.

La apuñalo de nuevo.

La langosta se mueve para evitar mi cuchillo.

El escorpión frente a mí está haciendo su mejor esfuerzo por matarme. Mueve tan rápido su aguijón que por un instante me pregunto si era un bailarín de tap en su vida anterior.

En unos segundos estoy empapada de sudor. Rechazo sus ataques y al mismo tiempo trato de atacarla. Mis pequeños cuchillos no van a hacer nada más que molestarla.

Giro hacia un lado y le doy una patada lateral rápida. Mi pie choca contra su rodilla con un crujido.

La langosta grita de dolor y cae de lado cuando su rodilla se rompe.

Me inclino y le pateo la otra pierna. El monstruo se derrumba.

—¡Deténganse! —mi hermana corre hacia el centro del puente flanqueada por sus langostas, gritándoles a todos a su alrededor.

Es una zona de guerra, con balas zumbando en todas direcciones, pero ella corre al centro de todo con los brazos en alto. Siento temblar mis piernas cuando la veo.

—¡Deténganse!

No sé quién se detiene primero, nuestros combatientes o las langostas, pero ambas partes se detienen a mirarla. Un sentimiento de esperanza y de maravilla me inunda el pecho cuando veo a mi hermana detener una sangrienta batalla con su pura convicción.

No sé qué quería hacer Paige después de eso, porque en ese momento una langosta enorme aterriza a su lado.

La raya blanca en su cabello es inconfundible, así como su ira demente. Esta vez, Raffe no está aquí para intimidarlo. Raya Blanca atrapa a una de las mascotas de Paige y la levanta en el aire por encima de su cabeza como si fuera un bebé inquieto retorciéndose.

—¡No! —Paige levanta las manos tratando de alcanzarlo como un niño pequeño pidiéndole a un matón que le devuelva su juguete.

Raya Blanca estrella a la langosta contra su rodilla, lo que rompe la espalda de la bestia con un chasquido.

—¡No! —grita Paige. Su rostro cortado se pone rojo, y se inflaman todas las venas de su cuello magullado.

Raya Blanca lanza a la langosta rota contra el concreto. Haciendo caso omiso de mi hermana, comienza a acechar a la bestia inválida.

La langosta herida se arrastra hacia adelante con las manos. Intenta alejarse de Raya Blanca, arrastra sus piernas muertas detrás de él. Raya Blanca está haciendo un espectáculo, resoplando y parándose muy erguido para que todos lo vean. En efecto, cada uno de los monstruos con cola de escorpión lo observa con atención. Me queda claro que quiere demostrar que él es el rey de las langostas y que nadie más puede atreverse a desafiarlo.

Eso significa que tendrá que matar a Paige.

Corro hacia mi hermana, a través de los espectadores. Aunque el aire está lleno de langostas, nadie más está peleando en el puente. Doc nos había advertido que algunas langostas podrían estar de nuestro lado. Ahora nadie sabe bien qué hacer. Todo el mundo en el puente, langostas y humanos, observa en silencio el desarrollo del drama.

El rostro de Paige está lleno de tristeza mientras observa a su mascota arrastrarse indefensa por el asfalto, incapaz de mover sus piernas o su cola. Empieza a sollozar.

Eso parece enfurecer a Raya Blanca. La ataca de repente con su cola.

Grito. Siempre que había visto a mi hermana ganar una pelea, Paige tenía el factor sorpresa de su lado. Pero esta vez, Raya Blanca sabe que mi hermana es una amenaza y quiere matarla a toda costa.

Entonces alguien grita por el altavoz:

—¡Ya vienen!

La masa oscura de langostas gira y se mueve por encima del puente. Tapa el cielo por un momento. Entre los aguijones y las alas iridiscentes, alcanzo a distinguir una marea creciente de alas de aves de presa.

La cacería de sangre acaba de comenzar.

60

Intento arrojar mi miedo y mi ansiedad dentro de la bóveda en mi cabeza, pero son demasiado grandes.

Cuando vuelvo a mirar hacia el suelo, veo que Paige acaba de hincar sus dientes en el brazo de Raya Blanca. Está viva y peleando.

Corro hacia ella. Trato de agacharme lo más posible en caso de que haya una bala perdida.

En el centro del puente, Raya Blanca golpea a Paige con un brazo y la arroja contra el suelo como un perro rabioso, luego le pone un pie en el pecho y la sostiene ahí mientras se cierne sobre ella.

Mi hermana se debate furiosamente debajo de él. Ver a su mascota paralizada y arrastrándose indefensa debe haber provocado algo en ella, algo tan violento e intenso que la posee por completo.

Justo cuando logro acercarme, sus dos mascotas restantes atacan a Raya Blanca. Pero no pueden competir contra el monstruo, y las lanza a un lado fácilmente.

El resto de las langostas con cola de escorpión vuelan en círculos nerviosos arriba y enfrente de mí, en todas las direcciones, apenas evitando chocar entre sí. Parecen confundidas y angustiadas.

No puedo atravesar el muro que forman con sus cuerpos y tengo que retroceder.

Raya Blanca levanta su enorme aguijón, preparándose para golpear con él a mi hermana pequeña, quien aún se debate debajo de su pie.

Trato de lanzarme entre las langostas, pero sus aguijones están por todas partes y no puedo pasar. En el otro lado de la pelea, veo a mi madre enfrentando el mismo problema.

Raya Blanca azota su aguijón hacia abajo, contra mi hermana.

Yo grito y me lanzo hacia ellos. Una langosta choca contra mí, y me estrello en el concreto.

Increíblemente, Paige se mueve más rápido. Quita su cuerpo fuera del camino del aguijón, que se estrella contra el asfalto e incrusta su punta en el puente.

Antes de que Raya Blanca pueda sacarla, Paige le muerde la cola. Sangre roja brota a borbotones alrededor de su boca, como si le hubiera mordido una arteria. Le arranca un pedazo de cola antes de que pueda alejarla de nuevo.

Esta vez, cuando la golpea, veo desesperación en su rostro. Esta vez, cuando la golpea, una langosta cae del cielo y la pica en el cuello.

Raya Blanca golpea ciegamente y atrapa a la langosta traidora. Le rompe el cuello con las manos y arroja su cadáver al asfalto. Otra langosta la golpea con su cuerpo en un sobrevuelo rápido. Raya Blanca se tambalea, se olvida de Paige durante una fracción de segundo. Tiempo suficiente para que ella se libere de su pie.

En ese momento, dos langostas se lanzan contra Paige.

Ella se agacha, evita a una y ataca a la otra de frente. Mi sangre se congela en mis venas cuando la langosta de Raya Blanca dispara su aguijón contra mi hermana.

Un disparo de escopeta se estrella contra la langosta que atacaba a Paige.

La langosta cae retorciéndose en el suelo. El tirador está cerca de mí, y me resulta conocido.

Martin mira a Paige y asiente, con su rifle apuntando todavía a la langosta que sangra tirada en el suelo. Si sigue así, tal vez lo perdone por tratar de linchar a Paige hace unos días.

Paige se da la vuelta y salta a la garganta de Raya Blanca.

Varias langostas comienzan a volar junto a Paige, dan vueltas encima de ella mientras pelea enfurecida. Parecen atraídas por sus gritos furiosos, a pesar de la influencia que Raya Blanca tiene sobre ellas.

Otro grupo de langostas vuela por encima de Raya Blanca. Me pregunto si va a comenzar una batalla campal entre ellas.

Las que vuelan sobre Paige se lanzan a atacar a Raya Blanca. Las de Raya Blanca se lanzan a atacar a Paige.

Martin dispara contra las langostas que atacan a Paige cuando se abalanzan sobre ella.

Las langostas chocan en el aire, se estrellan y se pican unas a otras con sus aguijones hasta que una horda entera envuelve a Raya Blanca y a Paige.

No puedo ver lo que está pasando bajo la masa enorme de alas y aguijones.

Dejo de respirar durante lo que me parece un minuto. No puedo ver nada más allá del gigante hirviente que es el enjambre de langostas.

La nube de langostas se levanta en el aire y se aleja del puente ante nuestros ojos atónitos. El viento que generan sus alas nos abofetea el cabello y la ropa, y nos azota a todos. Flotan en el cielo hasta que se funden en la niebla, lo que hace que parezca que el cielo está hirviendo.

Se alejan de la bahía, hasta que ya no puedo distinguir a Paige o a Raya Blanca a lo lejos.

No puedo hacer nada más por ella ahora.

Tengo que aceptar que mi hermana tiene que librar sus propias batallas. Ahora sólo tengo que sobrevivir y estar aquí para cuando ella vuelva.

Me niego a pensar en la posibilidad de que no regrese.

61

En cuanto las langostas desaparecen, puedo ver el cielo lleno de guerreros angelicales.

Me sorprendo buscando a Raffe en el aire, pero no logro distinguirlo entre la masa de cuerpos.

Me pongo los pesados audífonos que llevaba colgando del cuello y cierro los ojos, preparándome para lo que está a punto de suceder.

Incluso a través de mis párpados cerrados, puedo ver cómo se encienden por todas partes los reflectores deslumbrantemente intensos. Las luces apuñalan mis ojos en cuanto intento abrirlos.

Tengo que entrecerrar los ojos y parpadear varias veces antes de conseguir ajustarlos al brillo.

Los ángeles se detienen al instante, intentan protegerse los ojos con los brazos y las manos. Varios chocan entre sí. Muchos se dan media vuelta para tratar de alejarse de la luz cegadora y vuelan directamente contra sus compañeros.

Siento que las luces apuñalan mis ojos humanos. No me puedo imaginar lo doloroso que debe ser para los ángeles y su visión perfecta.

Entonces comienza el ruido. Los altavoces gigantes sueltan ruidos ý rechinidos, los más fuertes y penetrantes que he escuchado en mi vida, incluso a través de mis audífonos. Tanto ruido intenso ataca directamente los oídos hipersensibles de los ángeles, que aplastan sus manos contra sus oídos.

Sin ojos ni oídos que les funcionen, se tambalean en el aire, sin poder atacar ni huir de nuestra embestida.

La excepcional visión nocturna de los ángeles y su oído agudo ahora trabajan a nuestro favor. Sus habilidades superiores son sus debilidades ahora. No pueden hacer nada. Las intensas luces deben estar matando sus ojos. Y la fuerza del ruido infernal casi hace que mis propios oídos sangren.

Es útil tener a genios de Silicon Valley en nuestro equipo.

Soldados con rifles aparecen por todas partes, al lado del escenario, a lo largo de las pasarelas del puente, y detrás de los soportes del puente. Aunque no puedo verlos, hay francotiradores asentados al lado de cada reflector y en las plataformas ocultas bajo el puente.

Comienzan a sonar los disparos a través de la noche.

Mientras los ángeles están congelados en el aire, tratando solamente de alejarse del ruido espantoso, nuestros soldados los derriban al agua a tiros. Después de mi experiencia peleando contra unos ángeles sobre el mar hace unos días, sospecho que la mayoría no sabe nadar.

Ahora mismo, los grandes tiburones blancos del norte de California deben haber encontrado el delicioso cebo sangriento que tiramos a lo largo de la bahía durante el concurso de talentos. Vengan, lindos tiburones, es hora de comer… Espero que les gusten las plumas.

El rechinido de las bocinas se detiene y comienza a sonar música *death metal* tan fuerte que podría jurar que el puente completo está vibrando.

Los gemelos estaban a cargo de la selección de música.

Logro verlos en una de las orillas del puente, cada uno con un brazo en alto, levantando sus dedos índice y meñique, haciendo la señal del diablo y moviendo la cabeza al compás de la música. Mueven la boca cantando la letra de la canción a la par del cantante, quien grita con voz distorsionada sobre la intensa guitarra eléctrica y tambores que retumban en los altavoces. Creo que se verían bastante rudos si no estuvieran vestidos de payasos vagabundos.

Es la fiesta más ruidosa que la bahía ha escuchado nunca.

62

Los que estamos asignados al personal de tierra ayudamos a recargar las balas de los francotiradores. Nuestro objetivo es derribar al enemigo desde el cielo hacia las aguas infestadas de tiburones, pero si algunos logran aterrizar sobre el puente, estamos listos para enfrentarlos.

Espero.

Las luces se apagan al mismo tiempo y nos sumergen en la oscuridad total. Doc y Sanjay insistieron en que las luces tenían que encenderse y apagarse para evitar que los ángeles lograran ajustar sus ojos a la luz y poder mantenerlos ciegos todo el tiempo. Así que las luces están conectadas a unos temporizadores que las apagan en función de nuestras conjeturas en cuanto a la capacidad de los ángeles para ajustar su visión.

Nuestros francotiradores tienen gafas infrarrojas para ver en la oscuridad, pero no había suficientes para todo el personal de tierra. Con la música invadiendo el aire y los tapones y audífonos que me protegen los oídos, tampoco puedo escuchar nada.

Estamos en medio de una batalla por nuestras vidas, ciegos y sordos. Me detengo, trato desesperadamente de percibir algo. Siento como si estuviéramos vulnerables en la oscuridad por siempre.

Pero las luces se encienden de nuevo y golpean nuestros ojos con su intensidad. Entrecierro los ojos, tratando de ver a través de su brillo cegador.

Los ángeles comienzan a caer en nuestro pedazo de puente. Trabajamos en grupos para empujarlos por la orilla mientras continúan debilitados. Que los tiburones se encarguen de ellos mientras se debaten en el agua.

Estoy izando una red con mi equipo, dispuesta a lanzarla sobre algún ángel, cuando veo a mi madre que deambula en medio de todo el caos, gritando como si estuviera hablando consigo misma. Suelto la red, dejo que los otros tres se ocupen de ella y corro a tratar de ponerla a cubierto.

Mamá está demasiado ocupada para escucharme. Después de unos segundos, me doy cuenta de que está gritando órdenes a los miembros calvos de la secta.

Los miembros de la secta atacan a los ángeles recién aterrizados en la orilla del puente. Sus túnicas de sábanas revolotean en el aire mientras luchan y caen por la orilla del puente con ellos.

También saltan desde el puente cuando los ángeles vuelan bajo y se acercan al puente. Atrapan a los ángeles que están en el aire como proyectiles humanos. Los ángeles, que no esperaban el peso adicional de alguien sobre sus alas, caen al agua dando vueltas como molinillos de alas, piernas y alas. Espero que los miembros de la secta sepan nadar.

Mamá grita órdenes como un general en la batalla, a pesar de que nadie puede oírla. Sin embargo, sus órdenes son claras a través de los movimientos de sus brazos mientras despacha rítmicamente a sus soldados, que saltan como cisnes kamikazes desde el puente.

Los que saltan están muy motivados para pescarse de un ángel, porque éste ralentizará su caída y así podrán sobrevivir al impacto contra el agua. Los que fallan en su objetivo están en una misión suicida.

Me preocupa que también mi madre se lance de la orilla, pero no parece que tenga una escasez de voluntarios en espera de seguir sus órdenes. La mujer tiene un trabajo que hacer en esta batalla, y no parece tener intención alguna de abandonarla.

Espero que su trabajo evite que se obsesione con lo que podría estarle sucediendo a Paige. A pesar de que estoy preocupada por ella, sé que si mi hermana no estuviera luchando por ganarse a las langostas, ellas nos estarían atacando ahora mismo junto con los ángeles.

Vamos mucho mejor de lo que imaginaba, y estoy empezando a dejarme creer que tenemos una oportunidad de ganar esta batalla. En mi imaginación casi puedo oír a la gente gritando de alegría, cuando de pronto veo que el cielo se oscurece con más ángeles.

Es una nueva ola de enemigos. Y es un grupo mucho más grande que el que nos atacó primero.

Cuando vuelan hacia nosotros, algunos se acercan al agua, voltean botes y les dan a sus camaradas heridos y empapados una mano. Los guerreros alados se suben a los botes volcados mientras los humanos nadan frenéticamente lejos de ellos. Se aferran torpemente a los botes como halcones ahogándose, agitan sus alas y sacuden el agua con sangre que las empapa.

Nuestros francotiradores siguen atacando a los ángeles con ráfagas de balas. Muchos ángeles siguen recibiendo disparos y cayendo al agua infestada de tiburones, pero el nuevo grupo se queda justo fuera de nuestro alcance. Ven lo que les está pasando a sus compañeros guerreros, y se quedan atrás.

Me doy cuenta de que los ángeles están divididos en tres grupos. El primero es el que llegó justo después de las langostas. Descubro a Uriel gritando órdenes en ese grupo. El segundo es una masa de alas flotando más arriba que el grupo de Uriel. Casi puedo sentir sus fríos ojos mirando hacia abajo, observando y juzgando lo que pasa.

Luego está el grupo más pequeño. Sus alas son oscuras y andrajosas. Ni siquiera podría llamarlos ángeles. Un Adonis de alas blancas los dirige.

Es Raffe con sus Vigilantes.

Si un grupo es el de Uriel y el otro es el de Raffe, ¿quiénes son los otros? ¿Son espectadores que vienen a ver la cacería de sangre?

Me golpea la idea de que la verdadera batalla apenas va a comenzar.

Incluso si Uriel quisiera dar marcha atrás e intentarlo más tarde, ya no puede hacerlo sin que todo su público sepa que se rindió. ¿Qué tipo de cazador de sangre sería entonces?

Uriel y sus ángeles deben darse cuenta de eso al mismo tiempo que yo, porque de repente nos atacan con toda su fuerza.

La música sigue retumbando a todo volumen. Entre más se acercan, más horrible debe ser para ellos, pero están comprometidos con su ataque.

Las luces se apagan y nos dejan en la oscuridad total.

Siento que nuestro escenario improvisado cruje bajo el peso de varios cuerpos que aterrizan a mi alrededor.

Las luces se encienden de nuevo.

Hay tres guerreros ángel a mi alrededor. Se levantan de repente, golpean ciegamente a su alrededor con los ojos cerrados. No pueden ver y el ruido debe estar haciéndoles papilla la cabeza, pero están dispuestos a luchar.

Los ángeles aterrizan por todo el puente. Algunos se estrellan contra el concreto y se quedan ahí tirados. Pero muchos llegan de una pieza, aunque no están ilesos, pueden matar a cualquier humano cerca de ellos, incluso sin ajustar sus ojos a la luz, y recuperarse del impacto.

Una lucha sangrienta surge en el puente. Toda nuestra gente está huyendo o luchando. Los francotiradores no saben qué hacer, y fallan sus objetivos. No pueden abrir fuego en el puente sin herir a nuestra propia gente, y los ángeles que vuelan encima de nosotros están fuera del alcance de sus balas.

Los ángeles que están en el puente ni siquiera sacan sus armas. No sé si les preocupa que repita mi truco con la espada, que ya no tengo, o se sienten tan seguros que no quieren molestarse en ensuciarlas.

No podemos vencer a los ángeles en una batalla cuerpo a cuerpo. Habíamos anticipado que el personal de tierra tendría que luchar contra algunos ángeles que lograran aterrizar o cayeran sobre el puente, pero no contra todo un ejército. Nuestra capacidad y tiempo de planificación no dieron para más.

Nuestra gente está siendo masacrada. Los ángeles golpean a nuestros soldados con los puños o les rompen la espalda o los lanzan por la orilla del puente. La gente empieza a usar sus pistolas y rifles para dispararles a los ángeles, a pesar del riesgo de herir a otras personas.

Levanto mi cuchillo para defenderme de un ángel que camina hacia mí. Es un arma debilucha si la comparo con la espada que solía tener. No sé si el ángel puede verme, pero tiene una mirada de asesino. Sabe que viene a matar. No sabe a quién, ni le importa.

Si tengo mucha suerte, podría vencerlo, tal vez incluso al guerrero que le sigue, pero no es una buena estrategia de supervivencia a largo plazo. Y con largo plazo, me refiero a los próximos diez minutos.

Estamos jodidos.

63

Saber que estamos aquí voluntariamente no ayuda, incluso cuando anticipábamos que nuestras posibilidades de supervivencia eran cercanas a cero. Enfrentarse con la muerte de verdad es por completo distinto.

Mis manos tiemblan y se sienten torpes mientras me preparo para pelear. Trato de calmarme para ser más eficaz, pero la adrenalina que me recorre las venas me pone muy nerviosa.

Estoy estudiando mis mejores opciones cuando percibo algo de movimiento en el borde de mi visión. Otro ángel me está atacando por un costado. Sus alas son doradas y su rostro parece el de un dios griego, pero me mira con los ojos fríos de un asesino.

Antes de que pueda siquiera pensar qué hacer, unas alas blancas como la nieve se interponen entre el ángel y yo.

Es Raffe.

Y tiene a dos de sus Vigilantes a su lado.

Mi corazón se acelera más, aunque pensaba que ya iba a toda velocidad. Me da la espalda como si estuviera seguro de que no lo voy a atacar, a pesar del hecho de que somos enemigos.

Raffe golpea a mi atacante, luego lo levanta y lo lanza fuera del escenario.

Dejo escapar el aire que me estaba quemando los pulmones. Mis manos tiemblan de alivio. Raffe está peleando contra otros ángeles, no contra nosotros.

Desenfunda su espada, listo para atacar. Retrocedo hasta que quedamos espalda contra espalda, atacando con mi cuchillo al otro ángel que intenta saltar contra nosotros. Sus Vigilantes se colocan alrededor de nosotros y crean un perímetro defensivo.

El ángel contra el que estoy peleando se inclina hacia atrás para evitar la hoja de mi cuchillo. Pateo sus piernas con toda mi fuerza, y cae al suelo con un golpe seco. Seguramente no está acostumbrado a pelear de pie.

Mi oponente rueda para alejarse de mí, buscando a ciegas un nuevo lugar para pelear.

Raffe vuelve hacia mí.

Es la primera vez que veo que su rostro no parece perfecto. Entrecierra los ojos a causa del dolor y parpadea rápidamente para protegerse de la luz.

No puedo creer que haya venido a ayudarme.

A pesar de las luces cegadoras y el ruido ensordecedor, vino por mí.

Busco entre mis bolsillos y saco un puñado de tapones para los oídos. Raffe mira los tapones naranjas en mi mano, y luego me mira a mí, confundido. Tomo uno y se lo empujo dentro del oído.

Por fin entiende lo que le estoy ofreciendo y se coloca otro tapón en el otro oído. Sé que no ayudan mucho, pero deben hacerlo un poco, porque su expresión se relaja. Llama la atención de los dos Vigilantes que nos flanquean, quienes también toman un par de tapones de mi mano y se los colocan en los oídos.

Le doy un abrazo rápido a Raffe. La verdad es que, a estas alturas, no me importa si alguien me ve. Aunque quizás a Raffe sí le importa.

Como para demostrarlo, mira hacia el cielo. El resto de sus Vigilantes y sombras vuelan por encima de la batalla, donde el ruido no es tan ensordecedor. Y más allá está la nube de espectadores alados. Seguro que es sólo mi imaginación, pero tengo la sensación de que una corriente ártica de desaprobación vuela hasta a nosotros desde los espectadores que nos miran allá arriba.

Raffe vino a ayudarnos en vez de matarnos, a pesar de que toda la hueste angelical lo estaba mirando.

Raffe le hace una señal con la mano a sus dos Vigilantes. Ellos asienten.

Los dos Vigilantes saltan al aire y hacen la misma señal hacia el resto de los Vigilantes que flotan por encima de nosotros.

Entonces, todo el equipo de Raffe se sumerge en el ruido espantoso y las luces cegadoras para aterrizar en el puente.

Cuando un ángel se enfrenta con un Vigilante, son como dos gatos salvajes encontrándose en un callejón. Levantan sus plumas, de manera que sus alas se vean más grandes y amenazadoras.

Al principio, nuestros soldados asumen que se trata de más enemigos y comienzan a retirarse a una posición defensiva. Pero cuando ven que los Vigilantes atacan a los ángeles de Uriel, se quedan congelados y observan con la boca abierta la escena que se desenvuelve ante sus ojos.

Levanto los brazos y grito de alegría, a pesar de que nadie puede escucharme. No puedo evitarlo. Con la ayuda de Raffe, tenemos oportunidad de defendernos de los ataques de Uriel.

Supongo que todos sienten algo similar, porque veo a la gente gritar y levantar los brazos en un grito de guerra.

Las luces se apagan de nuevo y dejan al mundo en la oscuridad total.

Me quedo muy quieta, sin un lugar para esconderme mientras los ángeles pueden ver y yo estoy ciega. Alguien me roza un brazo en la oscuridad. Quiero agazaparme y cubrirme la cabeza, pero tengo que confiar en que Raffe y sus Vigilantes me protegerán.

Cuando las luces se encienden de nuevo, Raffe está peleando a mi lado. Él y sus dos oponentes alados cierran los ojos cuando la luz los golpea. Veo que hay más gente viva de la que esperaba. Los Vigilantes pelearon por nosotros mientras estábamos ciegos. Ahora ellos están ciegos, y es nuestro turno de atacar.

Le toco el brazo a Raffe para hacerle saber que soy yo y le quito la espada de la mano. Durante los pocos segundos en los cuales los ángeles se cubren los ojos, tratando de adaptarse de nuevo a la luz, los humanos atacamos.

Golpeo a los ángeles más cercanos con la espada. Otras personas atacan a ángeles en grupos tan grandes que consiguen superarlos. Los Vigilantes de Raffe lucharon mientras los humanos estábamos indefensos. Ahora nosotros luchamos mientras ellos están incapacitados.

Trabajamos juntos como un equipo, los Vigilantes de Raffe y mi gente. Nosotros los ayudamos cuando están debilitados, y ellos hacen lo mismo cuando es al revés. Somos un grupo extraño, irregular, por completo desigual en comparación con los ángeles fuertes, hermosos y perfectamente formados, pero los estamos superando poco a poco.

Siento la adrenalina que corre por mi sangre. Podría luchar contra diez ángeles de Uriel. Lanzo un grito de guerra con toda mi fuerza y me abalanzo contra un ángel que entrecierra los ojos para protegerlos.

Raffe cae al suelo peleando a ciegas contra dos ángeles que trabajan juntos para sujetarlo. Apuñalo a uno por la espalda, y Raffe patea al otro para quitárselo de encima.

Siento que tenemos una oportunidad real de derrotarlos si seguimos trabajando juntos.

Pero la euforia de la gloria se desvanece muy pronto.

La nube de ángeles espectadores desciende con rapidez contra nosotros.

64

No me extraña que los ángeles de la hueste de espectadores se integren a la batalla ahora que Raffe y sus Vigilantes están defendiendo a los seres humanos contra otros ángeles.

Cuando los espectadores comienzan a atacarnos, la niebla a su alrededor comienza a hervir con el batir de miles de alas iridiscentes. Los ángeles se detienen para mirar a su alrededor.

Una nube de langostas estalla fuera de la niebla que rodea a los ángeles.

Entre el caos de cuerpos trato de distinguir la figura delgada de mi hermana, pero no puedo encontrarla en medio del enjambre de alas y aguijones.

Un cuerpo ensangrentado cae desde el centro de la nube de langostas.

Se me detiene el corazón por un instante. Quiero cerrar los ojos en caso de que se trate de Paige. Pero mis ojos no pueden despegarse del cuerpo mientras cae.

No puedo distinguir nada hasta que está más cerca de nosotros. Cuando por fin lo hace, tengo apenas tiempo suficiente para descubrir de quién se trata.

Un par de alas iridiscentes revolotean en el viento. Gruesa cola de escorpión. Raya blanca en el cabello, que se mueve mientras cae.

Se estrella con fuerza sobre el asfalto. Puedo respirar de nuevo.

Paige. ¿Dónde está Paige?

En el cielo, el enjambre de langostas se dirige rápidamente hacia los ángeles. Paige se sienta majestuosamente en los brazos de una langosta, seguida por el resto del enjambre.

Todos la miramos. Paige está cubierta de sangre. Espero que sea de Raya Blanca y no suya. Su boca gotea sangre y está masticando algo.

No quiero ni pensar qué puede ser. Tengo cuidado de no mirar muy de cerca a Raya Blanca, que yace roto sobre el puente.

El viejo rey ha muerto.

La idea me resulta tan extraña que casi no puedo comprenderla. Mi hermanita es la nueva reina de las langostas.

Paige arremete con una furia que me recuerda a mamá. Hace un gesto con la mano y lanza un grito de guerra atronador. No puedo escuchar lo que grita, pero mueve los brazos hacia donde vuelan los ángeles, y la nube de langostas se abalanza en esa dirección.

Chocan contra los ángeles en un revoltijo de perfección y monstruosidad. Chorros de sangre comienzan a llover sobre nosotros cuando chocan los aguijones y las espadas.

Mi hermana está evitando que los ángeles espectadores caigan sobre nosotros. Doc y Obi tenían razón sobre ella.

Una oleada de orgullo y miedo se arremolina dentro de mí. Mi hermanita está salvándonos a todos.

Las luces se apagan y nos sumimos en la oscuridad una vez más.

Siento cómo una mano toma a Osito Pooky de la mía, y sé que Raffe tiene la espada de nuevo. Me agacho para mantenerme fuera de su camino y proteger mi cabeza. Tengo que confiar en que Raffe sabrá mantenerme con vida mientras estoy ciega y sorda.

Detrás de mis párpados cerrados, veo la imagen de mi hermana que cabalga sobre una langosta hacia la batalla.

65

Cuando las luces se encienden de nuevo, veo a alguien tratando de escalar por la orilla rota del puente desde la parte de abajo. Tiene la boca abierta en un grito desesperado. Sea lo que sea, lo que vio debe ser peor que lo que está sucediendo sobre el puente.

Corro hacia él para ayudarlo a levantarse. Su mano está sudorosa, y está temblando. No puedo escuchar una palabra de lo que dice, así que me acuesto en el piso para asomarme por la orilla. Puedo ver el fondo de la red colgada debajo del puente.

La red está rota. La gente se aferra a ella y trata de treparla, como si intentara escapar de algo. Todos miran con los ojos muy abiertos al agua turbulenta que corre debajo de nosotros.

El mar se agita y estalla con una cascada de agua cuando una bestia de múltiples cabezas surge de entre las olas. Sus seis cabezas vivas tienen las bocas abiertas, como si fuera un pez que salta del agua para atrapar a un insecto.

Una de sus cabezas me ve y cierra las mandíbulas con un chasquido.

El monstruo apocalíptico atrapa a varias personas con cada una de sus seis cabezas vivas. Luego desaparece de nuevo entre las aguas con sus víctimas retorciéndose y gritando.

El mar no deja de agitarse hasta que la mano de la última víctima desaparece en el vórtice oscuro de la bahía.

Todo el mundo debajo del puente está en pánico. Se arrastran unos sobre los otros, intentan alejarse del lugar donde apareció el Seis.

¿Cuánto tiempo lleva sucediendo esto?

Me incorporo de inmediato y corro hacia la escalera que levantamos para tratar de mantener al público del concurso de talentos escondido debajo del puente. De pronto, se me ocurre que Doc podría estar equivocado, quizá los seres humanos no somos inmunes a la plaga que llevan las bestias.

Pero no puedo permitir que todas esas personas mueran sólo porque hay una posibilidad de que algo salga mal. Desengancho la escalera y la dejo caer por la orilla. Tienen que escapar de esa trampa mortal. No puedo dejarlos convertirse en carnada para las bestias.

La gente sube por las orillas de las redes, trepando unos encima de los otros. Muchas personas caen al agua en su intento de escapar, casi tantas como las que se llevó el monstruo.

El agua se agita otra vez, y otra bestia salta del agua. La distancia que puede saltar es asombrosa. Atrapa a algunas personas con sus seis mandíbulas y las arrastra gritando y debatiéndose hacia las profundidades de la bahía.

—¡Vamos! ¡Por aquí! —agito los brazos y trato de que la gente me vea. Creo que estarán más seguros en el campo de batalla que donde están ahora.

La gente empieza a subir y yo corro entre el caos hacia las otras rutas de escape de todo el puente para bajar las demás escaleras. La gente comienza a subir en cuanto las pongo en su lugar.

La música se detiene.

Todos miramos hacia arriba. Hasta los ángeles y las langostas dejan de pelear para mirar. ¿Y ahora qué pasa? Cuando todo esto termine, no quiero volver a sentir una sola emoción fuerte en mi vida.

Alguien vestido con un traje blanco vuela sobre el escenario. Es Uriel. Sus alas parecen blancas en la brillante luz artificial, pero distingo las manchas grises que parecen una telaraña de sombras.

Me zumban los oídos por la ausencia de ruido. Me quito los audífonos.

—El juicio por concurso ha terminado —habla con voz normal, pero en todo este silencio, parece que estuviera gritando—. Raphael ha demostrado que es un traidor. Ahora soy el Mensajero indiscutiblemente.

Justo cuando termina de hablar, alguien grita. Un Seis trepa por la orilla del puente. La gente retrocede cuando ve las seis cabezas vivas y la séptima colgando inerte sobre sus hombros.

Un ángel cerca de la bestia cae de rodillas de repente. Tiene la cara muy roja y está sudando. Empieza a escupir sangre por la boca.

Otra bestia trepa por la orilla del puente.

Más gente grita mientras trata frenéticamente de alejarse de los Seises, pero no podemos huir muy lejos en nuestro puente-isla. Nos juntamos como una manada de animales asustados.

Dos langostas cerca de la bestia empiezan a toser. Luego se asfixian. Tratan de batir sus alas para mantenerse en el aire, pero caen contra el concreto.

Comienza a brotarles sangre de la boca, la nariz, los ojos. Chillan y se retuercen miserablemente sobre el puente.

Es la peste apocalíptica.

66

—¡Raffe! —trato de llamar su atención—. ¡Salgan del puente! ¡Estos monstruos están infectados con la plaga angelical!

Un ángel que vuela bajo cae del cielo, gimiendo como si sus entrañas estuvieran a punto de estallar. Sangre roja brota de su boca, oídos, nariz y ojos mientras se retuerce en el concreto.

Los ángeles se lanzan al cielo, evitando a la bestia. Las palabras *plaga angelical* resuenan en el aire junto con el zumbido de miles de alas.

Todas las criaturas aladas se alejan del puente para evitar a los ángeles y a las langostas infectadas. Pero sólo las criaturas aladas pueden alejarse de los Seises.

Si Doc está en lo correcto, los humanos somos inmunes a esta plaga. Pero no somos inmunes a que un Seis nos mate con sus dientes o con sus garras.

—¡Penryn! —Raffe me llama desde lo alto, volando con sus alas del color de la nieve—. ¡Salta del puente, yo te atraparé!

Me apresuro hacia el borde del puente donde está mi madre. Tal vez los Vigilantes puedan atraparla a ella, y a cualquier otro que esté dispuesto a saltar. Por suerte, mi hermana está en el aire, suficientemente lejos de las bestias para estar a salvo.

Un ángel que vuela demasiado cerca del puente grita. Se convulsiona en el aire mientras comienza a llorar lágrimas de sangre.

Otra bestia trepa por la orilla del puente cerca de mamá, que corre al centro del puente como todos los demás. ¿Cuántos de estos monstruos hay? Me hago a un lado y le grito a mi madre que se dirija a una parte diferente del puente.

—Y su número es seiscientos sesenta y seis —dice Uriel desde el aire, y su voz resuena por encima de los gritos de pánico. Si está sorprendido por la plaga, no lo demuestra en absoluto.

Cuando me acerco a la orilla del puente puedo ver toda la bahía. El agua de mar está llena de bestias nadando hacia nosotros.

Dos más trepan por la orilla. Por todas partes, más bestias se acercan y trepan unas sobre otras para subir a nuestro pedazo de puente.

Seiscientos sesenta y seis. No debe ser sólo el número tatuado en sus frentes. Debe ser el número de bestias que creó Uriel.

Miro hacia arriba.

Raffe vuela por encima de mí.

El ángel que vuela debajo de él comienza a retorcerse de dolor. Su nariz comienza a sangrar.

Agito los brazos hacia Raffe para que se aleje.

—¡Vete!

Pero Raffe se queda. Dos de sus Vigilantes lo agarran de los brazos y lo arrastran más arriba.

A mi alrededor, la gente corre en todas direcciones. Escucho disparos y gritos por doquier.

—Guardaré la cabeza de tu Hija del Hombre para injertarla en una de las bestias —le dice Uriel a Raffe. Vuela muy por encima de nosotros, desde donde tiene una buena vista de la masacre.

Las bestias nos atacan desde todas las orillas del puente.

Los humanos nos juntamos en el centro mientras se acercan hacia nosotros. Saco mis cuchillos, pero son como palillos chinos contra un ejército de osos pardos.

—¡Penryn!

Levanto los ojos al cielo y descubro a Raffe mirándome con angustia, mientras sus Vigilantes lo mantienen a una distancia segura de nosotros.

Raffe toma la fruta seca que cuelga de su cuello y se la lleva a la boca.

La muerde con fuerza.

La fruta estalla entre sus dientes, algo que parece sangre espesa escurre por sus labios.

67

La fruta mordida humea.

El humo toma la forma del amo de la Fosa contra el que peleamos en el infierno.

Está en peor estado del que recordaba. Aunque han vuelto a crecerle los pedazos que le corté, sus alas todavía parecen hechas de cuero viejo quemado, ahora cubierto con varias capas de cicatrices. Le falta un nuevo pedazo de un ala, y tiene una herida en los labios que hace que parezca que tiene dos bocas.

Se inclina sobre Raffe en el aire mientras los Vigilantes forman una línea protectora a su alrededor.

Después de eso, no puedo ver más. Los Seises nos están atacando.

Durante un tiempo me pierdo en los gritos y las explosiones de sangre de la masacre. Balas vuelan por todas partes, pero no tengo tiempo de preocuparme de que me hiera una bala perdida. Estoy peleando contra una de las cabezas de un Seis con todo lo que tengo en mi ser.

Los gritos se intensifican. Al principio, asumo que es la gente que está siendo masacrada. Pero algo en el tono de los gritos me resulta inhumano.

De repente, el Seis contra el que estoy luchando es atacado por tres cabezas de ojos verdes y cabellos rojos.

Tengo que parpadear un par de veces para asegurarme de que no estoy soñando. ¿Acaso son las cabezas de los Consumidos de la Fosa? Miro a mi alrededor para tratar de entender lo que está pasando.

Bajo los reflectores, el mar brillante está cubierto de cabezas de Consumidos a lo largo de la bahía. Atacan a las bestias que siguen en el agua.

Decenas de cabezas salen disparadas del agua, gritando y con el cabello arremolinándose frente a ellas.

Sus dientes se hunden en la bestia que me atacaba, y de inmediato comienzan a abrirse camino dentro de su cuerpo.

La bestia se retuerce de dolor y trata de quitarse las cabezas de encima. Otras caen sobre sus hombros y comienzan a excavar en su carne.

Por todas partes, las bestias están siendo atacadas por las cabezas de los Consumidos, que hacen caso omiso de las personas a su alrededor.

Miro hacia arriba. El amo de la Fosa con las alas quemadas nos mira con gesto complaciente. Parece muy satisfecho con lo que está sucediendo.

Junto a él, Raffe me observa con detenimiento. No puedo leer su expresión. ¿Qué hizo para que esto sucediera?

—¿Estás bien? —grita.

Asiento rápidamente. Estoy cubierta de sangre y cortadas, pero ni siquiera puedo sentir el dolor por toda la adrenalina que fluye por mi cuerpo.

A mi alrededor, las cabezas de los Consumidos se abren camino por la carne de las bestias. Las cabezas de las bestias ruedan por sus hombros y caen con un ruido sordo sobre el concreto. Las cabezas de los Consumidos brotan en su lugar y toman el control de sus cuerpos.

Sus gritos se convierten en risas estridentes. Locas. Intensas. Radiantes.

Los Seises poseídos bajan del puente y vuelven a sumergirse en el agua.

Se me ocurre que si alguna vez comienza el verdadero apocalipsis, estas bestias Consumidas podrían volver del mar sangriento como las bestias reales.

68

—Un par de alas de Arcángel y un nuevo ejército de bestias —dice el amo de la Fosa con gran satisfacción.

—¿Qué has hecho? —Uriel vuela hacia Raffe—. ¿Sabes cuánto trabajo nos costó…

Raffe ataca a Uriel con su espada con furia intensa. Uriel apenas consigue levantar su propia espada para bloquear el golpe, pero pierde el control.

Uriel cae del cielo y se estrella con fuerza sobre el puente.

Se incorpora de inmediato, sangrando y sosteniéndose un hombro. Parece que tiene un brazo roto. Antes de que pueda recuperar el equilibrio, una multitud de gente cae sobre él.

Una mujer le da una bofetada, mientras le grita algo sobre sus hijos. Luego llega un hombre y le da una patada.

—Esto es por mi Nancy —y lo patea más fuerte—. Y esto es por mi pequeño Joe.

Otra persona salta y empieza a recriminarle cuando una cuarta corre y comienza a arrancarle las plumas de las alas. Después de eso, Uriel desaparece bajo una multitud de humanos enojados.

Vuelan plumas. Chorrea sangre. Cuchillos cubiertos de sangre golpean bajo la luz de los reflectores.

Todo lo demás se ha detenido, la música está apagada, las luces continúan encendidas, los ángeles han dejado de pelear y las bestias Consumidas han terminado de bajarse del puente.

Sólo queda el misterioso resplandor de los reflectores que irradian su luz en todas direcciones, y los gritos desesperados de Uriel.

Los ángeles parecen confundidos, como si no supieran qué hacer ahora. Si los partidarios de Uriel le hubieran sido leales de verdad y se preocuparan por él, en vez de buscar un beneficio propio, tal vez se hubieran arriesgado para tratar de salvarlo. Pero antes de que los ángeles indecisos puedan moverse, la hueste de Uriel comienza a disolverse.

Varias personas sostienen partes de su cuerpo como trofeos. Plumas ensangrentadas, mechones de pelo, un dedo y otras partes demasiado sangrientas como para reconocerlas.

Bueno, tal vez no somos los seres más civilizados en el universo, pero ¿acaso alguien lo es en verdad?

69

—Cumplí mi parte del trato, Arcángel —dice el amo de la Fosa. Sus alas quemadas baten el aire perezosamente detrás de él—. Salvé a tu miserable Hija del Hombre y a su familia. Ahora es tu turno de cumplir.

Raffe vuela con sus hermosas alas emplumadas frente al amo de la Fosa. Asiente con una expresión sombría.

—No —la palabra sale de mi boca mientras observo la escena, hipnotizada.

Dos sombras con hachas negras surgen de la oscuridad más allá de los reflectores. Sus hachas están manchadas con capas de sangre vieja. Se colocan detrás de cada una de las alas de Raffe.

Por un momento, estoy segura de que Raffe encontrará una manera de solucionar esto.

Pero luego asiente de nuevo.

Sin previo aviso, las dos sombras levantan sus hachas a un tiempo y cortan a través de las articulaciones de las alas de Raffe.

Levantan sus hachas y cortan las alas de Raffe.

Levantan sus hachas y cortan las alas de Raffe.

Levantan sus hachas y cortan las alas de Raffe.

Cortan…

… sus alas…

No sé si Raffe grita de dolor, porque mi propio grito desesperado es lo único que puedo escuchar.

Raffe cae.

Dos de sus Vigilantes se lanzan para atraparlo antes de que caiga sobre el puente.

Las alas nevadas de Raffe aterrizan con un ruido sordo sobre el asfalto.

Un segundo después, su espada cae al suelo y rompe el asfalto con su peso.

70

La luz de la mañana tiñe el cielo sobre el horizonte de San Francisco. Ha cambiado para siempre, pero poco a poco empieza a resultarme familiar, aunque no sea reconfortante.

Varios barcos recorren la bahía ensangrentada y recogen a los últimos ángeles y humanos que quedan en el agua. Los hombres que tripulan los barcos querían meter a los ángeles en jaulas y dispararles para debilitarlos por un rato. Estoy segura de que hubieran estado felices de calcular el tiempo que les toma recuperarse, quizás incluso estudiar si pueden recuperarse sin comida ni agua. Pero Josiah y los Vigilantes insistieron en que lo mejor que pueden hacer es privarlos de las mantas y las bebidas calientes que los humanos rescatados reciben cuando los sacan del agua.

Ahora que Uriel está muerto, hay escasez de Arcángeles. Por lo que parece que es Raffe el encargado no oficial, pero sólo está consciente a ratos, mientras lo llevamos al hospital más cercano en operación.

Los Vigilantes ejecutan las órdenes de Raffe y le reportan noticias cuando está consciente. Los demás ángeles están tan sorprendidos y vulnerables que sólo siguen órdenes sin preguntar.

Me da la impresión de que, siempre y cuando les parezcan razonables, los ángeles van a obedecer todas las órdenes de Raffe, al menos por ahora. Es un grupo tan acostumbrado a acatar órdenes que seguramente no sabrían qué hacer sin alguien a cargo.

Los humanos están abandonando el puente poco a poco. Estoy usando a Josiah y a los Vigilantes para retransmitir algunos mensajes, porque es lo más fácil por el momento. Estoy muy preocupada por Raffe y no puedo ayudar mucho con la logística para que los seres humanos lleguen a la orilla a salvo. En teoría, están siguiendo mis órdenes, pero en realidad están haciendo lo que los gemelos Tweedle les piden que hagan.

Miro a Raffe por enésima vez mientras me acurruco con Osito Pooky debajo de un abrigo que alguien me dio. Estoy temblando como si estuviera nevando, y no importa cuánto me abrazo a mí misma, no consigo entrar en calor. Apenas alcanzo a ver su cabello oscuro que revolotea en el viento entre todos los Vigilantes y demás ángeles que lo rodean. Está acostado sobre una de las largas bancas del bote que los gemelos encontraron para nosotros.

De pronto, los ángeles y los Vigilantes se hacen a un lado y me miran. Luego se lanzan todos hacia el cielo azul. Raffe está consciente y me mira.

Me acerco. He estado tratando de no comportarme como un bebé, de no tomarlo de la mano delante de los ángeles, aunque tengo muchas ganas de hacerlo. Pero no quiero avergonzarlo frente a sus pares, incluso si está inconsciente.

Sin embargo, ahora que los demás se han ido, me siento a su lado y le tomo una mano. Está caliente, y me la pego al pecho para calentarme.

—¿Cómo te sientes? —pregunto.

Me lanza una mirada que me hace sentir culpable por recordarle lo que pasó con sus alas.

—¿Y? ¿Qué pasará ahora? ¿Serás su nuevo Mensajero?

—Lo dudo mucho —tiene ronca la voz—. Luché contra ellos, y luego conjuré a un amo de la Fosa. No es una buena campaña para ser elegido. Lo único que me salva ante sus ojos es que piensan que sacrifiqué mis alas para salvarlos de la plaga angelical.

—Podrías haberlo tenido todo, Raffe. Con Uriel fuera del camino, podrías haber vuelto con los ángeles. Y seguro que te hubieran pedido que fueras su Rey.

—Mensajero.

—Es lo mismo.

—Los ángeles no deben tener un Mensajero que haya tenido alas de demonio. Es indecoroso —hace una mueca y cierra los ojos—. Además, yo no quiero el trabajo. Le enviamos un mensaje al Arcángel Michael para que traiga de vuelta su obstinado trasero. Él tampoco quiere el título.

—Tanto alboroto por un trabajo que nadie quiere.

—Muchos ángeles lo quieren, pero no los que deberían tenerlo. Así es el poder: es mejor que lo tengan quienes no lo quieren.

—¿Por qué no lo quieres tú?

—Tengo mejores cosas que hacer.

—¿Cómo qué?

Abre un ojo y me mira.

—Como tratar de convencer a una niña terca de que admita que está locamente enamorada de mí.

Sonrío a mi pesar.

—Entonces, si no te interesa una granja de cerdos, ¿qué es lo que quieres? —pregunta.

Me aclaro la garganta.

—¿Qué tal un lugar seguro para vivir, donde no tengamos que mendigar por comida o pelear por ella?

—Es tuyo.

—¿Eso es todo? ¿Sólo tengo que pedirlo y es mío?

—No. Todo tiene un precio.

—Lo sabía. ¿Cuál es el precio?

—Soy yo.

Siento que se me doblan las rodillas.

—Raffe. Necesito que seas muy claro ahora mismo. No he dormido en mucho tiempo, y he estado viviendo de pura adrenalina, que no es lo más sano para nosotros, los seres humanos. Dime, ¿qué estás tratando de decirme?

—¿De verdad necesitas que lo deletree para ti?

—Sí. Deletréalo.

Me mira fijamente a los ojos. Siento que se me retuerce el estómago, y mi corazón palpita como el de una adolescente emocionada. Pero bueno. Soy una adolescente emocionada. Parpadeo un par de veces. Me pregunto si así es como se baten las pestañas para coquetear.

—¿Qué estás haciendo?

—¿Qué? Soy malísima en esto.

—¿Me estás coqueteando?

—¿Qué, yo? Claro que no. Ya… deletréalo.

Entrecierra los ojos y me mira con recelo.

—Esto es incómodo.

—Sí, lo es.

—No me lo vas a hacer más fácil, ¿verdad?

—Me perderías el respeto si lo hiciera.

—Podría hacer una excepción por ti.

—Deja de cambiar de tema. ¿Qué estás tratando de decirme?

—Estoy tratando de decir que… que yo…

—¿Sí?

—Puedes ser muy difícil, ¿lo sabías? —suspira.

—¿Qué es lo que quieres decir?

—*Deacuerdoestabaequivocado*. Ahora hablemos de otra cosa. ¿Dónde crees que sea un buen lugar para que los ángeles se queden hasta que puedan volver a nuestro mundo?

—Oye, espera un momento —suelto una carcajada—. ¿Acabas de decir que estabas *equivocado*? ¿En serio lo dijiste? ¿Que estabas *equivocado*? —le sonrío—. Me gusta cómo suena esa palabra cuando sale de tu boca. Es lírica. Equivocado. E-qui-vo-ca-do. Vamos, repítelo conmigo.

—Si no me encantara tu risa, te tiraría a patadas de este vehículo extremadamente ruidoso e incómodo, y te dejaría temblando en el agua hasta que te pusieras azul.

Le encanta mi risa.

Me aclaro la garganta.

—¿Sobre qué exactamente estabas equivocado? —pregunto muy seria.

Me lanza una mirada asesina, y por un momento creo que ya no me va a responder.

—Acerca de las Hijas del Hombre.

—¿Ah, sí? ¿Qué hay sobre nosotras? ¿No somos bestias repulsivas y monstruosas que pueden mancillar tu reputación?

—Oh, claro que lo son —asiente para confirmar sus propias palabras—. Pero resulta que eso no siempre es malo.

Lo miro de reojo.

—¿Quién lo hubiera adivinado? —dice—. No tenía ni idea de que una chica pudiera ser como una piedra en tu zapato durante una caminata hacia la muerte, y aun así resultar irresistiblemente atractiva de alguna manera mágica e innegable.

—Vaya… ¿esto es lo que la gente llama cursilerías? Porque esperaba que fueran un poco más… dulces.

—¿No reconoces una declaración sincera de amor cuando la escuchas?

Parpadeo en silencio, lo miro con el corazón palpitante.

Raffe acerca una mano para quitarme un mechón de cabello del rostro.

—Mira, sé que somos de mundos diferentes y de razas diferentes. Pero me he dado cuenta de que eso no importa.

—¿Ya no te importan las reglas de los ángeles?

—Mis Vigilantes me ayudaron a darme cuenta de que las reglas de los ángeles son sólo para los ángeles. Sin nuestras alas, nunca nos aceptarán de vuelta en nuestro pueblo. Siempre querrán quitarles sus alas a los recién Caídos para trasplantárnoslas, o algo por el estilo. Los ángeles son perfectos. Así deben ser. Incluso con alas nuevas, nunca volveremos a ser perfectos. Tú, en cambio, siempre me has aceptado como soy, independientemente de las alas que tenga, e incluso si no tengo alas. Cuando tenía mis alas de demonio nunca me miraste con lástima. Nunca dudaste de tu lealtad. Así eres tú, mi valiente, leal y adorable Hija del Hombre.

Mi corazón late tan rápido que no sé qué decir.

—¿Te quedarás aquí? *¿Conmigo?*

Quiere inclinarse para besarme, pero hace una mueca de dolor. Me acerco a él y me detengo cuando nuestros labios están a punto de tocarse. Me gusta el calor y la electricidad que recorren mis labios cuando está cerca.

Sus labios cálidos se presionan contra los míos. Mis manos se mueven por su pecho duro y se deslizan hacia abajo, alrededor de su abdomen marcado hacia su espalda baja, tratando de evitar sus heridas. Nos abrazamos así, muy cerca. Se siente tan bien. Tan cálido. Tan sólido.

Quiero que este momento dure para siempre.

—Ah, el amor verdadero —Howler aterriza en nuestro barco, y provoca que se mueva de un lado a otro—. Me dan ganas de vomitar. ¿No te dan ganas de vomitar, Hawk?

—Nunca me pareció una buena idea —dice Hawk al aterrizar junto a Howler—. Acabé en la Fosa, condenado por la eternidad, por hacerles caso a ustedes.

—¿Cómo va tu herida, jefe? —Howler nos muestra su antebrazo con una herida que nos deja ver parte de su hueso y sus músculos—. ¿Quieres comparar heridas y ver quién tiene más derecho a fanfarronear?

No quiero preguntar, pero tengo que hacerlo.

—¿Qué pasará con los ángeles?

—Encontrarán a Michael —dice Raffe—. Volverán a casa y lo elegirán como el nuevo Mensajero. Eventualmente lograrán acorralarlo. Será un buen Mensajero, aunque no quiera el puesto.

—¿Estaremos a salvo de ellos?

—Se irán pronto. Tu gente puede comenzar a reconstruir su mundo.

—¿Qué pasará con los Vigilantes?

—Decidieron quedarse aquí conmigo. Nunca tuvieron prejuicio alguno contra las Hijas del Hombre, cosa que casi resultó su perdición en algún momento. Me temo que tu gente tendrá que aprender a lidiar con ellos.

—Pfff. Las mujeres nos prefieren a nosotros que a sus propios hombres —dice Howler.

—¿De verdad lo crees? ¿Estás seguro de que todas elegiríamos a un exángel sobre nuestros chicos comunes y corrientes? —le pregunto.

Howler se encoge de hombros y asiente, como si fuera una obviedad.

—Tal vez no somos tan perfectos como solíamos ser —dice Raffe—, pero todo es relativo.

Trato de lanzarle una mirada asesina, pero no puedo dejar de reír.

—Sí, me estoy riendo de ti.

Raffe me acerca hacia él y me besa de nuevo. Me derrito contra su cuerpo fuerte y musculoso. No puedo evitarlo. Ni siquiera tengo ganas de intentarlo.

Mi mundo entero se convierte en sensaciones de Raffe mientras nuestros labios se exploran mutuamente.

EPÍLOGO

Camino por en medio de la calle de nuestro antiguo vecindario. Reconozco el edificio agrietado con el grafiti de un ángel que dice: "¿Quién nos cuidará de los guardianes?".

Cada puerta ahora tiene clavada una pluma mojada en pintura roja. Supongo que alguna de las pandillas ganó la batalla por el territorio desde que nos fuimos, y todo esto les pertenece ahora. De todos modos, sospecho que hay gente normal escondiéndose en los áticos y los sótanos de todas las casas.

Éste es el extremo sur de la península que no fue quemado por el fuego de la cacería de sangre. Muchas de las paredes están manchadas de hollín, pero los edificios siguen en pie a pesar de todo.

Mi hermana vuela delante de nosotras, montada en una de sus langostas. Va gritándole a la gente que los ángeles por fin van a dejarnos en paz y que pueden salir de sus escondites. Paige habla un poco más ahora que sus heridas han comenzado a sanar y puede mover la mandíbula con mayor libertad. Su rostro y su cuerpo siempre estarán llenos de cicatrices, pero al menos su cuerpo funcionará tan bien como antes, e incluso mejor, pues ahora puede caminar de nuevo.

Por fin está recuperando un poco de su peso, ahora que puede comer más alimentos sólidos. Laylah estuvo trabajando con ella, con la esperanza de que Raffe convenza a Michael de que la perdone cuando tome el control de los ángeles. Lo que le hizo a Paige parece estar funcionando. Mi hermana sigue prefiriendo la carne cruda y no le gustan las verduras, pero por lo menos no le importa qué tipo de carne sea, ni si está viva o muerta.

Mi madre empuja su carrito de compras, traqueteando ruidosamente detrás de mí. El carrito va lleno de botellas de refresco vacías, periódicos viejos, mantas, folletos y cartones de huevos podridos. La gente sale de sus escondites a reunirse con ella, más por los huevos podridos que por los volantes que repartimos, pero Dee y Dum me aseguran que eso cambiará cuando la gente empiece a sentirse más humana y menos rata apocalíptica.

Mamá está convencida de que pronto las sombras y los demonios vendrán a tratar de conquistarnos, y supongo, por la pequeña multitud que veo siguiéndola a todas partes estos días, que mucha gente le cree. Caminan junto a ella con sus propios carritos de supermercado llenos de basura y huevos podridos. No tienen idea de por qué mamá acarrea basura a donde vaya, pero todos piensan que podría ser útil algún día, así como sus huevos podridos fueron útiles contra las sombras, y no quieren arriesgarse.

Cuando coloco un volante debajo de un limpiaparabrisas, percibo a Raffe deslizándose por el aire con las viejas alas de demonio de Beliel por encima de mí. No quiso participar en un "trabajo humano" tan mundano como dejar volantes en los parabrisas de los autos y en las puertas de las casas, pero de todos modos nos cuida desde las alturas.

El volante anuncia otro de los espectáculos que organizan los gemelos. Esta vez, se trata de un minicirco. Están convencidos de que un espectáculo de monstruos y *freaks* tendría un éxito sin precedentes, ¿y cuándo hubo más *freaks* en la Tierra que ahora, en el Fin de los Tiempos?

Mamá le grita a alguien detrás de mí. Me doy la vuelta de inmediato con una mano sobre Osito Pooky, lista para sacar mi espada. Pero sólo veo a mi madre tirándole huevos podridos a alguien que se llevó una botella vacía de refresco sin pedirle permiso.

Paso mis dedos por la suave piel del osito y me digo a mí misma que tengo que relajarme un poco. La guerra ha terminado. Es momento de reunir de nuevo a los sobrevivientes y reconstruir lo que podamos de nuestra civilización.

También Osito Pooky necesita un poco de tiempo para volver a confiar en Raffe. No ha dejado que la toque desde la cacería de sangre, pero estamos progresando poco a poco. Raffe cree que, con el tiempo, Pooky se dará cuenta de que sólo porque no coincide con la imagen perfecta de un ángel no significa que no sea digno de esgrimirla.

Escuchamos una bocina de auto por la calle. Los gemelos nos saludan desde la ventanilla de su nueva casa rodante. Hubo un ganador oficial en la rifa, pero Dee y Dum se las arreglaron para obtener el premio de todos modos. No quise saber los detalles, pero estoy bastante segura de que hubo juegos de azar involucrados en el asunto, pues su nuevo lema es: "¡La casa siempre gana!".

Mi madre está golpeando al ladrón en la cabeza con la botella de plástico vacía que trató de robar.

—¡Mamá! —corro de regreso para ver si puedo restablecer la paz.

AGRADECIMIENTOS

Muchas gracias a mis fabulosos lectores beta por ayudarme a llevar el libro al siguiente nivel: Nyla Adams, Jessica Lynch Alfaro, John Turner, Aaron Emigh y Eric Shible. Y, por supuesto, un enorme agradecimiento a los lectores de la serie de Penryn y el Fin de los Tiempos por su gran entusiasmo y apoyo.